Belinda Cannone

Vom Rauschen und Rumoren der Welt

Aus dem Französischen
von Claudia Steinitz und
Tobias Scheffel

Le monde est ma provocation.
(Gaston Bachelard, *L'Eau et les Rêves*)

01

Heiseres Stöhnen erreicht sie vom Wäldchen, von der anderen Seite des Hauses oder des weiter entfernt liegenden Nachbarhauses. Ihr Ohr kann die Entfernungen nicht gut abschätzen. Verschreckt wirft sie sich in ein Gebüsch, bleibt mit dem Kleid in den Dornen hängen, wo es reißt, und unter ihr wuseln ein paar Insekten davon, sie unterdrückt eine Regung des Abscheus: Da die Anwesenheit der Viecher unmöglich zu ignorieren ist, muss sie sich wohl an sie gewöhnen. Aus dem Stöhnen glaubt sie Angst herauszuhören. Und ein Klagen, voller Schmerz. Fühlt sich da jemand verlassen? Sie kann zu ihm (oder ihr) gehen, um ihn zu trösten, aber wenn sie das tut, begibt sie sich womöglich in dieselbe Situation wie er (oder sie), in die Situation, die das Stöhnen verursacht hat. In Schwierigkeiten. Sie ist klein. Links, unter einem Strauch, wilde Mäuseflucht. Schließlich nimmt sie an, dass die Klage von weiter weg kommt und vorerst keinerlei Bedrohung für sie darstellt. Also nachsehen. Das Kleid durch Hin- und Herzerren befreien (den Riss verschlimmern) und sich der Geräuschquelle auf Zehenspitzen nähern (ihre Schritte dröhnen wie Hammerschläge auf dem Erdboden: An der Leichtigkeit muss noch gearbeitet werden). Vor dieser Alternative stand sie schon früher: den Kopf zwischen die Arme ducken, um nichts zu sehen, oder doch besser auf die Dinge zugehen, sich selbst ein Bild machen. Das Stöhnen, das wieder eingesetzt hat, macht den Weg unheimlich, die Bäume sind größer, die Stämme verbergen Wesen, Ameisenhaufen brummen, Vogelrufe durchbohren die Trommelfelle, ein Zweig, der krachend unter dem Schuh bricht, lässt aufschrecken, Tiere flüchten Richtung Dickicht. Im Nachbarhaus hört sie, wie die Mutter zur Tochter sagt, sie solle ihr Zimmer aufräumen, und wie im Obergeschoss das Radio den Seewetterbericht verkündet. Nach etwa hundert Metern bricht der Klagelaut ab: Ohne Zweifel hat man mitbekommen, dass sie sich nähert.

Mehr denn je wünscht sie sich jetzt, leise zu sein, wie ein Indianer oder eine Katze gehen zu können, nur ein wenig die Luft zu zerknittern und sich wie auf Lederballen fortzubewegen (aber diese groben Schuhe), den anderen zu hören, ohne selbst gehört zu werden, den anderen, der jetzt unaufhörlich stöhnt, sicher vor Angst oder um zu rufen. Jeanne erfasst jede einzelne Modulation und wird von einem Schwindel gepackt, der sie mit einem Satz zu deren Quelle schleudert. Der Anblick der hingemetzelten Fuchswelpen ist so grauenvoll, dass sie sich übergibt.

Sie erinnert sich an die Worte der Bauern, *Der Fuchs ist ein Schädling*, an den Protest ihres Vaters, *Das ist ein Hühnerstandpunkt!*, an den weit zurückliegenden Tag, als sie die Bedeutung von *Standpunkt* gelernt hat, an die Art und Weise, wie der Vater ihr Wörter beibringt – sie mag noch so sehr versuchen, ihre Gedanken von dem Bild abzulenken, es ist einfach da. Noch einmal sieht sie hin und wieder muss sie sich ein bisschen übergeben.

Drei mit kleinen Fuchsschwänzen wedelnde Kinder tauchen lachend aus dem Dickicht auf und machen sich über sie lustig, sie flieht.

Der Lärm ihrer trampelnden Schritte hallt in ihrem Kopf wie in einem Bottich. Sie rennt mit gleichmäßigem Rhythmus, durchquert das Wäldchen, läuft auf den nächsten Weiler zu, von Zeit zu Zeit peitscht ein Zweig ihren Arm, sie spürt nichts, überspringt Büsche und Steine, ihre Waden durchschneiden die Luft. Sie weiß nicht, wie sie es stoppen kann, ihr irres Rennen geradewegs ins Nirgendwo.

02

Ihr irres Rennen geradewegs ins Nirgendwo hat sie zu ihm geführt, der vor seiner Tür in der Sonne faulenzte, die Augen geschlossen – seit dem Erwachen der Eindruck, ein wässriger Film bedecke die Welt, da kann man auch gleich nach innen schauen –, und neugierig auf die kleinen, hastig näherkommenden Schritte lauschte.

Mit verstörter Miene hatte sie den Weiler erreicht, und als sie an seinem Haus vorbeilief, hat er sie gestoppt. Erstaunliche Intuition, wundersamer Zufall, es ist, als hätte sie ihn, Jodel, gesucht. Er musste sie sanft am Arm festhalten, ihre Beine wollten weiter ins Leere treten – schließlich sank sie vor ihm zusammen.

An diesem Tag ihrer ersten Begegnung haben sie nur von den Fuchswelpen gesprochen. Sie hat ihm die Szene in allen Einzelheiten geschildert. Er war erstaunt über ihre Genauigkeit und Klarheit. Sie sagte *Zum ersten Mal tut mir etwas weh, das nicht mir passiert ist.* Sie suchte in seinem Blick zu erkennen, ob er sie richtig verstand, und er mochte ihre großen fragenden und besorgten Augen. Sie überlegten gemeinsam. Die Verantwortlichen waren Kinder, also Ihresgleichen, und deshalb ging ihr die Verletzung so nahe. Keine

Erwachsenen oder gar Bauern, die einen Grund gehabt haben könnten, was immer der auch wert gewesen wäre. Nein. Ein willkürlicher Akt. Begangen von Ihresgleichen. Es war also tatsächlich ihr passiert, irgendwo in ihr.

Jeanne gefiel ihm sehr, so mager und wach. Mit gespitzten Ohren. Ein kleines Paket aus Muskeln und Energie. Von Zeit zu Zeit schluchzte sie, dann beruhigte sie sich wieder. Sie war vielleicht elf oder zwölf.

Erst als Jeanne zwei Tage später wiederkam, begriffen sie. Sie trank ein Glas Mandelmilch vor seiner Tür, sagte ein bisschen beunruhigt *Da weint ein Baby* und deutete in eine Richtung. Er antwortete *Ja, das ist Joseph.* Dann, ein paar Sekunden später wurde ihm bewusst, dass er stets der Einzige gewesen war, der Joseph in einem dreihundert Meter weit entfernten Haus weinen hören konnte. Wundersamer Zufall, bemerkenswerte Intuition, war eine kleine weibliche und kindliche Doppelgängerin zu ihm gelangt, um sein Leid zu teilen?

Vorsichtig befragte er Jeanne: Ob sie gut höre? Oh, sehr gut. Ob sie besser höre als andere? Ja, den Eindruck habe sie ständig, *Aber ich habe mir angewöhnt, nichts zu sagen, die Leute glauben mir nicht oder sehen mich komisch an, ich bin immer die Erste, die warnt, wenn ein Kind weint.* Und Insekten, kleine Tiere? Ja, sie höre alles, alles, aber ein bisschen durcheinander. Er wischte sich eine kleine Träne von der Wange. Jeanne ging das nicht so nahe: So jung, ahnte sie nicht, wie selten Menschen ihrer Art waren.

Seitdem kommt sie täglich am späten Nachmittag. Verbundenheit von Versehrten. Sie besucht ihn nach der Schule, mit ihrem lebhaften Gang eines Nymphenkindes, er macht ihr eine Mandelmilch, und sie reden über ihren Tag. Nie mehr über die Fuchswelpen. Um die Geräusche, die sie belästigen, zu zähmen, bringt er ihr bei, das Pochen der Ameisenkolonnen zu mögen, ihre vielfältigen, ruckartigen Schritte, die ganz sacht sind und ganz fern, den langsamen Gang der Skarabäen, so schwer, dass man selbst einen einzelnen auf der Straße laufen hört, und das Zischen der Nattern, fein wie ein Lüftchen im Laubwerk. Aber die Geräusche vermischen sich: Sie muss lernen, die Feldtiefe zu berücksichtigen, den Abstand zwischen den einzelnen Geräuschen zu bestimmen und sich erst auf das eine und dann auf das andere zu konzentrieren. Viel Arbeit. Und das braucht Zeit. Er hat Zeit. Sie ist so klein.

Der Schleier vor seinen Augen hat sich verflüchtigt, und die Welt ist beim Erwachen wieder klar – er ist also gar nicht so sehr gealtert. Ist das Jeanne zuzuschreiben? Er hat keine Ahnung. Er sieht besser. Oder zumindest hat er das Bedürfnis wiedergefunden, sich umzuschauen – das Leben ist nicht mehr nur seine Ohrmuschel.

03

Seine Ohrmuschel bereitet ihm heute Morgen, als er in der Sackgasse vor dem Labor parkt, keinerlei Vergnügen. Ein Mopedmotor, der die kühle Luft zerreißt, weckt Mordgelüste. Nach der Stille seines Weilers fällt ihm die Durchquerung des Städtchens immer schwer: der Eintritt in den Lärm. Deshalb kommt er sehr früh, noch vor Sonnenaufgang, vor all dem Krach. Zum Glück liegt das Labor nicht in der großen Stadt. Sobald er die Tür seines Büros hinter sich schließt, ein leichtes Druckluftgeräusch, beruhigt ihn der schalldichte Raum. Die Geräte schlummern in vertrautem Durcheinander, Blätter mit Notizen liegen ordentlich gestapelt auf dem Schreibtisch, die Teekanne hält sich bereit. Ruhe des äußeren Scheins. Er setzt Wasser auf. Heute hat er zwei Diktafon-Kassetten zu analysieren. Ein Betrugsfall, wenn er sich recht erinnert. Gut. Er kopiert die erste auf den Rechner, dann legt er sie in den Schrank mit den Asservaten. Jemand wird sie abholen, um sie zu versiegeln.

Und nun kommt trotz allem, trotz aller Routine, der Moment, in dem er auf Stille und Frieden verzichtet und sich anschickt, dem Elend der Welt eine Stimme zu geben, der Moment, in dem er sich darauf einlassen muss. Er setzt sich, schenkt sich eine Tasse Tee ein, in einer Sekunde wird die Aufnahme ihre Miasmen freigeben, werden die übel riechenden Ausdünstungen seine Ohren überfallen, er täte besser daran, sich zunächst die Akte durchzulesen. Er setzt die Kopfhörer auf, sein Zeigefinger drückt die ENTER-Taste, und der Bildschirm füllt sich mit farbigen Diagrammen, *Irène? Ich bin's, mach auf!* (Raucherstimme, weiter weg, körnig, Schloss-, dann Türgeräusch) *Ja was, hast du dich verrammelt?* (er redet leise) – *Quatsch, ich hab dich erwartet, Mann* (Irène raucht ebenfalls, Schritte im Raum) – *Mach schon, was wolltest du sagen?* (unregelmäßige Geräusche, wahrscheinlich Reibung am Mikrofon des Geräts in einer Hosentasche) – *Find deine Idee nicht gut* – *Hast du schon gesagt. Wirst dich damit abfinden.* So. Die Eindringlinge haben seine innere Bühne erobert.

Er unterbricht das Abhören. Vorhin hat er im Morgenlicht einen roten Pfeil über die Straße schießen sehen – er dachte *Ein Fuchs*, aber er war sich nicht sicher, zu stark von der jüngsten Geschichte beeinflusst und den Glanz der Sonne auf dem Fell hat er noch lange auf der Netzhaut behalten. Sollte es doch noch so viele Füchse geben? Ein Rest Wildnis. *Irène? Ich bin's, mach auf! Ja was, hast du dich verrammelt?* – *Quatsch, ich hab dich erwartet, Mann* – *Mach schon, was wolltest du sagen?* – *Find deine Idee nicht gut* – *Hast du schon gesagt. Wirst dich damit abfinden. Wo ist es?* Heute Vormittag Faulheit, akusmatische Faulheit. Er macht eine Kopie der Aufnahme und beginnt, in der neuen Datei, die er DIALOGE nennt, die Nebengeräusche zu unterdrücken, um nichts als die Stimmen herauszufiltern. Die ziemlich hässlich sind. Ohne Güte. Misstrauisch, würde er sagen. Vor allem der Mann. Wie gewohnt zieht zunächst der Sinn der Worte seine Aufmerksamkeit an sich. Er muss diese Anziehungskraft überwinden, um den Rest zu hören. *Wo ist es?* Wo ist was? Er kann sich einfach nicht erinnern, was man ihm über den Fall gesagt hat, er muss die Akte durchlesen, irgendwo in seinem Stapel. Er hat sie an dem glanzvollen Tag seiner Begegnung mit Jeanne bekommen, und alles, was nichts mit dem Mädchen zu tun hatte, ist in Gleichgültigkeit versunken. Seitdem ist jeder Tag leichter, auf ihr Treffen ausgerichtet, und er fühlt sich weniger schwermütig als zuvor. Marc klopft an seine Tür.

— Guten Morgen, wie geht's?

— Danke und selbst?

— Alles ruhig. Kann ich die Kassetten mitnehmen?

— Nur die erste, du weißt ja, wo sie ist.

— Okay, bis später.

Er geht ein Stück zurück, säubert achtundzwanzig Sekunden Aufnahme und macht weiter. *Es ist bei mir – Wo? – Ist doch egal – Ich glaub, ich nehm es mit – Ich glaub nicht* (Rascheln von Stoff, sie bewegen sich, Geräusch einer aufgedrückten Tür) – *Ach, da versteckst du es.* In der Überraschung packt ihn Brechreiz: Das Stöhnen zerreißt die Luft im Büro, obwohl es ganz leise ist. Er unterbricht, springt auf und läuft durch den Raum. Setzt sich wieder. Was er nicht ertragen würde, ganz und gar nicht ertragen würde: Wenn dieses Klagen, denn er ist sich fast sicher, dass es ein Klagen ist, aus der Kehle eines Kindes käme. Er würde gern unbeschwert bleiben, so unbeschwert wie möglich. Nicht von der Brutalität erfasst werden. *Ach, da versteckst du es.* Dann das Klagen.

Beklommen sucht er in dem Stapel nach der Akte, wie hat er nur den Inhalt vergessen können, er muss doch einen Blick darauf geworfen haben. »FÜR JODEL PAQUINSEUL. Fall Irène Gaspard. Zwei von Madame Gaspard übergebene Diktafon-Kassetten. Sie war an einer Kindesentführung mit Lösegeldforderung beteiligt. Die Eltern haben das Lösegeld sofort gezahlt, ohne die Polizei zu informieren. Daraufhin hat ihr Komplize (sie nennt ihn Tonio, kennt aber seinen Nachnamen nicht) beschlossen, eine zweite Zahlung zu fordern. Sie hat Angst bekommen und begonnen, ihre Gespräche aufzunehmen, um sich abzusichern. Tonio hat das Kind weggebracht. Madame Gaspard hat sich gestellt, sie gibt ihre Beteiligung an der Entführung zu, nicht aber am Verschwinden des Kindes. Sie sitzt in der Santé ein. Das Kind wurde bis heute nicht gefunden. Es gilt nun, Tonio und das Versteck des Kindes ausfindig zu machen.« In einem beigefügten Dokument drei Fährten hinsichtlich Tonios Identität sowie Angaben zu früheren Fällen mit Tonaufnahmen der Stimmen von drei Verdächtigen und zu den bekannten oder möglichen von Irène Gaspard genannten Orten, allesamt in Paris.

Er beschließt, bei Marc im Büro nebenan einen Kaffee zu trinken.

Er sagt Noch so ein ekelhafter Fall.

— Wir haben es selten mit Nettigkeiten zu tun.

— Ja, aber ich bin's leid.

— Das sagst du jedes Mal. Aber stimmt schon, eine Kindesentführung ... Sind die Kassetten heftig?, fragt Marc. (Sein Magen knurrt.)

— Ich bin noch nicht ganz durch. Aber man hört es.

— Das Kind?

— Ja. Und das Schreckliche ist: Wenn ich sie höre, sehe ich sie auch. Es ist, als stünden sie alle drei vor mir, die beiden Raucher, die Stimme kaputt von all dem Dreck, den sie ihr Leben lang von sich geben, misstrauische Stimmen, die nie irgendjemandem vertraut haben ... Übel wie nur was. Und das verängstigte Kind.

Bei Marc hängen Poster an den Wänden, Berge im Sommer, tropische Kokospalmen, eine lächelnde Tahitianerin, die Luftaufnahme eines Schlosses mit Wassergräben.

— Als ich jung war, sagt Jodel, hingen Poster wie deine auf allen Ämtern in den Büros. Es ist gut, die Tradition der Amtshässlichkeit zu bewahren. Vor allem hier. Komm, du solltest jetzt frühstücken.

— Woher weißt du, dass ich noch nichts gegessen habe?

Druckluftgeräusch der Tür. Er gibt sich einen Ruck und lässt zehn Minuten am Stück ablaufen, um zu erfahren, was sich darauf findet, und nicht die Zeit mit der Furcht vor dem Schlimmsten zu verbringen. In der dicken bullaugenähnlichen Luke, die sein Büro erhellt, sieht er plötzlich ein Frühlingsgewitter losbrechen, er stellt sich den Lärm in der Sackgasse vor, wo schwere Tropfen niedergehen, die aus dem Nichts kommen – oder aus einer wilden, aber einzelnen Wolke: Der Himmel ist strahlend blau.

Irène protestiert, *Wir haben doch bekommen, was wir wollten, nicht? Wir könnten aufhören – Das wär total bescheuert, die können noch blechen – Das geht schief.* Sie versucht es in allen Tonarten, von Jammern bis Drohen, Tonio schert sich nicht drum, bleibt stur *Ich nehm den Jungen mit, wenn du Angst hast – Nein, lass ihn bei mir, er ist noch so klein*, aber Tonio schert sich nicht drum, er hat vergessen, was es heißt, klein zu sein, *Überleg's dir nochmal, aber ich glaub wirklich, ich nehm ihn mit*, und er knallt die Tür zu. Irène zischt einen Fluch und schaltet das Diktafon ab. In der folgenden Sequenz kommt Tonio in Minute zwölf mit einem Komplizen, vielleicht mit zweien, und nimmt das wimmernde Kind mit, aber man versteht nichts, Irène muss versucht haben, sich dazwischenzustellen, das Rascheln des Stoffs übertönt die Geräusche. Grauenvoll. Er versucht, die Szene nicht zu sehen.

Gegen elf geht er in sein Stammrestaurant, *Les Oiseaux*, das zu dieser Zeit menschenleer ist (es hat doch seine Vorteile, wenn man alles früher als seine Artgenossen macht) und vor allem ohne Musik, weshalb er es sofort ausgewählt hat, als er im Labor anfing. Vielleicht auch, weil die Wirtin, eine strenge, aber freundliche alte Frau, leise und ohne Eile spricht, die Stammgäste haben sich darauf eingestellt und unterhalten sich mit gedämpfter Stimme, als müssten sie sich ihrer Ruhe anpassen. Langsam kehrt er durch die nassen Straßen zurück. Der Asphalt glänzt. Das Wasser fließt im Rinnstein.

Er macht weiter bis zum Ende der dreißigminütigen Aufnahme. Ständige Anrufe von Irène, die Tonio auffordert, das Kind rauszugeben, er weigert sich zu sagen, wo er es versteckt hält, bei Minute achtzehn sagt er, das Kind sei krank, dann ruft er an, um sich Ratschläge zu holen und zu fordern, sie solle Druck auf die Eltern machen, die Klangqualität – mit dem Diktafon aufgezeichnete Telefongespräche – ist extrem schlecht, Jodel entgehen zahlreiche Wörter, er wird alles entrauschen müssen, ja, genau. Aber zumindest kennt er den Inhalt der Dialoge auf dem ersten Band. Er muss allerdings noch überprüfen, ob die Kassette authentisch und keine Montage ist, denn die Aufnahmelautstärke ändert sich so häufig, dass man auch eine Manipulation durch Irène vermuten könnte – er wüsste nicht, warum, aber man muss alles in Betracht ziehen –, und danach wird er eine Fassung ohne Stimmen machen und die Umgebungsgeräusche verstärken, ein Versuch, Tonio und das Kind zu lokalisieren.

Um punkt fünfzehn Uhr hört er angewidert auf. Es wird schon werden. Er ist als Ingenieur für Geräuschphysik angestellt, nicht als Nationalheld. Zeit, nach Hause zu fahren, Siesta zu halten, um das frühe Aufstehen auszugleichen. Es muss nochmal geregnet haben, ohne dass er es bemerkt hat, über die erfrischte Vegetation rinnen glänzende Tropfen. Jeanne, sein niedliches Double, wird wie immer nach Schulschluss vorbeikommen. Sie hat kleine Ohren ohne Ohrläppchen, die kleben am Schädel, der obere Rand ist leicht gefaltet und ein bisschen spitz, die Windungen fein, man würde nie glauben, dass sie zu gut hört, man hielte sie für gefeit. So viel Anmut tröstet ihn. Um fünf ist sie bei ihm.

04

Um fünf ist sie bei ihm. Sie sagt, dass sie das tägliche Treffen mit Jodel um nichts in der Welt verpassen wolle, erst recht, seit er angefangen habe, sie das Hören zu lehren. Das finde sie toll. Es sei so anstrengend, sich vor dem Lärm der Welt zu schützen, das könne er sich nicht vorstellen.

— Seit einiger Zeit schaffe ich es, meine Ohren zu verschließen, ganz tief in mir zu versinken und zur Schlafwandlerin zu werden. Aber wenn ich danach in das Tohuwabohu zurückkomme, ist es noch schlimmer, dann bin ich stundenlang, ich sage dir, stundenlang wie betäubt.

Er behauptet, dass die Geräusche angenehmer und weniger aggressiv wären, wenn sie sie unterscheiden, sortieren, in der Umgebung einordnen könnte.

— Du hörst mehr als die anderen: Also musst du lernen, besser zu hören.

Er bringt ihr ein Glas Mandelmilch. Ob sie etwas essen mag? Er hat etwas Gutes gekauft. Sie hat unterwegs schon was gegessen, aber sie möchte trotzdem, aus Verfressenheit – Bist du verfressen? Er gibt ihr einen Honigkuchen mit Orangenmarmelade, und sie machen sich auf zu der Lichtung, wo sie arbeiten. Sie sagt, sie übe sich im Großen Lauschen.

— Hörst du den Grünspecht in dem Baum?, fragt er.
— In diesem?
— Ja.
— Was macht er für ein Geräusch?
— Er klopft mit dem Schnabel an den Stamm, sehr schnell und regelmäßig, *tiptiptiptip*, trommelt er.
— Ich höre ihn.
— Würdest du ihn wiedererkennen?
— Ja.
— Dann konzentrier dich, denn da drüben ist noch einer. Lausch jetzt in die Ferne und such ihn.
Sie schließt die Augen und konzentriert sich.
— Kein Grünspecht, sagt sie etwas verwirrt.
— Versuch's nochmal, länger.

Und nach ein paar Minuten lächelt sie. Sie sagt, dass sie seinen zu weit entfernten Grünspecht nicht hört, aber die tschilpenden Vögel, die rauschenden Blätter, den Galopp kleiner Tiere auf dem Boden, Krallen an den Ästen (Eichhörnchen), Knacken (vielleicht Nüsse), Klappern, Klackern, Rascheln, Schaben, Gleiten – interessante Geräusche, aber so zahlreich, es schwillt an, der Wind in den Blättern zeichnet so etwas wie ein langes Klangband, das sich in der Ferne verliert, die Schritte bilden eine summende Matratze auf dem Boden, zwei Vögel streiten direkt vor ihrer Nase, die Luft ist zum Bersten voll – sie muss die Ohren schließen, um sich auszuruhen.

— Du hast gehört, was ich wollte, die Zwischengeräusche. Waren es zu viele?
— Viel zu viele.
— Noch einen Honigkuchen?

Auf der Lichtung dienen ihnen zwei Baumstümpfe als Hocker. Sie nennt sie Hörsitze und findet, dass sie zwei Dryaden gleichen, wenn sie dort würdevoll und konzentriert lauschen. Jodel staunt, was für Wörter sie kennt. Die hat sie

von ihrem Vater, sagt sie, jedes Mal, wenn er sie besuchen kommt, bringt er ihr neue bei.
— Lebt er nicht bei dir?
— Nein, er lebt von meiner Mutter getrennt. Und bei jedem Besuch schenkt er mir ein paar Wörter. Machen wir weiter mit dem Großen Lauschen?
— Versuch mal die Biene zu hören, dort, auf dem großen Engelwurz.

Sie schließt die Augen und hört auf zu atmen, die Hände vor dem Bauch wie um zwei Kugeln geschlossen.
— Ich höre sie, flüstert sie.
— Und siehst du sie?

Sie öffnet irritiert die Augen: Ich soll sie auch *sehen*?
— Sie dir vorstellen. Das hilft, um besser zu hören.

Sie gehen zu der Pflanze. Jeanne beobachtet die geschäftige Biene.
— Jetzt hab ich's, ich werde mich an sie erinnern.
— Und du wirst sie besser hören. Je besser du dir vorstellst, was du hörst, desto weniger wird es dich verletzen. Jetzt müssen wir nach Hause.
— Ja. Mama fragt sich bestimmt, wo ich bin.
— Kann ich sie bei Gelegenheit kennenlernen?
— Na ja! Von mir aus gern, aber du wirst es bedauern.
— Warum?
— Sie ist aufdringlich.
— Äffchen!
— Aber es stimmt: Sie ist aufdringlich. Und sie ist taub.
— Ach ja?
— Na ja, also, sie ist wie alle: Sie hört nichts.

Und auf dem Rückweg erklärt sie ihm bunt durcheinander, ohne einen Hauch von Befangenheit (er mag ihre Unbefangenheit, ihre schlichten und klaren Sätze sehr), dass sie ihn auf jeden Fall wirklich gern hat, dass er ihr sehr nützliche Sachen beibringt, dass er für immer, immer ihr Freund ist. Als sie die Landstraße erreichen, schiebt sie ihre kleine Hand mit den glänzenden Nägeln in seine, und er fühlt sich unglaublich stolz.

05

Er fühlt sich unglaublich stolz, denkt er heute Morgen, sich mit einem kleinen Mädchen angefreundet zu haben, einem außergewöhnlichen Mädchen, das es verdient, nicht durch den Geräuschdschungel zu irren, wie er selbst in seiner Kindheit lange vom Getöse misshandelt wurde, während er sich für seltsam, unnormal empfindlich hielt – warum litt er unter dem Lärm und die anderen nicht? warum hatte er solche Mühe, die Geräusche zu unterscheiden? seinem Gesprächspartner zuzuhören, ohne im Umgebungslärm zu ertrinken? warum lebte er so in Verwirrung? warum hatte er die ganze Zeit Angst? –, bis er begriff, dass er nicht die gleichen Ohren wie die anderen hatte, dass er besonders war, aber dass er Ordnung in seine Wahrnehmung bringen konnte, nicht alles an sich heranzulassen brauchte, dass sich das Grauen zurückdrängen ließ. Ja, das Grauen. Die Zeit der Kindheit war die Zeit des Grauens, weil er alles hörte, ohne etwas zu identifizieren, weil er mehr hörte, als sah; und weil er nichts sah, entschlüsselte er nichts und fühlte sich deshalb ständig in Gefahr, fürchtete vage, der Lärm könnte sich materialisieren und ein Monster loslassen, das ihn zerstören, verschlingen würde – ja, damals rauschte die Welt von starken und nicht erkannten Gefahren.

Er würde Jeanne gern methodisch lehren, wofür er ohne Hilfe Jahre gebraucht hat, sie dazu bringen, ihre akustischen Wahrnehmungen zu beherrschen – es würde immer noch genug Chaos ringsum bleiben. Als er ihr diesen Plan mitgeteilt hat, hat sie nachdenklich geantwortet, *Das wird gut. Ich hatte nicht gedacht, dass es möglich ist. Aber weißt du*, hat sie hinzugefügt, *bis jetzt habe ich eher das schrecklich gefunden, was ich* gesehen *habe.*

Er setzt Wasser auf, bummelt ein bisschen rum, die Aussicht, zu den Stimmen der Gauner zurückzukehren, begeistert ihn nicht gerade, er denkt wieder an das Große Lauschen gestern – wenn sich Jeanne konzentriert, die Hände vor dem Bauch wie um Kugeln geschlossen, kneift sie die geschlossenen Augen zu, und das macht sie unglaublich hübsch, chinesisch. Er muss wirklich ihre Mutter treffen, bevor sie ihm die Bullen schickt, die ihn fragen werden, was er mit der Kleinen im Wald treibt – *Lauschen. – Ach ja? – Ich bin einer von Ihnen – Ja, ja, wir sind alle Brüder – Sie hat nie mein Haus betreten – Die Wälder sind tief.*

Der Himmel macht weiter mit seinem Theater. Niemand weiß, wann diese melodramatischen Gewitter aufhören.

Er muss nur auf die Enter-Taste drücken, und Irène taucht auf, pünktlich zur Stelle, selbst tot wäre sie da, was für eine Idee, Irène sterben zu lassen; aber für Jahrhunderte im Computer gefangen ist sie, nicht übertreiben, sie verströmt jetzt schon die Nostalgie von alten Fotos, Schwarzweißfotos, wie keiner sie mehr macht, höchstens noch ein paar Profis, ein paar Künstler. Ihre Stimme auf der Diktafon-Kassette ist rau und schäbig. Manche leben im Kontakt mit der Schönheit, Jodel nicht – die Gefahr besteht nicht, wenn man für die Polizei arbeitet. Diese Diktiergeräte mit Kassetten sind selten geworden, veraltetes Material, ja, das ist es, Irènes gierige Stimme hallt in der Ewigkeit, *Pass auf,* später *Kümmerst du dich?* und noch weiter *Morgen sieben Uhr,* Tonios kalte Stimme antwortet ihr kaum, *Mach keine Witze* und *Bin nicht bescheuert*, und Irène wieder *Die Eltern stellen sich tot*, sieh an, da sind die Toten, sicher aus Angst, aus Sorge, das Kind ist fünf, so klein, man würde viel dafür geben, dass es nicht in Irènes Geschichten verwickelt wäre, man möchte sich davon abwenden wie von einem widerlichen Anblick, und weiter der erbärmlich armselige Dialog, *Pass trotzdem auf – Hmm – Heult er nicht zu viel? – Nur wenn er mich sieht, der Rotzbengel! – Pass auf*, in einem anderen Leben wäre er Geräuschejäger, er würde aufs Meer fahren, um die Krabben laufen, die Delphine singen, die Brandung rauschen oder in den Flüssen die silbrigen Hechte gleiten zu hören – heute aber klammern sich die schlimmsten Geräusche der Welt an seine Ohren.

Er hört das Band noch einmal ab und konzentriert sich auf die Umgebungsgeräusche, um Hinweise auf das Versteck zu finden. Er hört erneut das *Pass auf*, mit dem gleichen Erstaunen – diese Banalität der Worte, die Dürftigkeit der Gefühle, das Kind weint, und Irène fällt nichts anderes ein, als *Pass auf* zu sagen. In der fünfundzwanzigsten Minute fader, sachlicher Dialoge, *Wann – Sieben Uhr dreißig – Isst er was? – Halt dich raus*, vernimmt er auf Tonios Seite, wie er glaubt, ein ungewöhnliches Geräusch im Hintergrund. Er lässt es nochmal laufen: ein Hahn. Guckt auf die Begleitnotiz: *Tatort: Paris* – ein Hahn in Paris?

Er legt eine dritte Datei an, UMGEBUNG, in der er nur die Hintergrundgeräusche behalten will. Etwas Methodik, um die Arbeit ernsthaft anzugehen. Ab morgen wird er abwechseln: Transkription der Dialoge, Identifizierung der Stimmen, Beschreibung der Orte. Genau. Ist weniger schlimm. Er beginnt zu arbeiten. Im Magma der aufgenommenen Welt Klangeinheiten einzugrenzen macht mehr Spaß – weniger brutal. Er stellt fest, dass man schon in der siebzehnten Minute einen Hahn hört, aber weit weg. In der zweiundzwanzigsten redet eine Frau leise, aber eindringlich auf Tonio ein, während er mit Irène über die Gesundheit des Kindes spricht. In der fünfundzwanzigsten bewegen sich Leute hinter ihm, vielleicht kochen sie. Von der neunundzwanzigsten bis zum Ende hört man in der Ferne eine Baumaschine, ja, ganz sicher.

Während des Essens im *Oiseaux* hat er plötzlich eine so blitzartige Eingebung, dass ihm die Gabel aus der Hand fällt, eher eine Frage, deren Beantwortung jedoch die ganze Interpretation verändern würde. Die Wirtin hat die Gabel fallen gesehen und kommt sofort mit ihrem freundlichen Lächeln und neuem Besteck. Er bringt ein paar Worte des Danks hervor und lobt das Essen. Die Frage ist: Warum hat Tonio den Kontakt mit Irène aufrechterhalten, wenn sie das Kind nicht mehr hatte und nicht mehr mitmachen wollte? Warum belastet man sich mit einer störrischen Partnerin? Vielleicht findet sich die Antwort auf der zweiten Kassette.

Sobald er zurück ist, überspielt er sie auf den Computer und hört sie in einem Zug. Undeutlich, laut. Irène regt sich immer mehr auf, *Der Kleine krepiert noch – Schwachsinn, der reißt sich zusammen – Ein Kind reißt sich nicht zusammen. Wie ist er? – Er nervt uns nicht – Genau das macht mir Sorgen. Wie ist er? – Fiebrig – Der Kleine krepiert noch, geben wir ihn zurück*, und so weiter. Sie will hinkommen, *Wo bist du, ich muss ihn sehen*, aber Tonio weigert sich, es ihr zu sagen, bei Minute fünfzehn wieder ein Hahn, vielleicht zwei, dann sagt Irène, sie will aussteigen, aber er lehnt ab, *Du musst mit den Eltern reden*, aha, warum das? Nach einer Weile ertrinkt er fast in einem Meer ungeordneter Informationen, ohne die Situation besser zu verstehen – warum hält Irène weiter Kontakt, wo ist das Kind, in welchem Zustand –, und als er feststellt, dass er noch eine Stunde zu arbeiten hat, beschließt er, sich auf die Baumaschine zu konzentrieren, die am Ende der ersten Kassette aufgetaucht ist. Eine ziemlich große Maschine, ohne Nuancen oder Macken, ohne Überraschungen oder Aussetzer. Er isoliert das Geräusch, verstärkt es, ein riesiger Motor, das charakteristische Piepsen, wenn der Rückwärtsgang eingelegt ist, auf jeden Fall ein Gelenkarm, vielleicht ein Löffelbagger, keine anderen Verkehrsgeräusche, er macht noch lauter, nichts, die Maschine arbeitet auf einer Baustelle oder einer Brache, aber nicht in einer Straße. Also, rekapituliert er, wir sind angeblich in Paris, aber es gibt Bauarbeiten und auch ein oder zwei Hähne. Ja, genau. Er sucht in seiner Audiothek und schlussfolgert nach dem Vergleich, dass es ein Caterpillar-Bagger ist. Er schickt sofort ein paar Mails an die Präfektur und bittet um die Liste der Baustellen, die er mit der von Bauernhöfen abgleichen wird – das mit den Bauernhöfen dürfte schnell gehen. Er schreibt noch ein paar interne Mails, um sich zu vergewissern, dass es sich in der Hauptstadt abspielt (Tonio kann Irène angelogen haben) und wirklich innerhalb der Stadt.

Es ist Zeit. Er bringt seine Tassen zur Toilette, reibt sie gründlich, um die schwarzen Teespuren zu entfernen, und trocknet sie ab, im Büro stellt er sie ordentlich auf das Tablett, beschließt aber, das Geschirrtuch zu wechseln, auf dem sie stehen, nimmt die Tassen weg, wechselt das Geschirrtuch, dann stellt er die hübsche weiße japanische Tasse nach links, die beiden Seladonschalen nach rechts und in die Mitte den Pott mit Rosenmuster. Um fünfzehn Uhr drei verlässt er die Sackgasse.

Reinigende Fahrt durch den Wald. Nach der Siesta wird es ihm besser gehen, wenn er und Jeanne wieder auf der Lichtung sind, auf ihren Hörsitzen.

06

Auf ihren Hörsitzen (wie Dryaden) machen sie sich an die Arbeit. Heute werden sie lauschen, ohne zu sehen.

— Umso besser. Ich höre lieber, erklärt sie. Du nicht?

— Manche Sachen tun beim Hören weh.

— Aber gibt es nicht mehr Sachen ... (sie zögert) ... Sachen, die du lieber nie gesehen hättest?

Er geht zu ihr.

— Ich weiß, woran du denkst, antwortet er und drückt ihre Hand.

— Sag es nicht! (Ein kurzes Schluchzen in ihrer Stimme.)

— Nein, ich sage es nicht.

Dann legt sie los, im Eiltempo (das kennt er: ihre Art abzulenken) sagt sie, dass es, o ja, viele Probleme mit dem gibt, was man sieht, natürlich beunruhigt sie alles, was sie hört, ohne es zu verstehen oder zu unterscheiden, alles, was ständig ihre Ohren überflutet, aber das, was die Augen einfangen, ist noch schlimmer. Er stimmt zu, was man sieht, macht oft weniger Angst, tut aber mehr weh. Sie fährt fort, Na gut, natürlich höre ich die meiste Zeit zu viel. Sogar der Gang in den Wald ist nicht so einfach. Dieser gewaltige, gewaltige Lärm, all die Geräusche, wie ein zu süßer Kuchen. Als ich klein war, habe ich mal Zucker auf mein Marmeladenbrot gestreut, um den Genuss noch zu verstärken. Das war eklig.

Während Jodel zu seinem Hörsitz zurückgeht, zieht sie ihr Kleid zurecht, das unter ihrem Po knittert, und verkündet, wie froh sie sei, dass ihre Füße nicht den Boden berühren, auch wenn seiner Meinung nach kein Tier in diesem Wald ihr Böses tun könne, nur, wenn du Pech hast und sehr selten, die Vipern.

— Da!, ruft sie, ich höre deinen Grünspecht da hinten.

— Aber jetzt wirst du hören, ohne zu schauen, mach die Augen ganz fest zu.

Zuerst sagt sie, dass der Eindruck von Durcheinander noch stärker wird, weil sie jetzt besser hört.

— Nein, nicht besser, ich höre mehr, viel mehr, aber alles wie ein riesiger Brei. Du hast gesagt, man kann die Geräusche in Gruppen unterteilen um ... Einheiten zu bilden. Wie macht man das?

— Konzentrier dich auf ein paar. Was erkennst du?

— Zwei kleine Geräusche rechts, die zum selben großen Geräusch gehören müssen – vielleicht ein Insekt, das seine Fühler reibt? Aber das ist so durcheinander!

— Kümmere dich nur um die Vögel.

— Es sind zu viele!

— Sag mir einfach, was du hörst.

— Da, ein ... ein Knacken ... Hier ein ... Jodel! Ich habe nicht genug Wörter für die ganzen Geräusche.

— Das stimmt. Ich übrigens auch nicht, ehrlich gesagt. Aber man muss sie trotzdem zähmen, auch ohne sie zu benennen. Wie machen wir das?

Er steht von seinem Stumpf auf und läuft im Kreis. Aus dem Augenwinkel sieht er sie schmollen, sich ärgern: Sie möchte nicht enttäuschen.

— Ich verstehe meinen Vater so gut! Er will mir ständig neue Wörter beibringen.

— Wir müssen eine Methode finden.

Plötzlich hüpft sie von ihrem Hörsitz und zeigt auf junge Brombeerranken, die quer über den Weg wachsen: Hör mal! Man hört sie wachsen! Sie kriechen über den Boden, sie rascheln ganz leise ...

— Nein! Sie rascheln?

— Ja doch!

Jodel ist verblüfft: Das ist unglaublich ... ich ... ich höre sie nicht. Dein Ohr ist noch viel entwickelter als meins ... Erzähl weiter ...

— Na ja, sie ... sie streicheln die Erde, (sie kneift die Augen zusammen) sie klammern sich ein bisschen fest, weißt du, (ihre Finger kratzen die Luft) *krüsch, krüsch* ...

Jodel geht mit dem Ohr nah an eine Ranke, schüttelt den Kopf, dann sagt er Daran hatte ich nicht gedacht, ich hatte mir nicht vorgestellt, dass du viel besser hörst als ich, wie blöd ...

Er sieht so enttäuscht aus, dass sie lachen muss: Das war ein Witz!

— Äffchen!

— Natürlich höre ich sie nicht.

Sie bringt den Kopf ganz nah an eine Ranke, dann sieht sie ihn verlegen an: Wobei ... ich höre sie nicht deutlich. Dann besinnt sie sich: Ein Witz, ein Witz!

So wird Jodel daran erinnert – er könnte es manchmal vergessen –, dass sie ein Kind ist.

— Also, ich möchte dich nicht verletzen, sagt sie, aber wenn ich ganz dicht bei dem Trieb bin, höre ich ihn über die Erde kratzen, ganz weit weg, aber ... ich höre etwas. Ärgert dich das?

— Überhaupt nicht. Es ist sehr gut möglich, dass du besser hörst als ich. Wir werden es überprüfen. Jetzt lass erstmal dein Gehirn die große, verschwommene Vibration des Waldes entschlüsseln.

— Mein Gehör, meinst du.
— Nein, es ist dein Gehirn, das sortiert und interpretiert. Dein Ohr ist nur ein Auffangbecken. Und wenn du gleichzeitig schaust, kann dir das helfen, aber das ist nicht das Wichtigste.

Sie rennt zu einer gewaltigen Eiche. Sie weiß genau, dass sie sich alles trauen kann, weil er ihr mit den Augen folgt. Sonst hätte sie zu große Angst. Er beobachtet sie nachdenklich. Besorgt.
— Natürlich hindert dich nichts daran, mich anzulügen. Da ich nicht überprüfen kann, was du hörst oder nicht hörst, kannst du mir jeden Blödsinn erzählen, sogar, dass du die Brombeerranken wachsen hörst. Aber das macht alles kompliziert, verstehst du? Das zerstört unser Vertrauen.
— Ja, aber das ist auch superlustig!

Auf dem Rückweg erzählt sie ihm, wie lecker junge Ranken schmecken. Früher, als sie klein war, dachte sie, die Ranken wären böse, dornig und aggressiv. Dann lernte sie eine niedliche Ziege kennen, die mit Genuss alle Triebe fraß, die ihr in die Quere kamen, und sie begriff, wie lecker das ist – für die Ziege.

Das meiste steht ihm noch bevor, bei einem Kind wird es immer Dinge geben, die er nur schwer versteht, zum Beispiel ihre Vorstellung davon, wie junge Ranken für die Ziegen schmecken müssen. Es ist schwierig, wirklich zu verstehen, was Verstehen heißt.

07

Es ist schwierig, wirklich zu verstehen, was Verstehen heißt, warum er sein Alleinsein jetzt so gut hinnimmt, wo doch über Jahre hinweg jeder Gedanke, jedes Begehren von Zélie besetzt – überschwemmt – war. Jeden Abend kommt er allein nach Hause und ist kaum betrübt. Hat er sich denn nicht daran gewöhnt (er, der sich für einen großen Romantiker hielt!), ohne Liebe zu leben? Er erinnert sich – aber das ist eine Vorstellung ohne Emotion, ohne Substanz –, wie er sich, sobald sie sich ein wenig entfernte, sobald sein Körper nicht mehr befriedigt wurde, nach ihr sehnte. Seltsam, wie sein Begehren, das er für die wichtigste Sache in seinem Leben hielt, sich gelegt hat. Heute, da er allein ist – da es nur einen Austausch guter Dienstleistungen zwischen ihm und Clotilde gibt und weiter nichts –, weiß er – rein mental –, dass die Liebe mit Zélie sein großes Abenteuer war, die Leidenschaft eines jeden Moments. Und doch beschwert sich nichts in ihm über die Verdrießlichkeit seines Gefühlslebens. Und seines Sinneslebens.

Zélie! Elisabeth mit echtem Namen, aber sie fand Zélie weniger banal. Wie prätentiös.

Wenn er es recht überlegt, hat die Reisgeschichte eine gewisse Bedeutung. Für die Trennung. Die unterschwellige

Reislogik. Dass er immer gerne welchen gegessen hat, war kein Problem. Aber warum hat er immer zu viel davon gekocht? Sie sagte, Reis würde sich nicht halten, selbst in Ländern, in denen er das Hauptnahrungsmittel sei und man mit der Nahrung spare, wüssten die Einheimischen, dass man gekochten Reis nicht aufbewahren dürfe. Sie sagte *Warum kochst du denn nicht genau so viel, wie du dann isst, warum diese ... ach, diese ... Manie, zu viel zu kochen? Hast du Angst, es wäre nicht genug? Und dann? Würdest du mehr Käse essen! Ach! Was für eine absurde Angst.* Sie selbst hatte am Ende gar keinen mehr gegessen, frisch gekocht oder nicht.

Sie hätte darüber lachen können. Die Verschwendung (am Ende warf er welchen weg) war schließlich minimal und seine Manie harmlos. Also? Warum diese Verärgerung? Wegen der irrationalen Logik. Zu viel Reis zu kochen entspringt bei ihm einer persönlichen Logik, einer sehr stringenten und sehr persönlichen, also einer von denen, die man mit keinem teilt und die, weil sie einem verborgenen Mechanismus gehorchen, eine heilende und besänftigende Wirkung haben – die aber jedem anderen absurd vorkommen. Zélie fand das absurd. Er hätte übrigens größte Schwierigkeiten, sich selbst über die Gründe für sein Verhalten klarzuwerden: Wie jede einer persönlichen Logik folgende Absurdität ist diese (das spürt er unbestimmt) für sein psychisches Gleichgewicht notwendig. Kurz, sie haben sich wegen Reis getrennt – aber das ist natürlich ein Bild. Sie haben sich getrennt, weil die irrationale Logik des einen am Ende für den anderen meist unerträglich ist, weil der andere verbittert ist, uns Tag für Tag auf schrecklich vorhersehbare Weise, an derselben Stelle versinken zu sehen. Sie sah ihn zu viel Reis ins Wasser schütten, und schon schrillte ihr Inneres vor Gereiztheit, ja, genau, es ist die vorhersehbare Wiederholung der irrationalen Geste, die manche alten Paare in den Wahnsinn treibt, so sehr sie sich auch lieben mögen.

Er erinnert sich eines Wortwechsels, den er irgendwo aufgeschnappt hat: *Aber nein, wir verpassen den Zug nicht – Lass uns trotzdem schon losgehen, bitte, was stört's dich, wenn wir zehn Minuten zu früh sind, das ist doch kein Beinbruch – Warum sollte ich zehn Minuten länger in einem dreckigen Bahnhof herumstehen, nur weil du von Geburt an ein Angsthase bist? – Ja und, ist das so schlimm? – Nein, aber ich ertrag das nicht, du könntest dich zusammenreißen.* Sich zusammenreißen. Eben nicht, man muss einfach zu viel Reis kochen und zu früh am Bahnhof sein. Heute denkt er, dass Liebe zum Großteil aus Nachsicht besteht – nein, eher, dass die wesentliche Wirkung von Liebe Nachsicht ist: *Oh, Liebling* (sagt die Geliebte und schmiegt sich mit einem entzückenden Lächeln in seine Arme), *du hast schon wieder zu viel Reis gekocht …*

Gerade will er aus dem Auto steigen, um ohne zu trödeln ins Haus zu gehen (ein großspuriges Gewitter steht bevor), als mit einem dumpfem Knall ein schwerer Stoff auf der Windschutzscheibe landet und ihm die Sicht versperrt.

Während sein Nervensystem sich mit Mühe von der heftigen Adrenalinausschüttung erholt, erkennt er beim Öffnen der Autotür eine dunkle Gestalt, die vor dem Haus sitzt. Man mag ein ruhiger Mensch sein (sagt er sich, um die Erholung zu beschleunigen), aber manchmal zwinkert dir die Hölle zu (Westernsprache).

— Das ist mein Mantel.

— Wenn dem so ist, gebe ich Ihnen das Teil zurück, sagt Jodel und schnappt sich den unappetitlichen Stofffetzen.

— Es wäre mir ein Vergnügen.

Starker russischer Akzent. Der Mann hat eine Bassstimme, sehr tief, sehr kaputt, angenehm fürs Ohr trotz der etwas alkoholschweren Zunge und der unheimlichen Situation. Kurzes Schweigen. Ein leichtes Quietschen an seiner Linken. Ihn fragen, wo sein Pferd ist? Oder sich beschweren, dass er

auf seinen Stufen sitzt – nein, gegenüber einem Höllenreiter wäre das doch sehr spießig.
— Wohnst du hier? (Jodel nickt.) Ich brauche einen Unterschlupf.
— Sie sind ganz schön direkt.
— Direkt?
— Grob.
— Das Gewitter, das da kommt, wird kein Trelala.
Der Ton ist rau, aber nicht aggressiv.
— Tralala. Man sagt Tralala. Warum haben Sie Ihren Mantel geworfen?
— Ich wollte nicht, dass du Angst bekommst, wenn du mich vor deinem Haus siehst.

Jodel stößt ein leises Lachen aus: Sehr gelungen. Eine absolut beruhigende Art, sich anzukündigen.

Der Mann lacht ebenfalls: Ha, ich bin keiner mit guten Manieren. Hör zu, ich brauche einen Unterschlupf, ich muss die Stadt erreichen, aber jetzt ist es zu spät, gleich bricht das Gewitter aus, lass mich in deiner Garage schlafen.

Es ist blöd, aber weil er sich den ganzen Tag lang Stimmen anhört, vertraut er schließlich seiner Intuition: Die Stimme hier offenbart, dass der Mann nicht gefährlich ist. Und sein Akzent ist eine Wonne.
— Gut, kommen Sie rein, was trinken.

Also, das ist eine Dummheit. Der Typ wirkt schon ordentlich alkoholisiert. Zu spät.
— Sagt man wirklich *Tralala*? Ich mag das Wort sehr. Es ist ein bisschen lächerlich, oder?
— Sicher. Ich bin es gewöhnt.
— Regnet es hier immer so?
— Nein. Das ist ungewöhnlich für die Zeit. Vielleicht geht da ja was kaputt.

Bei Licht betrachtet hat er nichts Dreckiges. Eher elegant sogar, auf seine Art. Über beeindruckenden Wangenknochen tief sitzende, sehr schmale blaue Augen, die schwer zu fixieren sind – zu durchscheinend. Man erahnt einen schmalen und muskulösen Körper. Der Gürtel hält die etwas zu weite Hose. Fett am Bauch ist was für Ingenieure.

— Kommen Sie von weit her?

Von da an verblüfft ihn der Strudel des Gesprächs. Morgen wird ihm sicher alles in zusammenhanglosen Fetzen wieder einfallen. Der Mann kommt von weit her, aus Russland, über die Ukraine, Polen, Deutschland, Straßburg, Paris, er hat den Kontinent durchquert, er will nach Ulan-Bator – Du hast nicht gerade den kürzesten Weg genommen! – Nein. Er macht einen Umweg über Europa, um Chaos zu stiften. Aha. Warum Ulan-Bator? Er glaubt, dass er sich dort, wo seine Urgroßeltern lebten, ausruhen kann, dort ist es so anders als hier, dass er endlich an etwas anderes denken kann. Chaos? Ja, davon wird er ihm vielleicht später erzählen. Wiegt er sich nicht in Illusionen, wenn er glaubt, in Ulan Bator sei alles anders als hier? – Vielleicht, aber hast du schon mal in einer Jurte gelebt? – Nein – Na, dann stell dir das mal vor – Schwierig – Siehst du, ist zwangsläufig was anderes. Jodel bietet ihm ein Glas Wein an. Er hört die ganze Zeit ein leises Quietschen, das aus seiner linken Tasche kommt, und ein Kollern verrät ihm, dass der Magen des Besuchers leer ist. Essen? Er kann Reis kochen. Warum nicht. Leben dort alle in Jurten? Nein, immer weniger, die Sowjets haben Häuser gebaut, aber die Mongolen sind traditionell Viehhalter, also Nomaden, und außerdem gibt es noch Tausende Pferde (aha! eine Pferdegeschichte, hatte Jodel doch geahnt). Er spricht wirklich ein ausgezeichnetes Französisch. Ja, in Russland kennt man sich mit Sprachunterricht aus, und außerdem hat er sehr ernsthaft gelernt: Früher war Frankreich für ihn wie Ulan-Bator, dieselbe Sehnsucht.

— Wenn du das gewaltige Reiterstandbild von Dschingis Khan zu Pferde siehst, hast du den Eindruck, dass seine

Füße die Erde berühren würden, sobald er die Beine streckt. Es sind sehr kleine Pferde, und trotzdem haben sie mit ihnen die Kontinente überschwemmt.

— Hast du die Statue gesehen?

— Nein. Fotos.

Er redet weiter: Kleines Land, aber stell dir mal vor, das Changai-Gebirge, die Wüste Gobi! – Nein, das kann ich mir nicht richtig vorstellen. – Leider haben sie bald alle Strom, aber das kann man ihnen schlecht vorwerfen, was? Seine durchscheinenden Augen versprühen glühende Funken. Er esse wenig, denn er zwinge sich, Maß zu halten, erklärt er, um schwierige Phasen besser zu überstehen. (Natürlich bleibt ganz viel Reis übrig.) Er sagt, die Mongolei ähnele einer stehenden Scheibe Wassermelone. Oben drüber Russland, der Baikalsee, Sibirien, und darunter China. Und alle haben sie irgendwann genervt. – Eine gerechte Umkehrung der Dinge, oder? Ich glaube mich zu erinnern, dass die Mongolen die größten Eroberer des Mittelalters waren. – Ja, einverstanden, aber sie sind nicht mal drei Millionen, weißt du, weniger als ein Einwohner pro Quadratkilometer, stell dir vor, wie du da atmen kannst, kann ich mir noch Wein nehmen? Nein, kein Maßhalten beim Alkohol, er kaufe nie welchen, nutze aber die Gelegenheit, sobald es welchen gebe. Da habe er sich noch nie beschränken können, und außerdem trinke man dort, wo er herkomme, solange der Vorrat reicht — das ist Tradition. Außerdem hindere Alkohol einen am Denken, das sei also von Zeit zu Zeit ganz gut.

— Warum die Wut, fragst du? Wegen der Amerikaner. Ihr hier, ihr Bewohner der Reichenwelt, merkt das nicht. Das sind Raubtiere. Sie fressen alles, alle Kleinen um sie rum, sie verachten uns alle, ihr merkt das hier nicht, sie haben die sogenannte ukrainische Revolution organisiert, sie haben einen proamerikanischen Präsidenten in Georgien eingesetzt, und jetzt installieren sie Raketenabwehrsysteme

in den Ländern um uns herum, sie versuchen, uns im kleinen Russland einzuschließen. Sie glauben, sie hätten den Kalten Krieg gewonnen, aber wir haben unser letztes Wort noch nicht gesprochen. Russland ist zu mächtig, um geschluckt zu werden. Russland ist ein riesiges Land, ein Land von Wölfen, so wie ich, und wir lassen uns nicht von fettleibigen, dummen Konsumenten reinlegen. Wir Orientalen werden das wieder in die Hand nehmen.
— Orientalen?
— Na klar, siehst du das nicht, die Russen verbünden sich mit den aufsteigenden Ländern, China, Indien. Vor kurzem hat China gezeigt, dass es fähig ist, das Computersystem des Pentagons und mehrerer Länder in Europa zu hacken. Die Macht verlagert sich, sie wandert nach Osten. Vergiss nicht, was ich dir sage: 2025 ist Shanghai die Hauptstadt der Welt, und ich bin in Ulan-Bator.

Seine Heftigkeit beunruhigt Jodel (ein ruhiger Mann ist er, Ingenieur für Klangphysik, ein so friedlicher Mensch). Er bietet ihm nochmal Reis an in der Hoffnung, ihn zu beruhigen, indem er ihn auf andere Gedanken bringt. Der Mann sagt ihm, dass er viel zu viel gekocht hat. – Also wirklich! Du isst ja auch nichts. Der Besucher der Apokalypse verheißt noch den Untergang Amerikas, aber jetzt, wo seine Erschöpfung größer ist als die Faszination, hört Jodel nichts mehr, er muss schlafen. Er bietet ihm das Sofa statt der Garage an.
— Ich stehe sehr früh auf, erklärt er.
— Musst du arbeiten gehen?
— Ja.
— Zum Glück hast du mich nicht draußen gelassen. Hast du gesehen, was da runterkommt? Was hast du denn für eine Arbeit?
— Zu umständlich zu erklären. Ich muss abwaschen und schlafen.

— Ja, Entschuldigung. Ich habe keine festen Zeiten. Kannst du nicht morgen abwaschen?
— Es stört mich, Unordnung zu hinterlassen.
— Setzt du mich auf der Straße in die Stadt ab, wenn du fährst?
— Ich hoffe, du schläfst gut auf dem Sofa.
Der Mann lacht spöttisch.

08

Der Mann lacht spöttisch, als er aus dem Auto steigt. – Du bist also beinahe ein Bulle? Sieht man dir nicht an. Er sagt, die siebenundzwanzig Kilometer, die ihn von der Stadt trennen, gehe er sicher zu Fuß, vor Mittag werde er da sein – Ja, ich gehe ziemlich schnell, kannst du dir vorstellen, wie das ist, wenn ich dann ein Pferd habe? Danke, dass du uns aufgenommen hast.

Als sich die Bürotür schließt, hat Jodel das flüchtige Gefühl, nach langer Abwesenheit zurückzukommen. Warum »*uns* aufgenommen hast«? Er setzt Wasser auf. Möglich, dass die Mongolen Tee trinken. Irène sicher nicht, der Gaumen von Rauchern ist nicht mehr fein genug, um das Aroma zu würdigen.

Er liest seine Notizen durch. Warum bleibt Irène im Spiel? Warum ist es ihre Aufgabe, den Kontakt zu den Eltern zu halten? Aus den Dialogen hat er nicht viel erfahren. Er tut, was er kann. Auf jeden Fall muss nicht er die Ermittlung durchführen. Ja, genau. In seinen Notizen hat er vermerkt, dass man bei Minute zweiundzwanzig noch andere Stimmen in Tonios Nähe hört. Er nimmt sich seine Datei UMGEBUNG wieder vor und hört. Die Aufnahme ist undeutlich.

Eines jedoch wird ihm schnell klar: Eine aufgebrachte Frau spricht englisch – ein sehr spezielles Englisch, weder aus England noch aus Amerika. Ja, genau. Aber er wird Wunder vollbringen müssen, um ein paar Worte zu verstehen. Daher hört er sich die fünfundzwanzigste Minute genauer an und erfasst inmitten von Küchengeräuschen ein paar Klänge, die ebenfalls Englisch sein könnten. Sollte das etwas mit der Nationalität oder der Herkunft von Tonio zu tun haben? Er kehrt zur Datei STIMMEN zurück und beginnt, die von Tonio zu analysieren. Der grüne Bildschirm zeigt die roten Ausschläge des digitalisierten Tonsignals: Das Spektrogramm bestätigt die Tendenz zu hohen Frequenzen (unangenehmer Effekt). Kein charakteristischer Akzent. Aber ein Tick: Eine Kehlkopfkontraktion vor manchen Sätzen, die in eine kurze Nasenausatmung übergeht. Gut geeignet für einen Vergleich mit den drei anderen Stimmen, deren Aufnahmen man ihm gegeben hat und von denen eine wohl die von diesem Tonio sein könnte. Ja, genau.

Schließlich erstellt er eine genaue Charakteristik von Tonios Stimme, und nachdem er die Hintergrundstimmen nach vorne gezogen und eine ausführlichere Recherche in der Audiothek vorgenommen hat, erkennt er, dass es sich bei ihnen um Englisch aus Sierra Leone handelt. Gut. Verschiedene Nachrichten in seinem Computer liefern ihm die Adressen der Pariser Baustellen, die sich direkt in der Stadt befinden: keine Brache, keine abgelegene Gasse. Der von Stille umgebene Bagger auf der Kassette arbeitete also nicht in Paris. Eine letzte Nachricht vom Gericht informiert ihn, dass Irène sagt, sie *glaube*, das Versteck sei in der Stadt, aber das sei nicht sicher.

Den restlichen Vormittag verbringt er mit dem Vergleichen der drei im Anhang mitgelieferten Stimmen. Keine von ihnen weist den Tick (Kehlkopfkontraktion und Nasenausatmung) auf, aber nach Gegenüberstellung der Ergebnisse des Oszillogramms und dann des Spektrogramms sieht es so aus, als wären Tonio und derjenige, den die Unterlagen als Hernandez bezeichnen, derselbe. Blöd, dass der Tick nicht zu finden ist.

— Du weißt genau, dass man eine Stimme nie mit absoluter Gewissheit identifizieren kann, das ist keine sichere Wissenschaft, sagt Marc.

— Das weiß ich nur zu gut und es bekümmert mich, stell dir vor.

— Gut, trotzdem sammelst du meistens interessante Hinweise. Was ist mit dem Englischen? Von wo?

— Sierra Leone.

— Und die Hähne?

— Tja ...

— Vielleicht ein Restaurant.

— Daran hab ich auch gedacht. Aber kennst du viele Gerichte mit Hahn?

— In Sierra Leone vielleicht ...

Die Antwort wird ihm geliefert, als er ins *Oiseaux* geht. Auf der Schiefertafel mit den Tagesgerichten liest er *Coq au vin.* Was ist er doch für ein Idiot! An der Theke trinken drei Männer schweigend Weißwein aus kleinen Gläsern, und eine alterslose Frau hebt regelmäßig die Hand, wie um kraftvoll eine Rede einzuleiten, aber ihr Arm fällt zurück, die Worte kommen ihr nicht über die Lippen. Ihr Nachbar stimmt mit resigniertem Kopfnicken zu, und sein Gesicht sagt *So ist es* oder vielleicht *Da kann man nichts machen.* Würde Jodel nicht das irre Gespräch fürchten, das sich womöglich daraus ergäbe, würde er die Frau mit dem Zitat eines Philosophen trösten, dessen Name ihm nicht mehr einfällt: Das Schweigen ist eine Errungenschaft des Menschen. Aber wäre sie damit getröstet? Der *Coq au vin* ist köstlich. Als er auf dem Rückweg zwei Hunde sieht, die einander herausfordern, denkt er an eine andere Verwendung von Hähnen:

den Kampf. Stößt der Kampfhahn einen anderen Schrei aus als sein Bruder im Hühnerhof? In der Audiothek zu überprüfen. Gibt es in Sierra Leone eine Hahnenkampftradition? Ebenfalls zu überprüfen.

Als er sich vor seinen Computer setzt, die Hände zu beiden Seiten der Tastatur flach auf dem Schreibtisch, das Kinn gesenkt, lustlos, wird ihm klar, dass er die Geschichte nicht mehr aushält und er offensichtlich wieder mal übereifrig war, gewiss, weil zwei Ereignisse zusammentreffen, die Begegnung mit Jeanne, die ihn besonders sensibel für Kinder gemacht hat, und das Material dieses Falls. Aber er ist fast fertig. Für andere bleibt dann die Aufgabe, den Ort des Verstecks zu entdecken, für wieder andere die Aufgabe, Irènes Rolle zu verstehen. Er hat nicht die Mittel, diese Fragen zu lösen. Ingenieur ist er, nicht Ermittler.

So vergeht der Nachmittag recht schnell, er hört sich Kampfhähne an (ihr Schrei ist nur anders, wenn sie auf dem Kampfplatz sind, was vorauszusehen war, dann wird er widerlich), erfährt nichts Besonderes über eine eventuelle Tradition in Sierra Leone (trotzdem kann es sie geben) und verfasst den Bericht. Die Vielzahl der Fährten, die er nahelegt (man wird ihm ganz sicher sagen, dass er zu viel macht), vermittelt ihm ein Gefühl der Befriedigung und der Pflichterfüllung, und er schließt die Tür zu seinem Büro ein bisschen spät, doch mit der Gewissheit, dass er auf diesen Fall nicht mehr zurückkommen muss. Selbst der Umstand, im Flur dem grässlichen Nörgler zu begegnen, der ihm ein Na, manche haben wirklich Glück, dass sie ihr Nickerchen machen können, wenn die anderen arbeiten, Privilegien, Privilegien zuruft, kratzt seine gute Laune nicht an.

Im Auto fühlt er sich erleichtert, dass er sich Irène vom Hals geschafft hat (mögen die Schakale ihre Leber fressen), das Leben ist ohnehin schwierig genug – übertreiben wir mal nicht, sein Leben ist nicht sonderlich schwierig, aber gut, immer die Frage nach dem Rumoren der zu brutalen Welt. Von sich selbst und seinem Ärger kann man sich befreien, aber von den anderen, von der Welt: schon viel komplizierter. Er lebt so zurückgezogen, dass er bisweilen den Eindruck hat, im Abseits zu stehen, abseits der Dinge, der anderen, der Informationen. Geschützt im Grunde. Manchmal vermutet er, dass das nicht das wahre Leben ist. Das zumindest hat ihm Zélie immer gesagt. *Du siehst nichts*, wetterte sie. Aber was er alles hört!

Er hat gerade noch Zeit für die tägliche Siesta, bevor Jeanne kommt. Kaum sind die Vorhänge aufgezogen, fällt ein Lichtstrahl auf das Bett. Sollte der Regen womöglich aufgehört haben? Er erkennt das wunderbare Plappern einer Amsel. Sehr viel weiter entfernt, vielleicht vierhundert Meter, eine Landwirtschaftsmaschine. Die Hunde des Nachbarn schwatzen. Die Mäuse laufen auf dem Dachboden herum. Alles ist in Ordnung. Ja, genau. Sicher ist es ziemlich schwierig, seine Sachen und Möbel in eine Jurte zu räumen. Gut. Den Ton abstellen, in sich abtauchen, die angenehme Müdigkeit kommen lassen, langsam davongetragen werden. Er wird Jeanne sagen, es ist jetzt entschieden, er wird ihre Mutter besuchen.

09

Es ist jetzt entschieden, er wird ihre Mutter besuchen, sagt er zu ihr. Sie versteht nicht recht weshalb. So will es die Höflichkeit, man muss den Eltern der Kinder, mit denen man Umgang hat, vorgestellt werden.

— Ach ja? Hast du mit vielen Umgang?

Er gibt zu, dass sie das einzige Kind ist, mit dem er befreundet ist.

— Ich frage mich, ob du nicht genau dem Wort entsprichst, das mein Vater mir letztes Mal zu erklären versucht hat: Formalist. Würdest du sagen, du bist ein Formalist?

Er lacht schallend.

Wenn es was gibt, das sie mag, stößt sie in einem einzigen Wortschwall hervor – abgesehen davon, dass er sie Äffchen nennt, also das mag sie wirklich furchtbar gern –, dann ist es sein beglücktes Lachen, wenn sie ihn mit den Wörtern ihres Vaters überrascht. Sie ist ehrlich, erklärt sie ihm, weil sie ihm verraten hat, dass sie diese Wörter nicht allein findet, sie versucht nicht, schlauer zu wirken, als sie ist. Auf Eines ist sie stolz, ja, das kann sie ihm erzählen, weil es ihr eingefallen ist, als sie vorhin auf den Hörsitzen gearbeitet haben: auf die Sprache der Geräusche, die sie erfunden hat, als sie klein war. Anfangs benutzte sie diese Sprache nur, wenn sie im Bett lag, beim Aufwachen und abends, vor dem Einschlafen. Sie identifizierte im Haus die Stimme ihrer Mutter, das Radio, die Insekten und andere Krabbeltiere, ärgerte sich aber, andere Geräusche, die sie entlang der Rohre und auf dem Dach, hinter den Scheiben, in der Abend- oder Morgenluft wiedererkannte, nicht benennen zu können, tausend Klänge, die ihr inzwischen vertraut waren, obwohl sie ihnen weder einen Ursprung noch einen Namen geben konnte. Wozu war es gut, so viel zu hören, wenn sie keine Wörter hatte, um das zu benennen – es für sich zu benennen? Deswegen hatte sie diese Sprache erfunden, die sich im Lauf der Zeit um Geräusche des hellen Tages erweiterte. Oft vergaß sie den Namen eines kurzen Geräuschs, das sie nie wieder gehört hatte, oder sie hatte noch den Namen, aber nicht mehr die Erinnerung an den Klang. *Kruitsch, Zblunn, Zzzirett* und das *Traiern* zählten zu den Klassikern: sehr häufig. Aber das *Ruihs* hatte sie nur ein einziges Mal gehört, und sie erinnerte sich nicht mehr, wie es geklungen hatte. Das ist ihr vorhin wieder eingefallen, und sie hat zwar eifrig gearbeitet, damit er den Mut nicht verliert, aber gleichzeitig hat sie sich amüsiert, mit geschlossenen Augen Namen für die Geräusche des Waldes zu erfinden, die sie wiedererkannte.

— Jetzt muss ich dir was gestehen: Als du mir gesagt hast *Gut, ich weiß nicht, was du genau meinst, aber bist du wirklich sicher, die drei Geräusche zu identifizieren?* und ich dich beruhigt habe – also, da war ich in Wirklichkeit überhaupt nicht sicher. Als du gesagt hast: *Volltreffer! Ich glaube, ich höre dieses* rzhu *und dieses* tscheh *wie du*, war ich zufrieden, und doch ... es ist so schwer, sich über das Hören auszutauschen. Was man sieht, kann man zeigen, aber was man hört?

— Du hast recht: Es fehlt uns an Wörtern, um es zu erklären, und dadurch weiß man nicht, was der andere gehört hat.

— Aber warum? Das ist doch seltsam, oder?

— Vielleicht, weil man lange Zeit nicht in der Lage war, Geräusche festzuhalten? Einen Gegenstand konnte man immer schon nach Belieben betrachten und beschreiben oder sogar malen – während ein Geräusch flüchtig ist, man kann es nicht lange genug wahrnehmen, um die Worte dafür zu finden. Aber gerade unter diesen Bedingungen zu versuchen, sich über das Hören auszutauschen, ist doch ziemlich schön, oder?
— Sehr schön. Und das unglaubliche Geschenk, das du mir versprochen hast, die Große Stille? Du hast gesagt, du würdest mich die Leere hören lassen, überhaupt keine Töne mehr, totale Stille. Ich kann das einfach nicht glauben.

Dass alle äußeren Geräusche ausgesperrt sind – diesen Zustand kennt sie nicht. Den Kopf unter dem Kissen, die Finger in den Ohren, das ja. Aber der Lärm geht durch alles hindurch, er schleicht sich heran, dringt ein, verformt sich – und hält inne. Die Große Stille – wirklich?
— Du wirst sehen.

Als sie in den Weiler kommen, von wo aus sie jeden Abend zu Fuß nach Hause geht, bittet er sie, ihrer Mutter Bescheid zu geben, dass er sie am nächsten Tag besuchen werde. Weiß die Dame überhaupt von seiner Existenz? Nein. Warum?
— Hab ich dir doch gesagt: zu aufdringlich.
Erstaunt verzieht er das Gesicht.
— Du siehst mich an wie jemand, der keine aufdringliche Mutter hatte, das ist alles.

Er besteht darauf, dass sie morgen dieses Treffen organisiert mit ... – wie heißt sie eigentlich?
— Jaumette. Ja, schon gut, schon gut, ich weiß, wir haben alle Vornamen mit J. Tja, siehst du, genau das gehört eben zu ihrer Art, aufdringlich zu sein – dass sie mir einen Vornamen verpasst hat, der ihrem ähnelt. Und das Schlimmste weißt du noch nicht mal, aber das darf ich dir nicht sagen.
— Und du hast mir nicht gesagt, was sie von Beruf ist.

— Musikerin.
— Musikerin! Was für eine Ohrenfamilie! Welches Instrument?
— Geige. Sie spielt im Orchester der Region. Gut. Ich sage ihr nachher, dass du morgen vorbeikommst.

Sie zögert, aus dem Auto zu steigen, sie hat noch etwas zu sagen. Neugierig wartet er ab. Dann traut sie sich. Macht es Jodel Spaß, zu schwindeln oder etwas zu verheimlichen? Niemals. Aber vielleicht braucht er sich ja nie zu schützen? Denn in vielerlei Hinsicht ist die Situation eines Erwachsenen einfacher, hat sie häufig gedacht. – Genau. – Aber weniger aufregend. – Ohne jeden Zweifel. Also sie belüge regelmäßig ihre Mutter, ohne Schuldgefühle (zu aufdringlich) und sogar mit großer Freude. Sie erzähle ihr die unmöglichsten Sachen, wirklich zum Totlachen. Vor allem natürlich solche, die mit dem Hören zu tun hätten. Und Jaumette, die sehr wohl ein besonderes Ohr bei ihrer Tochter bemerkt habe, ohne aber zu ermessen, wie besonders, lasse sich auf den Arm nehmen. Im Übrigen sei es Jodel gewesen, durch den sie sich überhaupt erst ihres seltsamen Hörvermögens bewusst geworden sei. Bevor sie ihn getroffen habe, habe sie nur gewusst, dass sie nicht wie die anderen hört, ohne aber irgendetwas Genaues zu diesem Thema zu denken. Jetzt wisse sie es: Hyperakusie.
— Jetzt, wo ich dir von meiner Freude am Schwindeln erzählt habe, darfst du mich bei meiner Mutter natürlich nicht verraten.
— Kein Wort.
— Hm! Die Erwachsenen sind manchmal so blöd solidarisch. Ich weiß noch nicht, wie weit ich mich auf dich verlassen kann.

Er lacht, als sie aussteigt.
— Ach, sagt sie erstaunt, der Himmel ist heute Abend endlich wolkenlos.

10

Der Himmel ist heute Abend endlich wolkenlos, und er erkennt schon von weitem die Gestalt, die ihn vor seiner Haustür erwartet. Seine erste Regung (Schwanzflossenklatschen eines silbrigen Fischs, der entwischt) ist große Freude.

— Grüß dich, Bulle.

Jodel hört in der rechten Tasche des Besuchers das Prickeln eines Getränks mit Kohlensäure und in der linken das Quietschen. An der Mauerecke verstummt eine Grille.

— Grüß dich, Mongole. Ich heiße Jodel.

— Nenn mich Ulan.

Während Jodel ihm so selbstverständlich die Tür öffnet, als wären sie verabredet – Ich glaube, du hast noch ein bisschen Reis –, sagt er, er fühle sich eigentlich nicht wie ein Bulle, so wie er es versteht, und übrigens sei er auch keiner, er sei Ingenieur. Aber es wäre irgendwie lächerlich, ihm die Feinheiten der Verwaltungskategorien zu erklären.

— Du bist doch wohl nicht zu Fuß aus der Stadt zurückgekommen?

Er wärmt den Reis auf (kleiner rachsüchtiger Gedanke an Zélie) und erklärt ihm den Fall Irène Gaspard und die Arbeit, die er macht. Hält Ulan ihn für einen Knecht des amerikanischen Imperialismus, weil er hilft, die Entführung eines Kindes aufzuklären?

— Du stellst die Frage falsch. Das Problem ist nicht, was man konkret macht, sondern ob man drin ist oder nicht. Ich bin draußen und versuche, drinnen Chaos zu stiften.

Jodel lacht. Das ist etwas pauschal. Aber in Zeiten, wo sich in jedem Büro, an jeder Straßenecke und in jeder Fernsehsendung mindestens zwei bezahlte Rebellen und drei angestellte Aufrührer verbergen, ist ein so authentisch wilder und ungebundener Typ wie Ulan auf jeden Fall eine angenehme Überraschung. Allerdings steht keineswegs fest, dass er nicht tatsächlich gefährlich ist.

— Wie stiftest du denn Chaos?

— Das ist meine Sache.

— Beunruhigend.

— Nicht doch ... Ich bin ein Schwadroneur. Ich rede und säe Sturm.

— Schwadroneur heißt aber etwas anderes.

Ein toller Plauderer ist er allerdings, sehr gut informiert, und seine – detaillierten – Nachrichten aus der Welt gehen von den Beziehungen zwischen China und Japan bis zum *Vater aller Bomben.*

— Das ist eine russische Bombe, so stark wie eine Atombombe, durch die Druckwelle zerstört sie in zwei Etappen.

— Hältst du dich für den Boten der Apokalypse?

— Nein, aber ich versuche dir zu erklären, dass deine Welt gerade zerbröckelt. Und da eh alles im Arsch ist, fördere ich den Untergang, indem ich die größten Chaosstifter eurer Welt unterstütze. Das Morgen gehört euch nicht mehr.

— Komm, nimm noch ein bisschen Reis. Ich bin sicher, Mongolen lieben Reis. Wo schläfst du denn in der Stadt?

— Willst du das wirklich wissen?

— Reine Neugier.

— Gib mir Reis, aber nicht zu viel. Du findest mich durchgeknallt, oder?
— Ein bisschen.
— Und du bist naiv, mein Guter.
— Es ist nett, dass du nochmal zum Essen zu mir gekommen bist.
— Ich mag dich eben.

Dann schweigen sie eine Weile. Das wundert Jodel nicht. Er weiß, dass Männer, wenn sie sich ihrer gegenseitigen Zuneigung versichern, danach stumm bleiben müssen, um den allzu gewichtigen Worten Zeit zu lassen, sich in der Nachtluft aufzulösen.

In diesen friedlichen Minuten denkt Jodel, dass Ulan vielleicht gar nicht so gefährlich ist, dass er vielleicht wirklich nur ein Schwadroneur ist. Er sagt es ihm.
— Ich bin einfach nur wütend, antwortet Ulan. Jeden Morgen wache ich wütend auf.
— Andere werden mit dieser Wut beim Aufwachen zu Serienmördern.
— Na siehst du, ich bin gar nicht so schlecht. Ihr merkt einfach nichts.
— Sag nicht *ihr*, wenn du mit mir sprichst.
— Doch! Du bist wie alle Bürger der Reichenwelt.

Und wieder legt er los: Jodel erfährt, dass die Russen und die Chinesen durch den Handel mit ihren Rohstoffen derart viel Geld haben, dass sie bald alle westlichen Banken und großen Unternehmen aufgekauft haben werden. Ulan sagt, das seien Staatsfonds, und die chinesischen beliefen sich aktuell auf Tausende Milliarden Dollar – Das sind Summen, die mir gar nichts sagen: zu riesig – und mit diesem Geld kauften sie gewaltige Beteiligungen an den Unternehmen, mit denen sie bald die Politik im Westen beeinflussen würden.
— Ist das klar? Ihr habt zwar die Weltwirtschaft, so wie sie jetzt existiert, erfunden, aber die anderen haben das Geld,

deswegen sind sie bald die Herren in eurem Haus. Die Globalisierung, die euch solche Angst macht, wird von diesen Riesenmächten untergraben, die dabei sind, die Macht zu übernehmen, und dann werdet ihr euch nach der ungeordneten Freiheit des Marktes zurücksehnen. Ich sage dir, sogar eure Ängste sind falsch, und ihr seid auf dem Baumweg.

— Wir sind auf dem Holzweg, dem Holzweg. Ich frage mich, ob ich ein guter Gesprächspartner für dich bin ... Noch ein bisschen Reis?

— O nein, ich glaube, jetzt reicht es.

Jodel denkt an die Lichtung des Großen Lauschens, an die drei Turmfalken, die ihm in letzter Zeit mächtig auf die Ohren gegangen sind, weil sie so nah bei seinem Haus schreien (am Anfang war es nur einer in einer benachbarten Scheune, er hatte ihm zugesehen, wie er zwei Junge fütterte, deren Fell so flauschig war, dass sie dicker aussahen als die Mutter, er weiß nicht, ob die drei jetzt diese Familie sind oder eine neue *Ménage à trois*, er denkt an die Diskrepanz zwischen der Welt und seinem Leben, dabei hört er genau zu, er hat das Gefühl, ständig dem Rumoren der Welt zuzuhören, aber das reicht nicht. Es ist ihm fast unmöglich, sich die aktuelle Welt vorzustellen, sich ein Bild von ihr zu machen. Ja, genau. So viele Länder, Kontinente mit ihren Besonderheiten, von denen er höchstens das Kräuseln an der Oberfläche wahrnimmt, die alle in politischen, ökonomischen, psychologischen Interaktionen gefangen sind, von denen er nicht mal die Hälfte begreift (ein Viertel, wenn er ehrlich ist) – und die, wer weiß? vielleicht auch einer persönlichen, irrationalen Logik gehorchen, wie die Menschen. Gibt es im Kollektiv vielleicht etwas Persönliches? Bei den Nationen etwas kollektiv Irrationales? Das sagt er Ulan, der nickt.

— Ich kann es auch nur schwer entschlüsseln. Dabei denke ich an nichts anderes.

— Unmöglich, die Siriusperspektive einzunehmen.
— Was heißt das?
— Eine erhöhte Perspektive, entfernt und objektiv, weil distanziert.
— Weißt du, dass die Chinesen – runzle nicht die Stirn ...
— Du denkst wirklich an nichts anderes.
— ... dass die Chinesen eine Forschungssonde zum Mond geschickt haben? Glaubst du, das ist für irgendwas gut?
— Ich weiß nicht. Die Amerikaner haben es auch schon gemacht.
— Das ist für gar nichts gut. Nur um Eindruck zu schinden und um euch zu zeigen, wie groß der Fortschritt der chinesischen Technologie und Wissenschaft bereits ist.
— Also, wo schläfst du nun in der Stadt? Das beschäftigt mich.
— Sieh mal an! Du willst es also wissen. In den *Quatre Chemins.*
— Wo ist das?

Wenn man vom Süden in die Stadt kommt, fährt man durch ein Industriegebiet, da steht ein leeres Fabrikgebäude – er weiß, dass es eine Fabrik war, typische Hässlichkeit des Gebäudes, im Erdgeschoss noch Ölflecken –, man geht eine Art Rampe hoch, die in einer Spirale ins Obergeschoss führt, da ist eine große Betonfläche, die wohl mal der Parkplatz war. Ganz hinten acht oder zehn Räume, sicher frühere Büros.
— Dort sind wir.
— Dort seid *ihr*?
— Ich und andere wie ich.
— Wie hast du das gefunden?
— So was weiß man in unserer Welt. Man kennt die Anlaufzonen.
— Anlaufzonen? ... Anlauf*stellen* vielleicht?
— Sicher. Willst du kommen?

Will er kommen? Gute Frage. Beim Gedanken an die *Quatre-Chemins* wird ihm eher schwindlig. Zweifellos eine Zone. Er erinnert seinen Gast daran, dass er Ingenieur ist, dass er ein Bäuchlein hat, dass er nah am Wald lebt, ganz in Ruhe, und dass er in Sachen Kampfsport wenig Talent hat. Ulan sagt, er werde ihn beschützen. Das mindert seine Sorge nicht gerade: Er braucht also Schutz? Ulan erklärt, es handle sich um ein geschlossenes Milieu, misstrauische Leute, die zu Verschwiegenheit neigen, aber er ist überzeugt, dass Jodel ein paar sehr spezielle Exemplare mögen würde, die er ihm vorstellen kann.

— Exemplare?

— Kommst du oder nicht?

Jodel hört vorsichtige Schritte nahe beim Haus, jemand läuft da draußen herum, bleibt vor dem Wohnzimmerfenster stehen, von wo er wohl beobachtet, ohne sich zu rühren. Ein Vagabund? Oder ein Besucher aus der Anlaufzone? Die Stimme seines Gastes rutscht in den Hintergrund, er konzentriert sein Gehör auf diese Präsenz.

Der Neugierige rührt sich ein paar Minuten nicht. Er ist nicht allein. Jodel vernimmt das leichte Hecheln eines Hundes. Die Luft wird dichter. Ulan redet, der Neugierige beobachtet, der Hund hechelt, Jodel lauscht. Die Wirklichkeit gleicht kaltem Aspik. Hundert lange Sekunden später entfernen sich die Indiskreten lautlos, und ihre Schritte verlieren sich. Was wollten sie? Ein Herumtreiber und sein Gefährte? Oder war Ulan das Ziel dieser nächtlichen Aufmerksamkeit?

Seine letzten Gedanken, bevor er in den Schlaf sinkt, gehen zu den *Quatre-Chemins*, zu den Exemplaren und zu der Antwort, die er morgen auf die Einladung geben wird. Schon seltsam, man lebt in einem friedlichen Weiler, an einem dieser Orte, wo schon ein ungeordneter Vogelflug als Unruhe gelten kann (vor allem früh am Morgen, aber auch wenn niemand da ist – zumindest wenn die Vögel das glauben), und nun häufen sich die Besuche. Erstaunliche neue Freunde. Dabei ist er doch ein ruhiger Mensch. Geht er hin? Geht er nicht hin?

II

Geht er hin? Geht er nicht hin? Nach dem Aufwachen drängt Ulan.

— Das wird dir gefallen. Entspann dich.

— Immerhin sagst du, dass ich einen Leibwächter brauche.

— Nicht doch, nur einen Sesam-öffne-Dich.

— Einen Sesam-öffne-Dich! Ich begreife nicht, wo du so gut Französisch gelernt hast.

Sie verabreden sich für den Abend um acht am letzten Kreisel vor den *Quatre-Chemins*.

— Dort lade ich dich zum Essen ein, es gibt einen Campingkocher.

— Ähh ...

— Reis, wenn du nichts anderes magst.

— Nein, danke, ich habe dann schon gegessen.

Er kann es ihm nicht so brutal sagen, aber beim Essen braucht er schon seine Ruhe, keine bedrohlichen Banditen um sich herum. Er setzt ihn an der Straße zur Stadt ab. Immer noch das Quietschen in seiner linken Tasche.

— Gehst du zu Fuß?

Ulan antwortet mit einem spöttischen Grinsen.

Auf seinem Schreibtisch ein dienstliches Schreiben, gestern Abend eingetroffen. *Jodel Paquinseul, Labor für Geräuscherkennung. Dringend.* Die einzige echte Dringlichkeit heute, das weiß er nur zu gut, wäre, das Kind wiederzufinden, das kranke Kind. Aber er kann nichts mehr tun. Die Geschichte steckt ihm wie ein Stachel im Herzen. Wie Jeanne sagt: Es ist noch schlimmer, wenn man wegen etwas Schmerz verspürt, das einem nicht selbst passiert ist. Durchlässigkeit. Niemand bleibt von der großen Vibration der Welt verschont. Sympathische Geräusche des sprudelnden Wassers im Kocher, des auf den Tee fließenden Wassers, der sich in der Kanne entfaltenden Blätter (die Jeanne vielleicht wirklich hören würde), einer Fliege, bei der man wirklich, wirklich nicht weiß, woher sie aufgetaucht ist – aber gewöhnt er sich nicht gerade an überraschende Besucher? –, und die ein gewaltiges Brummen produziert.

Der Brief kommt vom Direktor des Labors, Grimaldi, einem heiteren und herzlichen Menschen, den er gern mag, übrigens ein großer Teeliebhaber, *Lieber Jodel, irgendwann halten uns alle für Hampelmänner, was unsere Vorgesetzten nie mit freundlichen Ohren sehen.* Wirklich sympathisch. Es folgt die Aufforderung, auf einen in Fotokopie beigefügten Artikel des Vereins für gesprochene Kommunikation zu reagieren, »Der Mythos des Stimmabdrucks«. Grimaldi rät ihm zu einem nuancierten und zurückhaltenden Ton, denn der Verein hat das Parlament angerufen, *und wenn Sie hinsichtlich unserer Methoden nicht halbwegs überzeugend sind, könnten uns die Abgeordneten Scherereien bereiten, soviel steht fest.*

Schnell ist die Fliege in den Flur gejagt und der Rauchtee eingeschenkt. Köstlicher, etwas beißender Duft. Den gibt es nur bei einem Chinesen aus China, ziemlich weit entfernt, in der Stadt, aber der Weg ist die Mühe wert. Das Schlimmste sind die Leute, die den Tee in der Kanne lassen, ohne sich um die Ziehzeit zu kümmern, und am Ende ein Gebräu trinken, dessen widerliche Bitterkeit jedes Aroma vernichtet (das Allerschlimmste: die KBTT, Kannenbeutelteetrinker – ein Gesindel).

Der Artikel kritisiert Audio-Gutachten und verweist darauf, dass die Stimme nie stabil, sondern emotionalen Schwankungen unterworfen und anfällig für Betrug (vorsätzliches Verändern, Verstellen) sei, sie obendrein durch die Bedingungen der Übertragung und Aufnahme entstellt werden könne, weshalb bisher kein Identifizierungsverfahren wissenschaftlich zuverlässig sei. Er verweist darauf, dass Stimmerkennung eine Illusion sei, dass es zwar im Gehirn die Fähigkeit gebe, vertraute Stimmen zu erkennen, dass aber keine Stimme, soweit bekannt, Charakteristika aufweise, die sie einzigartig mache. Das Ohr sei nicht zuverlässig (es identifiziere durchschnittlich 50 Prozent der Stimmen – genauso viel wie der Zufall), und Programme zur Stimmerkennung seien es ebenso wenig. Deshalb verlangen die Autoren – von denen einer mit Vornamen Marcel und der andere Raymond heißt, kann man Marcel und Raymond heißen, ja, aber macht euch das glaubwürdig, nein, es ist nicht sehr nett von ihm, sie eines Namensdelikts zu bezichtigen, eine Form der Diskriminierung, ja, aber er ist gereizt, das ist es, er liest den Artikel als persönlichen Angriff, fast: Er ist ziemlich der Einzige, der zu diesen Themen arbeitet –, jedenfalls verlangen die Autoren, dass Stimmgutachten von der Justiz fortan nicht mehr verwendet werden.

Gut. Und weiter? Bliebe noch genug Arbeit mit der Untersuchung der Umgebungsgeräusche, der Transkription der Dialoge und allem, was er anhand einer Aufnahme entdecken kann. Aber diese Infragestellung ist unangenehm. Auch wenn er, wie jeder Ingenieur für Geräuschphysik, der für die Polizei arbeitet (er ist der einzige), die tragische Geschichte von Charles Lindbergh im Hinterkopf haben muss, der seinerzeit versicherte, die Stimme des Kidnappers seines Sohnes erkannt zu haben (er hatte sie zwei Jahre zuvor kurz gehört), so dass die Geschworenen, eben weil sie glaubten, er könne sich unmöglich irren, den unschuldigen Angeklagten zum Tode verurteilten.

Auf den Artikel antworten: ein wahrer Alptraum. Jedes Mal ein wahrer Alptraum. Man muss wissen, wie anfangen wie fortfahren, eine echte Strafe. Er hat schon mehrmals derartige Antwortbriefe verfasst, aber es ist jedes Mal eine echte Strafe. *Liebe Marcel & Raymond – oder Raymond & Marcel, wie nennt man Sie? Liebe Kollegen jedenfalls, Ich stelle Sie mir als unentwirrbare (ich weiß nicht, ob das das richtige Wort ist), untrennbare Zwillinge vor, die durch eine schiefe Welt wandeln (Sie so schief wie die Welt) und hartnäckig versuchen, anderen zu schaden – oder mir? mir? wie? haben Sie es speziell auf mich abgesehen? weil ich auf demselben Gebiet arbeite wie Sie? das geht zu weit! statt Korpsgeist Groll, statt gegenseitiger Hilfe Konkurrenz? das ist doch zu blöd. Ich versichere Ihnen, dass ich mein Bestes tue, und ich möchte keinen Konflirt mit Ihnen, oh, ich habe Konflirt statt Konflikt geschrieben, Konflirt, flirten, ich möchte gern mit Ihnen flirten, mit Ihnen und mit der ganzen Welt, der lärmenden Welt. Alles lieber als Streit.*

Er schenkt sich noch eine Tasse Tee ein, schon etwas kalt, perfekt, denn die innere Maschine war überhitzt. An manchen Tagen ist es besser, einen Gang durch die Büros der anderen zu machen, als seine Zeit im eigenen zu vergeuden. Er steht auf, aber schon steckt Marc sein nettes rundes Gesicht durch die Tür.

— Darf ich reinkommen? (Sofort zum Setzen aufgefordert.)

Und er palavert, palavert, nie gehen ihm die Worte aus, er hat eine Plastiktüte in der Hand.

— Was ist das für ein Ding mit Spitzen in deiner Tüte?, fragt Jodel.

— Mein Waldhelm für die Umweltdemo morgen, guck mal, wie schön er ist.

Er setzt sich einen kleinen silbrigen Helm auf den Kopf, aus dem mehrere lange trockene Äste ragen.

— Du siehst aus wie ein zerzauster Hirsch.

Er dreht sich im Büro und wedelt mit den Armen, Jodel lacht, ein weiterer Kopf taucht in der halboffenen Tür auf – Was ist denn hier los? Ach, Marc mal wieder, sagt Jérôme, ich wusste doch, dass er irgendwann durchdreht. Er lacht ebenfalls, und dann wirft Barbe, die Sekretärin, einen Blick herein und trinkt gern einen Tee (obwohl sie zu den KBTT gehört, niemand ist vollkommen). Nach einer Viertelstunde ist wieder Ruhe eingekehrt, das Büro gleicht weniger einem Irrenhaus, aber noch nicht wieder den Räumen der kriminaltechnischen Abteilung. Jodel bietet noch eine Runde Tee an. Marc versucht alle zu überzeugen, zu seiner Umweltdemo zu kommen.

— Nicht, dass es unnötig wäre, sagt Jérôme, alles geht den Bach runter.

— Das nimmt ein schlechtes Ende, bestätigt Barbe. Angeblich sind mehr als die Hälfte der New Yorker überzeugt, dass sie das Ende der Welt erleben werden.

— Das glaube ich auch, sagt Jérôme. Man spürt die Katastrophe kommen. Nicht nur für die Umwelt. Nach dem Attentat im Bahnhof von Palion kannst du dich nicht mehr in Ruhe aufs Ohr legen.

— Schläfst du neuerdings im Bahnhof?, fragt Marc und versichert, als ihn Jérôme wütend ansieht, Das war ein Witz!

— Da gibt es nichts zu lachen. Mehr als zweihundert Tote, das ist schon was.

— Und die Klimaerwärmung, setzt Barbe fort. Es kommt einem vor wie eine Verschwörung ... eine allgemeine Verschwörung für die ultimative Katastrophe.

— Wenn man sich überlegt, dass wir vielleicht die Letzten sind, seufzt Jérôme. Aber die Welt hat schließlich ohne uns angefangen, da kann sie auch so enden, nur mit ein paar

Riesenwölfen, die fliegende Hasen jagen, und Eisbergen, die auf allen Ozeanen herumschippern.

Sie seufzen, dann bemitleiden alle Jodel, weil er Marcel & Raymond antworten muss, und machen ein paar verrückte Vorschläge, bevor sie zu ihrer Arbeit zurückkehren. Entgegen aller Erwartung fließt ihm der Artikel aus den Fingern, und vor der Siesta weiß er, dass er eine erste befriedigende Fassung hat.

Lauert ihm der grässliche Nörgler wirklich jeden Tag vor dem Büro auf? Diesmal sagt er Fünf vor drei heute, wir lassen es uns gut gehen, was? Der Mann, den er und Marc den grässlichen Nörgler nennen, erträgt nicht, was er für Jodels Privileg hält. Es ist ihm völlig schnuppe, dass der Ingenieur früh am Morgen kommt, wieso hat er die Erlaubnis, sich seine Arbeitszeit einzuteilen? Gut möglich, dass es in jedem Büro einen grässlichen Nörgler gibt, dass diese Funktion von der Struktur hervorgebracht wird. Jodel antwortet ihm nicht.

Er hat das Gefühl, nicht richtig zu schlafen, er träumt von den boshaften Zwillingen, vor allem eine brutale Szene: Sie laden ihn wegen ausgeprägter Inkompetenz zu seinen Vorgesetzten vor. Strenge Blicke der Chefs, höhnische der Zwillinge, das Publikum murmelt missbilligend, Panik, dann kehrt sich die Situation um und Jodel verteidigt sich nicht schlecht, er findet geheimnisvolle Argumente gegen die Anklage der Unfähigkeit. Als er aufwacht, fühlt er sich müde. Manchmal schämt er sich seiner Träume: Sie sind so unoriginell! Die Müdigkeit vergeht.

Endlich ist es Zeit, Jeannes Mutter zu besuchen. Er macht sich schön – so gut es geht.

Er sieht sich ein bisschen im Weiler um, hübsche Steinhäuser, nette Gärtchen, blühende Iris und Fliederdolden, von den Gewittern zu Boden gedrückt, trotzdem stolz, Windräder, vier, hinter den Häusern, Metallgiganten, er weiß nicht, was er davon halten soll (zu groß? zu neu? schlaksig, wenn auch ökologisch verdienstvoll?), er spitzt die Ohren, aber das Vibrieren des Windes in den Rotorblättern ertrinkt im großen Geräuschstrom, Jaumette erwartet ihn, er denkt dummes Zeug (wie: Wenn sie aufdringlich ist, kann er sich ihr vielleicht aufdrängen), er fragt sich, was er ihr eigentlich sagen will, ob er ihr von Jeannes außergewöhnlicher Hörfähigkeit erzählen soll? Auf jeden Fall zeigen, dass er nichts von einem Satyr hat, *Madame, mich erfüllt nur pädagogische Sorge, keine Neigung zu kleinen Mädchen – Beweisen Sie es – Führen Sie mich in Ihr Schlafzimmer – Dort entlang – Sehr liebenswürdig.* Clotilde schon zu lange nicht mehr gesehen, daher diese dummen Gedanken, ja, genau. Schließlich erkennt er das von seiner kleinen Freundin beschriebene Haus. Er streift die beiden Briefe, die auf dem Briefkasten liegen, mit einem Blick. Sie sind adressiert an ... Jeannette. O nein! Bestürzter Gedanke an Zélie, denn er erfasst es sofort: Jaumette heißt in Wirklichkeit Jeannette. Aber das findet sie natürlich zu banal.

Kaum betritt er den Garten, gereizt von der Entdeckung der Vornamenmauschelei, Jeannette-Jaumette schon schlecht gesonnen, dringt ein wunderbarer Gesang an sein Ohr. Unbekannte Sprache. Ist es eine Sprache? Er erstarrt, lauscht. Die Umgebung verschwindet, und es bleiben nur die nie gehörten Voluten des Gesangs, in denen er nach einer ganzen Weile ein indisches Idiom erkennt. Dann erklingt eine Stimme auf Französisch – *An diesem Leben hängt ein wirres Traumgespinst – Als es ein unsichtbarer Schlag zerriss –, grad dann sah ich vor mir – den unbekannten langen Pfad durchs ferne Land des Freundlosen – zu dem hin, der verhärtet ist.*

Die Fremdartigkeit ist so überwältigend, dass er nicht weiß, was er tun soll. Dort hineingehen? Es ist zu schön. Er leidet – seltsamer Schmerz –, ja, es ist so schön, dass es ein bisschen wehtut – seltsamer Schmerz –, er wird von Jeanne aus seiner Betäubung gerissen, die wie ein kleines Tier angesprungen kommt und nach seiner Hand greift, um ihn ins Haus zu ziehen.

— Ich hatte schon Angst, du kommst nicht, begrüßt sie ihn.

— Nicht meine Art, schließlich war es mein Vorschlag.

— Ich weiß, aber weil ich mich so gefreut habe, hatte ich Angst, du überlegst es dir anders. Meine Mutter erwartet dich. Sie hat einen Möhrenkuchen gebacken.

— Und diese Musik?

— Ach, das ist das Zeug, das sie komponiert.

— *Zeug*? Das ist wunderbar.

— Ich weiß.

Jaumette, in weißem Sari, liegt halb auf einem Sofa ausgestreckt, sicher zu theatralisch, aber, das muss er anerkennen, in perfekter Harmonie mit der Musik, ebenso erstaunlich und ebenso schön.

— Sehr erfreut und ... sehr bezaubert. Ich dachte, Sie sind Geigerin, nicht Komponistin.

— Man muss ja seine Brötchen verdienen. Aber die Komposition ist das, was mir am Herzen liegt.

— Ich muss zugeben, dass ich überwältigt bin. Ihre Musik ist wunderbar.

Sofort wird sie munter, rosig vor Freude, vergisst das Posieren. Sie sagt, dass sie mit einem Gedicht von Tagore* arbeitet, dass sie dabei ist, an ihrem Computer zu mischen, sie kombiniert einen Bariton, der das Gedicht auf Französisch rezitiert, eine Sopranistin, die die Originalversion auf Bengali singt, und mehrere Instrumente, deren Klang digital bearbeitet wird. Sie ist noch nicht fertig, die Instrumente vor allem, noch zu deutlich westlich, trotz zweier Tanpuras – Tanpuras? –, indische Lauten. Sie ist sehr selbst-

* Rabindranath Tagore, *Prantik3*, in Tagore, *Das goldene Boot*, dt. v. Lothar Lutze und Alokeranjan Dasgupta, Artemis & Winkler, 2005.

sicher, wenn sie von ihrer Arbeit spricht, errötet aber, sobald Stille einkehrt, unter seinem Blick. Jeanne sitzt auf einem Kissen auf dem Fußboden und beobachtet beide aufmerksam. Jaumette sagt, dass die Gesangslinie der Sopranistin wie eine Zeichnung sei: Sie erzeuge eine Spannung, indem sie sich an einer anderen, tieferen Stimme reibe und mit der Stille und den Pausen der Instrumente spiele.
— War nicht von einem Möhrenkuchen die Rede?, unterbricht Jeanne.

Jaumette fährt fort: Die Stille entspricht ziemlich genau dem, was die Maler Aussparung nennen, den Stellen der Leinwand, die unbemalt bleiben. Aussparung, das ist hübsch, nicht wahr? Die Stille ist also die Aussparung für uns Komponisten, wo wir im Hintergrund bleiben, aber auch unser Vorrat an Tönen, der Ort, aus dem sie hervorströmen werden. Wir müssen diese besondere, der Klanglinie vorausgehende Stille zu würdigen wissen: Sie enthält die Verheißung. Ich habe oft das Gefühl zu zeichnen, wenn ich meine Musik schreibe. Deswegen schreibe ich auch so viel Vokal- und Kammermusik: Sie eignet sich zum Zeichnen, zum Spiel mit der Linie.

Als er sie bittet, ihr Stück noch einmal hören zu dürfen, schwebt sie mit offenkundiger Geziertheit durch den Salon. Wenn er es wagte, eine erste Auswahl in seinen Eindrücken zu treffen, fände er sie in manchen Momenten ein wenig lächerlich. Er verjagt den unerfreulichen Gedanken. Jaumette klappert auf einer Tastatur. Die Graphiken, die auf ihrem Bildschirm auftauchen, sind weit vielfältiger als die auf seinem. Und die seltsame Musik entfaltet sich, sie erinnert an nichts, was er kennt, nichts Erklärbares. Woher kommt der Einfallsreichtum an Klängen, den man hier hört? Er erkennt wieder das Gedicht *An diesem Leben hängt ein wirres Traumgespinst– Als es ein unsichtbarer Schlag zerriss,* – und dahinter die Voluten der bengalischen Stimme,

die sich entfernen, näherkommen und sich wieder vom Psalmodieren des Rezitators entfernen, sich darin einrollen und dann an anderen Stellen ihre Schlingen weben, während er die Musik des Windes zu hören meint, den unregelmäßigen Hauch in einem Rohr, kristallklare Schläge im Rhythmus eines tiefen Glockentons unter freiem Himmel – denkt er –, und noch andere Instrumente, die er jedoch nicht alle identifiziert, weil er gebannt ist, bis das Geflecht abbricht, jetzt bleiben nur noch die beiden menschlichen Stimmen *a cappella*, schließlich gräbt die plötzlich abwesende Musik eine solche Leere in seiner Brust, dass er sagt So müsste man enden, denn so enden wir, wie im letzten Stück der *Kunst der Fuge*, deren Unvollendetheit genau meinem Tod zu entsprechen scheint, fünf Stimmen, dann vier, dann zwei, dann bricht es plötzlich ab. Er verstummt, irritiert, sich so ernst gezeigt zu haben. Zum Glück kommt Jeanne mit einem zu schweren Tablett in den Händen herein – er stellt fest, dass der Kuchen nicht orange ist, ein Glück, denn Möhren und Kuchen ... –, und Jaumette geht den Tee zubereiten. Jeanne säuselt Gefällt dir ihre Musik wirklich?, und plustert sich auf, als er es bestätigt. Als ihre Mutter zurückkommt, spricht er unverzüglich Jeannes Gehör an.
— Ja, natürlich habe ich es ausgebildet. Das war fast unvermeidlich bei einer Musikerin als Mutter ...
— Aber Ihnen ist bewusst, dass es weit mehr ist als das? Sie hat ein außergewöhnliches Gehör.
— Mag sein. Aber ich bin nicht sicher, dass sie das absolute Gehör hat.

Hinter ihrem Rücken verzieht Jeanne unzufrieden das Gesicht, als wollte sie sagen *Warum belastest du sie damit, das muss sie nicht wissen.* Und ist es denn wirklich nötig? Er kann auch schweigen. Aber wie soll er dann ihre Sitzungen im Wald erklären? Jaumette hat ihre Pose einer indischen Gottheit wieder eingenommen und fragt ihn nach seiner Arbeit. Zwei ganz gegensätzliche Berufe, stellt sie fest, Sie hören, während ich Töne erschaffe, Sie sind Empfänger und ich bin Senderin. Sie kichert. Jeanne schaufelt sich ein riesiges Stück Kuchen in den Mund – Du bist wirklich verfressen – und Jaumette sagt, dass ihre Tochter ganz begeistert ist von dem Naturkundeunterricht, den er ihr im Wald gibt, zumal sie wenig Freunde in ihrem Alter hat und gern lernt – Übertreib mal nicht, nuschelt Jeanne zwischen zwei Bissen. Sobald sie nicht mehr über Musik spricht, wird Jaumette wieder lächerlich empfänglich für Jodels Blick und ergeht sich in allen möglichen gekünstelten Windungen, Geziere und albernem Gekicher: flüchtiges Bild einer Biene unter einer Glasglocke. Sie denkt also, dass er Jeanne Naturkunde lehrt. Gar nicht so falsch. Na gut. Die Frau ist vielleicht aufdringlich – für ihre Tochter –, aber nicht misstrauisch.

Da es bald Zeit ist, zu Ulan zu fahren, bittet er darum, ein letztes Mal ihre Komposition zu hören. Und der Zauber verbreitet sich sofort, Reibung der Stimmen und Sprachen, endlich erkennt er zwei Saiteninstrumente, sicher Geigen, deren Timbre elektronisch bearbeitet ist, aber das Stück ist zu kurz, er fürchtet sich schon vor dem Ende, und er fürchtet und ersehnt auch die Passage nur mit den Stimmen, eine verwirrende körperliche Erfahrung, als hingen sein Körper und sein Geist, durch die Töne in Bewegung versetzt, plötzlich im Leeren.

Im Auto sagt er sich, dass man – verrückter Gedanke – mit dem Gefühl an sein Lebensende kommen müsste, einen Abschluss erreicht zu haben, nicht einen Abbruch, dass man sein Dasein mit dem Erschöpfen des Begehrens vollenden und so in Weisheit und nicht im Schrecken sterben müsste, friedlich.

Zwanzig Uhr acht. Er ärgert sich ein bisschen, zu spät zu seinem Treffen mit Ulan zu kommen.

12

Er ärgert sich ein bisschen, zu spät zu seinem Treffen mit Ulan zu kommen, aber die hohe geschmeidige Gestalt, die er von weitem erkennt, winkt ihm freundschaftlich zu. Der Ort ist menschenleer, ein Kreisverkehr, im Zentrum der Verkehrsinsel aus Beton eine plastikverkleidete, von Kieseln und kleinen Lichtern umgebene Wasserfläche, eine gerupfte Palme überlebt mitten im Verkehr, das muss Die Oase heißen, zwangsläufig. Soweit der Blick im unentschlossenen Dämmerlicht reicht, folgen von rachitischen Rasenflächen gesäumte breite Straßen und weitere Kreisverkehre aufeinander, eine Bushaltestelle bietet ihr Schutzdach sicherlich all jenen, die man der Hölle geweiht hat, denn die beginnt ganz offensichtlich hier, sagt sich Jodel; einsame Straßenlaternen, von denen eine träge blinkt, markieren die Senkrechten, während gewaltige Betonröhren, in denen ein Mensch Zuflucht finden könnte, wie nicht aufgeräumt herumliegen und abwarten, und auf einer die plump gemalte, rätselhafte Inschrift NOWER. In der Ferne, soweit man sehen kann, weißliche Industriegebäude, die nicht unbedingt auf etwas Menschliches verweisen: Sie stehen da wie abgestellt, in kalter Autonomie der Dinge, ohne Alter, ohne Absicht, unmotiviert. Ulan ist ins Auto gestiegen, und angesichts von Jodels hilflosem Schweigen murmelt er Ein echtes Massaker, die Außenbezirke eurer Städte, was? Ja, genau.

Ulan leitet ihn durch das Netz der leeren Straßen und erzählt ihm dabei, dass Lord Jim – Lord Jim? – Ich stelle ihn dir gleich vor – ihm gesagt hat, im Pazifik entstehe gerade ein Kontinent aus Müll, so groß wie ein Drittel Europas.
— Zwei Schollen, eine im Westpazifik, die andere im Ostpazifik: Beide bilden das sogenannte *Great Pacific Garbage Patch*. Das sind die Abfälle, die von der Küste und den Schiffen stammen. Lord Jim sagt, das ist die verborgene Seite eurer Konsumleidenschaft.

Schließlich lässt er Jodel vor einem düsteren Gebäude anhalten, und zeigt ihm eine Stelle zum Parken. Es ist dunkel geworden. Keine Menschenseele. Eine seltsame, vom Dröhnen entfernter Autos durchzogene Stille. Im Gebäude erkennt er, was Ulan am Vorabend beschrieben hat, eine Betonrampe, die zu einem großen, leeren Parkplatz führt, und im hinteren Teil Räume, aus denen gelbes Licht und gedämpfte Geräusche dringen. Im ersten sitzen mehrere Männer auf Matten, essen Reis und unterhalten sich leise. Jodel erkennt verschiedene fremde Sprachen. Sie setzen sich in den Kreis, und ein Mann mit Turban reicht ihnen zwei Teller. Ulan zieht eine Flasche Wein und Oliven aus seiner Cabanjacke. Der Mann mit dem Turban lehnt den Wein ab. Ulan deutet auf ihn und sagt zu Jodel:
— Das ist Ismail. Er ist Indonesier und ganz sicher noch verrückter als ich: Er will ein Kalifat in Indonesien errichten. Ismail, das ist Jodel, mein Freund.
— Freunde von Ulan sehr willkommen. Ich nicht bin Einziger, der will. Zweihundert Millionen Muslims von Indonesien einverstanden mit mir. Diesen Sommer große Demonstration in Jakarta, für Kalifat, das herrscht über Umma.

— Umma?

Ulan erklärt, das sei die Gemeinschaft der Gläubigen, die wollen, dass Allahs Wille befolgt wird, und als Jodel fragt, ob ein Kalifat wirklich zur modernen Welt passt, tobt Ismail los:

— Eure moderne Welt, nicht unsere! Wir leiden von eure Kapitalismus und eure moderne Welt. Und von euch. Aber Kapitalismus ist Macht in der Welt. Wollen wir also andere Macht: islamisches Kalifat.

Gut, jeder hat eben seine eigene Vorstellung von der weiten Welt. Jodel beschließt, das Bad an Überraschungen erstmal zu genießen und sich das alles später in Ruhe anzusehen. Ohnehin hat Ismail mit seiner Erklärung begonnen. Er spricht langsam, in Bruchstücken, aber er hat nicht die Absicht, seinen Gesprächspartner entwischen zu lassen, den er mit seinen schwarzen, irislosen (oder nur aus Iris bestehenden?) Augen fixiert. Er sagt, er habe hier vor einiger Zeit eine Geschichte gehört, von einem Inder, der erklärt habe, wie die Menschen im Westen die anderen Völker einschätzen, und er erzählt sie.

— Ein Amerikaner nimmt Tausendfüßler, schneidet alle Beine ab und sagt: Lauf! Tausendfüßler bewegt nicht. Amerikaner sagt: Das bedeutet, wenn man Tausendfüßler Beine abschneidet, er wird taub.

Die Männer um Ismail herum lachen, während er schlussfolgert: Immer, wenn Amerikaner reden über Muslims, sie verstehen Muslims so.

— Die spinnen, die Amis, sagt einer seiner Nachbarn.

— Halt die Klappe, sagt ein anderer, du ärgerst Lord Jim.

Lord Jim ruft: Lass, *I'm used to it*, dann verlässt er den Raum. Ismail fragt Jodel Verstehen Sie jetzt?

— Ich glaube.

— Schlechte Analyse der Situation, schlechte Schlussfolgerungen, schlechte Lösungen.

Ulan führt Jodel weiter in einen Raum, aus dem dichte Tabakschwaden dringen.

— Das ist der Raucherraum, erklärt er.

— Na so was! Ihr haltet euch an das Rauchverbot?

— Quatsch! Das ist wegen Lord Jim, der hat starkes Asthma.

— Und ist Seemann, vermute ich?

— Woher weiß du das?

— Tja ...

Noch etwas weiter ein Raum ohne Fenster, erhellt von zwei Computerbildschirmen, die Lord Jim überwacht. Ulan stellt ihm Jodel vor. Auf den Bildschirmen Aufnahmen lächelnder Menschen, umrahmt von Texten und Fotos mit mehr oder minder üppigen Blumensträußen. Jodel sieht Ulan fragend an.

— Das sind virtuelle Gräber. Lord Jim hat eine Trauerseite eingerichtet, auf die er gegen ein bisschen Geld das Foto eines Verstorbenen stellt, das man ihm schickt, manchmal mit einem Text und mit einem Blumenstrauß, dessen Größe von der überwiesenen Summe abhängt und der nach sieben Tagen verwelkt.

Jodel ist voller Bewunderung. Er fragt, wie die Blumen ausgesucht werden. Nach Katalog. Und die Texte, was sind das für Texte?

— Oh, antwortet Lord Jim, manchmal sind es *real messages, really sophisticated*, die ins Jenseits geschickt werden. Aber die meisten gehören zum Genre In-hoher-Trauer.

— Tiefer. In tiefer Trauer. Wie kommt man da hin?

Lord Jim zeigt ihm den Namen der Seite: *Hommageaux-morts.com.*

— In Deutschland und Amerika habe ich auch welche eingerichtet.

— Und haben Sie viele Kunden?

— Immer mehr. Ist nicht absurder, andächtig vor einem Bildschirm zu verharren als vor einem Grab. Übrigens ist

das gar nicht so verschieden, oder? Und manchmal sind die realen Gräber zu weit weg.
— Ja, aber der Friedhof ist ein öffentlicher Ort. Hier wird alles privat.
— Und?
— Ich weiß nicht ... Bestimmt ändert das was.
— *Not sure.*

Lord Jim ist rundlich, zerlumpt und hat einen Bart, und jedes Mal, wenn er Atem holt, tut es einem für ihn weh. Als sie den Raum verlassen, fragt Ulan Und?
— Du hast Recht, in der Anlaufzone gibt es echte Exemplare.
— Siehst du.

Dann fügt er hinzu: Wenn ich ihnen sagen würde, du bist Bulle, würden sie alle durchdrehen.
— Ich bin kein Bulle.
— Trotzdem. Der Notar würde dich rausschmeißen und mich gleich mit. Halt dich zurück.
— Wer ist der Notar?
— Der, der hier die Ordnung garantiert. Der Typ ist schwer ok, sehr ruhig, vertrauenswürdig. Ich werde ihn dir vorstellen, heute Abend ist er nicht da.

In seiner linken Tasche immer noch ein Quietschen. Das kann nur ein Tier sein, ja, genau.
— Du scheinst dich gut mit Lord Jim zu verstehen. Dabei ist er doch der Erbfeind, oder?
— Nein, er ist Marxist.
— Aha. Du auch?
— Nein, aber mein Vater schon. Das schafft Bindungen.
— Lebt dein Vater noch?
— Mit Ach und Krach: Er ist Museumswärter in Moskau.
— Interessiert er sich für Kultur?
— Nein, für die UdSSR. Mit einem Dutzend Bekloppten seiner Art hat er einen riesigen, unter Stalin gebauten Anti-Atom-Schutzraum gekauft, in dem die Sowjets einen Tele-

grafen installiert und Lebensmittel gelagert hatten. Es ist ein gewaltiger Bunker, sechzig Meter unter dem Taganskaja-Platz. Sie haben ein Museum des Kalten Krieges daraus gemacht, für tausend Rubel kannst du es besichtigen.

— Ziemlich speziell.

— Es wird nicht lang gehen. Die Gruppe der Bunkereigentümer bricht wegen einer schweren Krise gerade auseinander: Die alten Patrioten halten die Abrüstung der Sowjetunion für die größte Tragödie des Landes und streiten sich mit den Jungen, die im Bunker einen Spa, Restaurants und eine Diskothek aufmachen wollen.

— Alles geht den Bach runter, sagt Jodel. Was ist ein Spa?

Ulan führt ihn in den kleinen Raum, den er sein Hotel nennt und in dem er Schlafsack und Rucksack aufbewahrt. Er holt drei Karten raus und zeigt ihm seine Route.

— Schau, die Grenzen des Schengenraums sind ein Schweizer Käse, sie können da noch so viele Kameras und Überwachungsinstrumente platzieren, du kommst trotzdem durch, wenn du dich geschickt anstellst. Aber man muss leicht, beweglich und schnell sein. Mongole eben.

Aus der linken Tasche zieht er eine weiße Maus, die anfängt, auf dem Schlafsack zu tänzeln.

— Ihr seid hier alle Mongolen.

— Ja. Alles Nomaden. Die einzigen, die kapiert haben, dass der Planet winzig geworden ist und man sich nach Belieben darauf bewegen kann.

Die Maus kommt und schnuppert an ihm auf Mäuseart, mit raschen Zuckungen. Jetzt versteht er, was ihn bei ihren Bewegungen zunächst überrascht hatte: Die Maus hat zwei Schwänze. Fragend zieht er die Brauen hoch und deutet auf sie. Ulan neigt den Kopf, als sagte er *So ist es.*

Als Jodel wieder in seinem Häuschen ist, hat er den Eindruck, er wäre tagelang weggewesen. Er braucht ewig, um einzuschlafen. So viele neue Dinge zu verarbeiten. Er ist recht zufrieden. Selbst ihm, dem Tassenaufräumer und Ordnungsmacher auf allen Ebenen, schien das Leben in letzter Zeit ein bisschen eintönig. Clotilde hat eine Nachricht auf dem Anrufbeantworter hinterlassen. Clotilde. Freundin aus anderer Zeit. Hmm! ein Schauer durchfährt ihn. Er hätte jetzt gern eine Frau. Ja, eine schweißgebadete Frau an die Brust drücken, ja, genau. Das Bild von Jaumette steigt vor ihm auf, aber er weiß nicht recht, was er von ihr halten soll. Schön, um die vierzig, irrlichternd, zweifellos talentiert. Gut. Er wird Clotilde anrufen. Er hat Lust, eine Frau, eine so richtig von hier, zu sehen, so eine wird ihm nach den Nomaden gut tun.

13

Er hat Lust, eine Frau, eine so richtig von hier, zu sehen, so eine wird ihm nach den Nomaden gut tun. Schön und gut, aber seit einiger Zeit mag er Nomaden. Und die Frauen von hier mag er auch. Und die Frauen von anderswo ebenso. Und diese Sonne, die da durch den Morgendunst bricht, und den duftenden Tee und die Krähe, die sich um sich selbst dreht, und die Verheißung der Knospen und die Stille der schlafenden Welt und den leisen, vollen Ruf des Sperlings, der ihn auf dem Fenstersims provoziert, und – einfach alles. Heute Morgen mag er alles. Er spürt, dass er imstande ist, dem Brief an Marcel & Raymond ein schnelles und elegantes Ende zu bereiten – es ist kein Brief, aber das kommt aufs Gleiche raus. Wenn er seine Ohrstöpsel mitnimmt, kann er sogar in die Stadt fahren, zu Clotilde. Ja, genau. Er wird ihr eine Siesta vorschlagen. Der Sperling hat das Fenster gewechselt und fordert ihn hartnäckig heraus. Sie wird sagen *Ach, eine Siesta? Das ist ja ganz was Neues.* Er wird ihr erklären, dass er abends keine Zeit mehr habe, sie zu sehen. Sie wird sich wundern, da sie weiß, dass er eher zurückgezogen lebt. *Tja, ich habe jetzt viele Freunde, die mir keine Minute mehr für mich lassen.* Sie wird ihn fragen, *Ach, bist du endlich in einen Seniorenclub eingetreten?* Das ist ihre Art Humor. Dagegen muss man gewappnet sein. Sie macht sich häufig über seine Seniorenart lustig. Reine Grausamkeit, sie sind nur fünf Jahre auseinander – aber er ist fünfzig: eine Zahl. Es liegt eher daran, dass er früh zu Bett geht. Er steht auch früh auf. Wegen seiner empfindlichen Ohren. Die Vorstellung einer sexy Siesta gefällt ihm. Vielleicht ist sie ja einverstanden.

Als er den Weiler verlässt, treibt sein Auto mehrere Bachstelzen in die Flucht. Er mag diesen Vogel, ohne so recht zu wissen, ob das daran liegt, dass er ihn besonders angepasst findet oder gerade nicht: der einzige gefiederte Bewohner der Gegend, der, wenn er vorankommen will, lieber auf seinen staksigen Beinen rennt, als zu fliegen.

Im Büro ein neuer Fall: die Kassette der Videoüberwachung in einem Kommissariat, das von einem Tobsüchtigen angegriffen wurde. So sagen sie. Sie sagen *Tobsüchtiger.* Komisches Wort. Unsinnig? Die Vorstellung der Verbissenheit in der Gewalt, wie ein wütender Stier. Sein Artikel erscheint ihm nicht übel, und er rechnet damit, dass er ihn um elf fertig haben wird.

— Kann ich auf einen Kaffee reinkommen?, fragt Marc.

— Schon da? Komm rein, aber wie du weißt, habe ich nur Tee.

— Ich soll mit dir reden.

— Ach ja?

— Anordnung von Grimaldi.

— Wenn es wegen des Artikels ist, den habe ich fast fertig.

Marc macht sorgfältig die Tür zu, schließt ab, mit seltsamer Umsicht, dabei dürften sie zu dieser frühen Stunde allein im Labor sein.

— Grün oder schwarz?, fragt Jodel.

— Blau.

— Red keinen Unsinn.

— *Was* denn grün oder schwarz?
— Den Tee, stell dir vor.
— Ah ... Dann orange.

Und er setzt sich, verlegen. Jodel nimmt ihn beim Wort und macht ihm einen Orange Pekoe. Größte Teereserven hat er.

— Mir wäre es sehr lieb, sagt Jodel, wenn du der Abteilung, die das Material zum Analysieren übermittelt, sagen würdest, dass es unnötig ist, jedes Mal, aber wirklich jedes Mal, *Dringend* auf das Päckchen zu schreiben, als würde ich sonst trödeln. Gut – was Neues im Fall Gaspard?

— Nicht so richtig. Sie verfolgen die Spur mit den Kampfhähnen.

Immer noch verlegen, pustet Marc über seine Tasse und fängt an: Ich gebe zu, es ist ein wenig ausgefallen ... Ich habe eine Weile gebraucht, es zu glauben ... Das gehört überhaupt nicht in deinen Aufgabenbereich, aber Grimaldi scheint drauf zu beharren ... Jodel unterbricht ihn, bittet ihn, zur Sache zu kommen, und während das Licht in der Luke sich rasch verändert, erst strahlend, dann grau, metallisch, weiß ist, sich schließlich zurückzieht, um dem ersten Gewitter des Tages Platz zu machen – wurde allmählich Zeit –, lauscht er, ohne dass er glauben kann, was er da hört, einem verblüffenden Vorschlag, der unseriös ist, der seine Aufgaben, seine Zuständigkeit und seine Wünsche weit überschreitet.

Merkwürdige Geschichte. Als Marc fertig ist, scheint wieder die Sonne durchs Fenster. Angesichts der verdutzten Miene von Jodel bemüht er sich, ihn zu beruhigen, man erwarte seine Antwort nicht sofort, hätte aber gern, dass er einwilligt, und er würde dafür belohnt. Wie? Also das hat Grimaldi nicht näher ausgeführt. Der Lohn, nur nebenbei gesagt, ist Jodel schnuppe, die Frage ist, ob er sich darauf einlassen will. Denn er ist Ingenieur für Klangphysik, nicht wahr, und nichts anderes.

— Gut, sagt Marc, Grimaldi dachte sich schon, dass dir das merkwürdig vorkommen wird. Ich habe seine Bitte übermittelt, jetzt liegt es an dir.

Er wird später darüber nachdenken, nicht jetzt. Jetzt muss er arbeiten. Lieber Marcel & Raymond, wenn Sie es lustig finden, mich zu zwingen, meine letzten Möglichkeiten auszuschöpfen, mich wie ein kleiner Junge zu rechtfertigen. Höchst erfreulicherweise ist er über diese Präliminarien hinaus. Er sucht die Belegstellen der Fachartikel heraus, die er zitiert hat, stellt die letzten zahlengestützten Angaben zusammen, durchschnittliche Stimmerkennungsquote, Bewertung der unterschiedlichen Stimmerkennungsprogramme (die vom National Institute of Standards and Technology geliefert wurden – Ismail tut den Amerikanern Unrecht, manchmal leisten sie gute Arbeit), das hat Hand und Fuß, all das hat Hand und Fuß. Auch wenn klar ist, dass von Stimmabdruck zu reden stark übertrieben wäre, weil man weit entfernt ist von der Verlässlichkeit von Fingerabdrücken, gibt es summa summarum keinen Grund, im Rahmen von Ermittlungen auf Stimmanalysen zu verzichten. So, das klingt zurückhaltend, aber entschlossen. Grimaldi wird zufrieden sein. Nein, einstweilen vermeiden, an Grimaldi zu denken.

Es ist elf Uhr. Zeit für das Mittagessen. Er geht los, ohne Hunger zu haben. Das kurze Gewitter am Vormittag war nur ein Aufschrecken des krisengebeutelten Himmels, jetzt ist es schön. Am Ausgang der Sackgasse steht ein Mann mit Turban und grüßt mit einem kurzen Nicken. Erstaunt erwidert Jodel den Gruß – vielleicht handelt es sich um einen Bewohner der Anlaufzone? Neben ihm ein dicker gelber Hund.

Im letzten Moment biegt er ab. Er lässt das *Oiseaux* links liegen und betritt eine Apotheke, um Ohrstöpsel zu kaufen – er hat seine vergessen.

— Aus Silikon, bitte.
— Ehrsaf?
— Ehrsaf? Kenne ich nicht.
— Entschuldigen Sie, aber das sind die bekanntesten.
— Ach ja? (Er denkt nach.) — Ach! *Earsafe* vielleicht. Ja, das passt.
— Wissen Sie, wie man sie einsetzt?
— Nur zu gut, meine Gute!
— Sie müssen das Ohr nach oben ziehen ...
— Ja, ja.
— Dann das Ohrläppchen nach unten ...
— Aber sicher, Madame.
— Und dann ...
— Oh nein! Nicht orange!
— Wie *nicht orange*? Ich habe keine anderen.
— Doch, doch, es gibt sie in Blau.
— Meine sind orange.
— Aber die sind hässlich!
— Oh, gehen Sie damit etwa auf einen Ball?
— Nein, aber sehen Sie mich mit orangen Ohrstöpseln in den Ohren?
— Ach, Monsieur, ich habe nicht das Glück, bei Ihnen zu schlafen.
— Wer redet denn von schlafen?
— Bitte entschuldigen Sie, aber gewöhnlich benutzen die Leute sie zum Schlafen, und mit Orange schläft man sehr gut, das sage ich Ihnen als Apothekerin, aber wenn Sie damit auf einen Ball gehen wollen ...

Als er ins Labor zurückkehrt, ist der Mann mit dem Turban – ein Inder? – verschwunden. Die Sackgasse ist sehr still. Relativ. Er wird dem Tumult der großen Stadt trotzen müssen. Clotilde sagt, er sei zu unflexibel. Die würde er gern mal mit seinen Ohren sehen (sehr komisches Bild). Sobald er sich der Stadt nähert, setzt er die Ohrstöpsel ein.

Die Geräusche sind ein bisschen verzerrt, aber sicher nicht viel anders als das, was die anderen ohne den Schutz hören. Es gibt da nur eine Kleinigkeit, eine Kleinigkeit, nicht wahr, die ihm plötzlich einfällt: Tölpel, Idiot, Blödmann! er hat Clotilde nicht Bescheid gesagt. Sie ist häufig zu Hause, eine Mathematikerin ist nicht gezwungen, täglich im Institut zu sein, aber er kann natürlich nicht einfach so auftauchen. An der ersten Telefonzelle hält er an. Mist: Niemand da bei Clotilde. Ein Afrikaner wartet, bis er dran ist.

— Entschuldigen Sie, sagt er zu Jodel, aber warum haben Sie einen Wattebausch über den Hörer gehalten? Denken Sie, der ist voller Bakterien?

— Äh ... nein, das war, um die Lautstärke zu dämpfen.

— Glauben Sie, die Lautstärke des Telefons schadet den Ohren?, fragt der Mann besorgt.

— Nur meinen.

— Ach, gut. Entschuldigung, aber wissen Sie, man kann nie genug von seinem Nächsten lernen, und wenn Sie etwas gewusst hätten, was ich nicht weiß ... man ist nie misstrauisch genug.

Gut, heute ist der Tag der Sonderlinge. Er beschließt, zu seinem Chinesen aus China zu gehen und Tee zu kaufen. Der Laden hat sich um eine Sammlung verkäuflicher Gemälde erweitert. Vögel, Fische, Zweige, der Verkäufer sagt Alles handgemacht, original. Man weiß nicht, ob es chinesische Vögel oder Phantasievögel sind. Auf jeden Fall nicht von hier. Die Preise sind lächerlich. Er entscheidet sich für einen Tee mit Ingwer- und Agrumengeschmack, der *Wollüstige Wolken* heißt, und einen sehr starken Rauchtee (ohne Namen).

Diesmal geht Clotilde ran: Ach, du! Eine Siesta? Ich muss eigentlich einen Artikel fertig schreiben ... Du auch, aber das ist nicht wirklich ein Grund ...? Also komm schnell, du hast mir gefehlt.

Eine Frau wie Clotilde, die sagt, dass man ihr fehlt, ist ein echtes Geschenk. Das wird ein netter Nachmittag. Sie zieht ihn zum Schlafzimmer.

14

Sie zieht ihn zum Schlafzimmer, erzählt ihm Geschichten von der Arbeit, von Artikeln, die ihr einigen Erfolg eingebracht haben, und von den kleinen Nöten ihrer Forschungsgruppe – Immer die Sache mit den winzigen und abgeschlossenen Welten, ein Institut ist ein Mikrokosmos, der kleinliche psychologische Regungen hervorruft, gibt es das bei dir auch? Er erzählt von dem grässlichen Nörgler, der ihn immer noch wegen seiner Arbeitszeiten bedrängt, während sie ihn entschlossen, aber ohne Hast zum Schlafzimmer führt, sie kennen sich so gut, liebende Freundschaft, freundschaftliche Liebe in Sicht, sie zieht sich aus, während sie weiter mit ihm spricht, der Rock fällt, als von spannenden Chats mit einem Australier die Rede ist, und während der BH (sehr geschickt) auf die Rückenlehne des Stuhls fliegt, erwähnt sie eine künftige Studienreise nach Bombay.

Schließlich zieht sie ihn aufs Bett, ihr fülliger Körper empfängt zärtlich das Licht, sie küsst ihn und nimmt seine Hand, während sie flüstert: Los, sachte, streich mit den Fingern über mein Geheimnis, aber erstmal sachte, wie ein Schmetterlingsflügel. Er lacht: Du bist zu bestimmend.

— Aber das magst du doch.

Er widerspricht nicht. Ihre Bitten beruhigen ihn immer. Sie weiß zu sagen, was ihr Lust bereitet, er braucht ihr nur zu folgen.

— Das schlimmste sind Frauen, die nicht wissen, was sie wollen, murmelt er.

— Psst, konzentrier dich, wir haben schon seit Jahren Sex miteinander.

— Ja, und?

— Also weniger Feuer und mehr Konzentration.

Eine Frau, die keine Angst vor der Wahrheit hat, erinnert er sich. Ihre Stimme ganz nah an seinem Ohr. Jetzt werd' präziser. Ja ... so ... Technik ... es lebe die Technik ... ja ...

Das Versinken, das Innehalten, die Feuchtigkeit des inneren-äußeren Fleischs, die Verletzlichkeit dieser feuchten Wärme, die aufgerichtete Knospe, die halluzinatorische Wiederholung derselben Geste im winzigen Rund ihrer Empfindsamkeit, die nie erschöpfte Lust, nach Belieben einen fremden Körper frohlocken zu lassen – endlich spannt sie sich an und stößt das lange, psalmodierende Stöhnen hervor, das ihn ein weiteres Mal sehr berührt. Erneuertes Wunder. Dabei kennt er ihren Gesang auswendig, den Tonfall, das Atmen, die Laute ihrer Lust, von denen man nicht weiß, woher sie kommen, aus welchem fernen Zeitalter oder welcher entmenschten Kehle, aber sie wecken bei ihm immer noch die gleiche Rührung und, im Grunde, das gleiche Erstaunen.

Momente des Friedens. Eine Frau, die einem die Behandlung, die man ihr angedeihen lässt, gut vergilt. Seine Hand fährt über ihren seidigen Körper, verweilt auf ihren Brüsten. Als die Wiederentdeckung ihres Leibes und die Wonne ihres ersten Orgasmus vorüber sind, ist er mit seinen Gedanken ganz woanders. Er hat Lust auf sie, aber fühlt sich nicht gerufen. Schöne, längst vergangene Zeit des Versinkens. Man kann sagen, was man will – nach ein paar Jahren ist es nicht mehr dasselbe. Selbst mit der schönsten Frau der Welt langweilt man sich. Er konzentriert sich und versucht sich vorzustellen, wie er neben Jaumette liegt, nur so. Versucht, sich ihr Geschlecht vorzustellen, ihre Brüste, wie sie wohl beim Sex sein könnte. Ausgeflippt? Nicht sicher, ob er Ausgeflippte mag. Wenn er sie genau betrachtet hat – hat er sie genau betrachtet? –, hat sie bestimmt eine schmale Taille. Und sicherlich schmachtet sie. Sie schmachtet. Der Trick funktioniert gar nicht schlecht, Clotilde scheint es zu mögen, Jaumette zu sein. Sie führt ihn in sich, stützt sich auf seine Hüften und beginnt, auf ihm zu gleiten, sehr langsam. Frauen mögen Langsamkeit. Nicht immer. Nicht ständig. Bild einer Wasserpflanze, die mit der Strömung pulsiert, ihn umschließt und hochsteigt, sinkt, wieder hochsteigt, ihr wollüstiger Leibt wogt, Hülle aus Wärme und Sanftheit, ob Jaumette ihn auf diese Weise nehmen könnte, Jaumette ist eher eine, die die Orientierung verliert, Clotilde umschlingt ihn, während sie um seinen erigierten Penis gleitet, ihr weicher Busen streichelt seine Brust, und er beginnt, im Rhythmus ihrer Stöße zu atmen, eine Frau, die es kann, die ihm Lust bereiten kann, Lust, bis ans Ende, ganz ans Ende, Lust.

Während sie duscht, zieht er sich an und fragt sich, wie er es bloß schafft, tagelang ohne Sex zu sein. Zélie hatte er versprochen *Ich werde jeden Tag mit dir schlafen.* Danach hat sie ihm gestanden, dass ihr das Versprechen selbst am Anfang, als sie jeden Tag Lust hatte, Angst gemacht hätte. *Jeden Tag, das war, als zögest du eine gerade Linie zum Tod, auch wenn es eine Linie der Lust ist, hast du implizit den Tod am Ende gezeichnet.* Gut. Ihm gefällt das, die Vorstellung einer sich wiederholenden Lust. Die tägliche Gewissheit der Liebe. Das gefiel ihm. Jedes Mal, wenn Zélie ablehnte, hatte er ein bisschen Angst. Am Ende sagte sie ihm *Das ist das Problem der Zwanghaften, sie müssen jeden Tag Sex haben, sonst geht es ihnen nicht gut. Aber wo ist dabei deine Lust auf mich?* Und während sie *auf mich* sagte, klopfte sie sich mit zusammengelegten Fingerspitzen auf den Solarplexus. Gut. Dabei hatte er Lust auf sie. Mit Clotilde lebt er jetzt in Intervallen: anwesend, abwesend, nicht wirklich da – der Nachteil des zu vertrauten Leibes, man bräuchte sehr viel Phantasie, um ihn zu erhitzen, aber man bräuchte viel Liebe, um viel Phantasie zu haben.

Er serviert ihr den Tee (auch für sie hat er *Wollüstige Wolken* gekauft – Opfergabe), während sie ihm erzählt, sie habe von ihrem im letzten Jahr gestorbenen Vater geträumt.
— Ein herrlicher Traum, er war in den Baumwipfeln, im hohen Geäst, gänzlich verschmolzen mit dem Laubwerk, und ich freute mich und sagte zu ihm *Also hatte ich recht, als ich mir vorgestellt habe, du seist gegenwärtig, du warst also sehr wohl da, in den Wäldern rings um mich herum?* Und auf seine Art, an die ich mich beim Erwachen nicht mehr erinnerte, in der Art eines Toten, stimmte er zu. Heute Morgen habe ich mich gefragt, ob ich mich noch an seine Stimme erinnere. Die Stimme: Aus diesem Grund erzähle ich dir ja den Traum. Und ich war mir nicht sicher. Ich versuchte, ihn in meinem Innern zu hören und, ja, ich glaube, dass ich seine Stimme wiedererkannt habe, als er mich mit meinen Kosenamen anredete. *Clo* zum Beispiel, mit Betonung auf dem langgezogenen und sehr runden O. Oder auch *Tilda*, und schon kann ich dir nicht mehr erklären, wie er es aussprach. Mir wird bewusst, dass wir keinerlei Ausdruck zur Verfügung haben, der es ermöglicht, den Tonfall einer Stimme zu benennen. Hätte ich einen, hätte ich das, woran ich mich heute Morgen wieder erinnerte, mit dem vergleichen können, was ich zu seinen Lebzeiten wahrgenommen habe. Zum Beispiel hätte ich gesagt, dass er eine eher gelbe Stimme hatte, mit einer grauen Strähne auf der rechten Seite und violetten Nuancen bei Frequenz 500: Siehst du, ich finde

nur Begriffe aus der sichtbaren Welt, um von der akustischen Welt zu sprechen.

Sie sucht eine Platte raus. Jazz. Clotilde mag ausschließlich diese Musik. Sie sagt: Was Neues! und streckt genießerisch den Zeigefinger in die Luft. Verstreute Klaviertöne, die linke Hand gibt die Richtung vor, die rechte stöbert herum, forscht, durchkreuzt die Melodie, die sich herauszubilden beginnt, dann Rückkehr zur Unordnung, die linke Hand beharrt, Basstöne, die die Andeutung von Gesang konterkarieren, Reibung, Taktverschiebung, rechts ein gutes Dutzend hoher Töne, wie ein Auffliegen, dann Rückkehr zur Ruhe, darauf eine eindringliche Frage, die linke Hand wird wieder dominant, gebieterisch und danach sehr sanft, sie beruhigt die unruhige rechte Hand, das ganze Stück am Rande des langsamen Kenterns in die Dissonanz, am Rande – und schließlich das Abtauchen in die Stille.

Clotilde lächelt vor Vergnügen und sagt: Das ist *Stormy Clouds.*

— Perfekt, um dazu *Wollüstige Wolken* zu trinken.

Sie hat herrliche Krähenfüße in den Augenwinkeln, fein, regelmäßig, die ihrem Lächeln eine anmutige Würde verleihen, ja, genau, er würde sogar sagen, eine schöne Menschlichkeit, wenn man je ein Tier hätte lächeln sehen. Er hat sie sehr, sehr gern. Er möchte, dass sie sein Leben niemals verlässt, auch wenn sie sein Bett verlässt, dass sie gemeinsam alt werden, darauf kann er jetzt mit gutem Grund hoffen, in der Nähe geliebter Menschen zu altern.

Als er geht, fragt er sich, ob Jaumette Jazz mag. Er wird Jeanne nachher fragen müssen, sobald sie auf ihrem Hörsitz Platz genommen hat.

15

Sobald sie auf ihrem Hörsitz Platz genommen hat, bewegt sie vorsichtig die Arme, als hielte sie einen Zauberstab in der Hand, zeigt mit weit geschlossenen Augen auf Punkte im Raum und sagt Biene, Amsel, Grünspecht, Traumvogel, Paradiesvogel, Spatz, Spatz, und, den Kopf gefährlich weit zur Seite neigend, Skarabäus, Ameisenstraße, Viper! Dabei zieht sie die Beine so hastig nach oben, dass sie das Gleichgewicht verliert.

— Hast du dir wehgetan?

— Nicht doll. Den Oberschenkel aufgeschürft.

— Das wird dich lehren zu lügen, kleines Äffchen. Da war keine Viper.

Sie setzt sich wieder und fragt mit einem schrägen Blick, Hat sie dir gefallen?

— Deine Mutter? Sehr.

— Sie nervt aber schon ein bisschen, oder?

— Überhaupt nicht.

Sie verzieht das Gesicht und brummelt Ich gebe zu, dass ihr letztes Stück großartig ist. Dann fängt sie an, die Melodie der Sopranistin zu trällern. Erstaunt erklärt er Du ahmst das Bengali perfekt nach.

— Ich ahme nicht nach, das sind genau die Worte.
— Die du gelernt hast?
— Die ich gehört habe.
— Und die du gelernt hast.
— Die ich behalten habe.

Sie überlegt kurz.

— Ich freue mich, dass du sie magst. Sie hat doch ihre guten Seiten.
— Auf jeden Fall.
— Erinnerst du dich, letzte Woche hast du gesagt *Wenn ich jemanden in meinem Beisein Chips essen höre, würde ich ihn am liebsten zermalmen, so vulgär und egoistisch finde ich es, anderen derlei Kaugeräusche zuzumuten.*
— Irgend so etwas habe ich gesagt.
— Nein, du hast genau das gesagt.
— Also wirklich! Hast du so ein gutes Gedächtnis?

Sie erklärt ihm, dass das ihr anderes Handicap ist, sie behält alles; deswegen tat sie sich auch schwer damit, lesen zu lernen: Sie konnte auswendig wiederholen, was sie einmal gehört hatte, und dachte, das wäre das, was man von ihr erwartete. Wenn sie einen neuen Text vor sich hatte und ihn nicht entziffern konnte, dachten die anderen, sie habe irgendwelche psychischen Probleme. Es dauerte eine Weile, bis sie feststellten, dass sie einfach nicht lesen konnte.

— Dann habe ich es ganz schnell gelernt, klar, da ich etwas nur einmal hören muss, um es zu behalten. Also B-A-BA, du verstehst, was ich meine. Ist das bei dir nicht so?
— Nein. Meine Fähigkeiten sind da bescheidener.
— Ja, das habe ich schon gemerkt.

Sie lacht fröhlich.

— Du erinnerst dich also, was du über die Chips gesagt hast. Dass dich das verrückt macht. Ich verstehe sehr gut, was du meinst. Tja, meine Mutter macht auch ständig Sachen, die mich ganz verrückt machen.

Er betrachtet sie nachdenklich, ihr kleines, süßes Gesicht eines schelmischen und entzückenden Äffchens, ihre außergewöhnliche Intelligenz – glaubt er, denn es fehlt ihm an Vergleichsmöglichkeiten, aber er findet sie so wach –, und plötzlich hat er eine Eingebung: Mit ihr könnte er den absurden Vorschlag akzeptieren, den ihm Grimaldi gemacht hat. Er verscheucht die unerhörte Idee sofort. So klein. Überhaupt nicht zart, aber so klein. Ein bisschen zart schon.

— Wenn sie zum Beispiel durch das Zimmer tanzt und *Mein Liebling mein Liebling mein Liebling* sagt, könnte ich sie ohrfeigen.

— Aber das ist doch nett.

— Ja, ja. Nur dass sie meistens zehn Minuten später heulend auf dem Sofa liegt und *Was für ein Leben Leben Leben* sagt.

— Und mit deinem Vater?

— Äh ... na ja, genauso.

— Das heißt?

— Sie nannte ihn *Mein Liebling mein Liebling mein Liebling.* Da ist er natürlich abgehauen. Mama denkt, dass du dich für mich interessierst, weil du keine Kinder hast.

— Woher weiß sie denn das?

Jeanne hüpft von ihrem Hörsitz und schreit Hast du Kinder?

— Und wenn?

— Ich weiß nicht ... Das ist schrecklich! Ja, schrecklich.

— Ich habe keine Kinder. Aber ich verstehe nicht, warum das schrecklich wäre.

— Vielleicht würdest du dich dann weniger für mich interessieren?

— Ich interessiere mich für dich, weil du einfach du bist. Selbst wenn du eine alte Oma wärest, würde ich mich für dich interessieren.

— Weil ich so gute Ohren habe?

— Weil ich Äffchen mag.

Sie deutet einen Affentanz an.

— Und die Große Stille? Die hast du mir versprochen.

— Nicht leicht zu organisieren bei Ohren wie deinen. Ich müsste einen Skaphander für dich finden.

— Einen ganz kleinen niedlichen Skaphander. Das fände ich toll!

Sie gehen durch den Wald, um neue Töne zu sammeln, und bringen eine Stunde damit zu, Vogelrufe und Insektenbewegungen wahrzunehmen. Sie schlägt vor, mehrere Töne ohne erkennbare Quelle Nursoton zu nennen.

Als sie schweigend zur Straße zurückgehen (jetzt, als dicke Freunde, können sie lange zusammen schweigen, auch wenn sie nicht das Große Lauschen praktizieren), bemerken sie vor dem Auto einen perfekten Kreis aus gestampfter Erde. Jeanne sagt Man sieht aber auch seltsame Dinge.

Während er sie nach Hause fährt, erzählt sie ihm, dass sie am Morgen im Bus eine Frau gehört hat, die ihrem kleinen Hund zuflüsterte *Fühlst du dich wohl auf Mamas Schoß?*

— Und was hat das Tier geantwortet?

— Es hat vor Liebe gejault. Glaube ich.

Er ist sehr froh, heimzufahren und sich endlich auszuruhen. Ein langer Tag, lang und schön. Die Sonne geht immer später unter.

16

Die Sonne geht immer später unter. Großzügigkeit des Lichts. Auf dem Wohnzimmertischchen leuchtet das Display des Telefons auf, dann vibriert es. Ulan sagt Wenn du in die *Quatre-Chemins* kommst, stelle ich dir Kublai vor.

— Kublai? Das sagt mir irgendwas.

— Ein chinesischer Freund.

— Heißt er wirklich Kublai?

— Nein, das ist sein Spitzname, so hieß ein Sohn Dschingis Khans, der über China herrschte. Eine Epoche großen Wohlstands.

— Wie hast du meine Telefonnummer herausbekommen?

— Wenn ich keine Telefonnummern herausbekäme, meinst du, ich könnte ...

— Schon gut, schon gut.

— Komischer Bulle!

— Ich bin kein ... Also, was wolltest du mir sagen?

— Dass du in die *Quatre-Chemins* kommen sollst, weil heute Abend Kublai und der Notar da sind.

— Feine Gesellschaft also?

— Exemplare.

— Soll ich sofort kommen?

Das ist ihm nicht unrecht. Er hat sogar Lust. Ja, genau. Lust, dort zu sein, in dieser Parallelwelt. Er findet Geschmack daran, wie an einer Droge. Hat er gerade hinter dem Haus das diskrete Hecheln eines Hundes gehört? Aber durch das Fenster sieht er nur eine Krähe, die sich um sich selbst dreht, ihre halb entfalteten Flügel schleifen über den Boden.

Sobald er zum Kreisverkehr kommt, ist da das (herrliche? beunruhigende?) Gefühl, zu kippen. Perspektive von Häuserblöcken, die sich im schwebenden Licht hinziehen, soweit das Auge reicht. Sie gleichen von Riesenhand aufgestellten weißen Spielsteinen. Es gibt erstaunlich wenige Öffnungen: Gebäude ohne Fenster, fast alle blind. Brauchten die Menschen, die hier arbeiteten, etwa kein Licht? Jemand liegt in der großen Betonröhre NOWER. Ein Moped rast vorbei und wirbelt die reine Luft durcheinander – für einen Moment hat Jodel Mordgelüste. Er zögert, fährt zweimal um den Kreisverkehr. Dann glaubt er, ein Wartehäuschen zu erkennen.

Ulan lehnt reglos an der Hauswand. Jodel sieht den letzten Sonnenstrahl in seinen Augen verschwinden. Dann pulsiert die Außenwelt in der Dämmerung, während sie schweigend in die Anlaufzone gehen.

Großer Frieden unter den Männern, die auf dem Boden sitzen. Er hat das Gefühl, er habe eine Bibliothek betreten, denn bis auf einen lesen alle Zeitung. Ulan zieht ihn weg von dem Lesezirkel und zeigt ihm verschiedene Blätter – Hier findest du sogar die Zeitung der Naschi, der jungen russischen Patrioten. Ist Ulan Patriot? Natürlich, alle Russen sind Patrioten. Russland ist das Herz des großen Kontinents, und von diesem Herzen aus wird es die Welt beherrschen.

— Meinst du das ernst? Für mich hört sich das an wie ein zweihundert Jahre alter beunruhigender Traum. Ein Traum vom autoritären und imperialistischen Russischen Reich, dabei hat sich die Macht sozusagen verflüssigt und verläuft jetzt in Strömen verschiedener Art – wenn ich das richtig verstanden habe.

— Wir verkaufen euch einen Großteil von dem Erdgas, das in Europa verbraucht wird. Wir bauen gewaltige Gasleitungen. Das sind unsere Mittel, über die Ströme zu herrschen.

— Ihr seid verrückt.

— Wir sind wütend.

— Ihr auch? Seit ich dich kenne, habe ich das Gefühl, alle sind wütend auf den Westen.

— Und ihr schlaft derweil. Ihr fürchtet die Unordnung.

— Sag nicht *ihr* zu mir.

— Aber du wirst sehen, unsere Wut zeigt Wirkung, weil sie sich auf gewaltige Reichtümer stützt, die Rohstoffe, die euch fehlen, aber von denen ihr so viel verbraucht. Fett, ihr seid fett und gefräßig. Also braucht ihr uns.

— Sag nicht *ihr* zu mir.

Ulan läuft auf und ab, und beim Anblick seines prächtigen geschmeidigen Körpers fühlt sich Jodel tatsächlich dick. Ulan bleibt vor ihm stehen und flüstert Unter uns: Ich hasse die Naschi. Das sind kleine, zwangsorganisierte Soldaten. Sie sind zwanzig und marschieren im Gleichschritt.

— Zum Glück, mein Freund, sagt ein großer Chinese, der hinter ihnen aufgetaucht ist. Die Jugend muss dem Land eine Stütze sein. Sie muss die kollektiven Ideale teilen.

Seine Mao-Jacke mit hellem Pelzkragen wirkt in der Anlaufzone überraschend elegant.

— Wir beide werden uns nie einig, Kublai. Jodel, das ist Kublai. Kublai, Jodel.

Der Chinese grüßt mit einem kurzen Nicken. Der Pelz wellt sich leicht, sehr luftig, die sehr langen Haare – Wolf? – liebkosen sein Gesicht, dem das luxuriöse Accessoire einen weiblichen Zug verleiht. Ein großes Land braucht Disziplin, säuselt er mit sanftem Lächeln.

— Und Disziplin ist nicht so einfach, was, Kublai?, fragt Ulan. Kublai war Trader. Als die Chinesen aufgehört haben, sämtliche Rücklagen in amerikanische Staatsanleihen umzutauschen, haben sie Trader eingestellt, um die besten Anlagen zu finden. Kublai war bescheuert genug, ein paar Krümel von diesem Geld in seine eigenen Rücklagen umlenken zu wollen.
— Der Versuch zeugt von ziemlich viel Schneid, bemerkt Jodel.
— Schneid? Das ist ein Wort, das ich nicht verstehe, wundert sich Kublai. Mut und Intelligenz waren nötig. Aber China ist eins der bestüberwachten Länder der Welt. Ich konnte nur mein Fell retten, murmelt er und spielt mit den Fingern in dem Pelz. (Hat er die Augen zusammengekniffen?) Und jetzt berate ich die chinesischen Banker in der Stadt.
— Gibt es chinesische Banken?
— Sagen wir, hier zirkuliert ziemlich viel chinesisches Geld. Ah! Der Notar ist da. Entschuldigt mich, liebe Freunde.

Kublai geht zu einem sehr mageren Mann, der sich in den Kreis gesetzt hat. Jodel hat das Gefühl, dass der Mann Ulan durch den Raum einen fragenden Blick zuwirft. Der antwortet mit einem kurzen Nicken. Sicher wegen ihm. Er fragt Ulan, warum Kublai, der ziemlich reich zu sein scheint, in die *Quatre-Chemins* kommt.
— Er kommt ab und zu vorbei, um sich zu informieren. Man trifft hier die ganze Welt, hast du das noch nicht begriffen?

Jodel gibt nicht zu, wie lächerlich er sich fühlt: er, der geglaubt hatte, in einen Unterschlupf für Penner oder Strauchdiebe zu kommen ...
— In gewisser Hinsicht ist Kublai weniger angsteinflößend als du oder Ismail, sagt er zu Ulan. Das ist ein Genießer, der seinen Patriotismus jederzeit gegen ein paar schöne Pelze eintauschen wird.
— Dachtest du, hier gibt es nur Heilige oder Arme?

— Und Krieger ...

— Es muss auch Leute geben, die Öl ins Getriebe gießen. Das fördert das Chaos. Und Kublai macht mir Spaß. Er ist eigentlich der am wenigsten Gefährliche von uns allen. Auch sehr großzügig. Er trägt viel zum Komfort der *Quatre-Chemins* bei, dank seiner *Guanxi*.

— *Guanxi*?

— Seiner Beziehungen.

Kublai plaudert leise mit dem Notar. Wenige Gesten, lange Momente der Stille. Ulan weiß nicht, ob er ihn ihm vorstellen kann, das wird der Notar entscheiden. Jodel wundert sich über dieses Ritual des Vorstellens.

— Ich komm mir vor wie bei einer Abendgesellschaft, sagt er.

— Du hast nichts begriffen. Hier musst du bei deiner Ankunft von jemandem vorgestellt werden, sonst würden sie dich sofort zum Fenster rauswerfen. Derjenige, der dich vorstellt, bürgt auch für dich während deiner Anwesenheit. Nichts von einer Abendgesellschaft.

Sie gehen in Ulans Zimmer. Die Maus mit den zwei Schwänzen tobt über das Bett, kaum dass er sie aus der Tasche geholt hat. Jodel findet ihre leisen Schreie merkwürdig.

— Schreie? Sie ist von Geburt an stumm. Sie darf keine Aufmerksamkeit erregen.

— Unter welchen Umständen?

— Unter bestimmten Umständen.

Ulan holt Bier

— Sieh an, du hast Alkohol gekauft?

— Eine Frau hat mir das Bier geschenkt.

Sie setzen sich auf das Bett, und die Maus erklimmt ihre Körper in rasantem Tempo und in alle Richtungen.

— Hier gibt es keine Frauen, stellt Jodel fest.

— Manchmal schon, wenn sie in Gesellschaft sind. Aber es gibt grundsätzlich wenige Nomadinnen.

ressen der Leute hier erscheinen ihm so bizarr und unvorhersehbar. Das erinnert ihn an Grimaldis Vorschlag, an seine absurde Anfrage. Auch diesen Gedanken verjagt er. Dann kommt Ulan zurück und sagt, der Notar sei nicht frei.

— Schade. Ist dir bei deinen Reisen aufgefallen, dass die Krähen in den Stadtzentren nach und nach die Tauben ersetzen?

— Nein. Ich interessiere mich mehr für Pferde und Kamele.

— Die seltener durch die französischen Innenstädte galoppieren, als du es gern hättest, was? Ich weiß nicht, ob mir die Stadtkrähe gefällt. Zu dick, zu schwarz, ihr Schrei zu düster. Ich mag sie lieber auf dem Land oder auf dem Wipfel großer Bäume.

Ulan spielt mit seiner Maus. Wahrscheinlich drückt der neue Klang ihrer seltsamen leisen Schreie Vergnügen aus. Auf einmal vergeht die Zeit zu langsam.

17

Auf einmal vergeht die Zeit zu langsam, und er beschließt zu fahren. Er wird wiederkommen. Hier reibt sich alles mit seinem normalen Leben. Das normale Leben ist die linke Hand. Die rechte reibt, synkopiert, überrascht. Genau. Auf jeden Fall ist er todmüde. Es kommt ihm vor, als hätte er vor Lichtjahren gefrühstückt, hätte eine verrückte Welt gesehen, wäre kilometerweit gefahren. Als er durch den Saal geht, hält Kublai ihn an und fragt, ob er mit ihm in die Stadt fahren dürfe.

— Mein Auto springt nicht an. Ich lasse es hier, irgendwer war in einem früheren Leben bestimmt mal Mechaniker und bringt es wieder in Gang. Glauben Sie an frühere Leben?

— Ehrlich gesagt, nein.

— Sie haben unrecht, das ist sehr tröstlich.

— Ach so?

— O ja! Dann können Sie sich vorstellen, dass andere Leben dem jetzigen folgen und dass Sie genügend Zeit haben werden, um sich Befriedigung zu verschaffen.

— Sie sprechen auch sehr gut Französisch.

auf. Ruhig bleiben. All seine entfernten Bekannten sind unterwegs. Kublai sagt Sie sehen irritiert aus. Jodel erklärt ihm, dass er manchmal zu empfänglich für Lärm ist.

— Aber die Nacht ist so friedlich, lieber Freund.

Ein Paar geht vorbei. Natürlich sind ihm die Gesichter nicht fremd. Ruhig bleiben. Noch ein Mann, vertraut.

— Sie wirken sehr angespannt. Sie haben doch keine Angst vor unangenehmen Begegnungen?, fragt Kublai lüstern.

— Vor Begegnungen überhaupt heute Abend. Bei allen, die wir seit dem Anfang der Brücke getroffen haben, hatte ich das Gefühl, sie zu kennen.

Kublai wirft ihm einen erstaunten Blick zu.

— Tatsächlich? Also sind Sie auch ein echter Nachtvogel?

Als sie das andere Ufer erreichen, kann Jodel besser atmen. Dann zieht die Altstadt sie in das Gewirr ihrer menschenleeren Gassen.

— Ich liebe die Nacht, sagt Kublai, dieses Gefühl, dass alles möglich ist. In China ist das ganz anders. Keine Verheißung von Abenteuern, eilige, beschäftigte Menschen mit einem festen Ziel. Hier schlendere ich gern, erwarte das Unverhoffte, den Seemann auf Landgang.

— Einen Süßwassermatrosen.

— Sie sind sehr nüchtern, mein Freund.

— Nie etwas Unangenehmes?

— Nein. Doch. Einmal. Zwei ausgeschlagene Zähne. Danach hat der Kerl gesagt *Jetzt kannst du wenigstens* ... Nein, ich kann nicht wiederholen, was er gesagt hat.

— Das ist die Gefahr nächtlicher Begegnungen, wenn alle Katzen grau sind.

— Starker Gedanke.

— Entschuldigen Sie.

— Nein, nein, ich meine es ernst. Deng Xiaoping hat gesagt *Egal, ob die Katze schwarz oder grau ist, Hauptsache, sie fängt Mäuse.*

— Hat er sich für Tiere interessiert?
— Nein, aber er hat das Privateigentum in China eingeführt, und damit ist das Land zum einzigen Beispiel für kapitalistische Ökonomie im Zeichen des Kommunismus geworden.

Als Jodel Schritte auf dem Pflaster hallen hört, zuckt er zusammen. Nein. Dieser Passant ist ihm völlig unbekannt. Sie gehen an einem jungen Mann vorbei, der an einer Hauswand lehnt und sich eine Zigarette dreht.
— Der hofft auf jemanden, flüstert Kublai.
— Aha.
— Vielleicht auf mich?
— Störe ich Sie?
— Überhaupt nicht. Ich kann sehr gut einer ersten Versuchung widerstehen. Manchmal sogar einer zweiten.
— Seit wann sprechen Sie Französisch?
— Ah, das beschäftigt Sie! Seit meiner Kindheit. Meine Mutter unterrichtete Französisch, und sie hat es mit mir gesprochen. Außer wenn sie sich ärgerte. Denn ich habe nicht immer einen Schneid.

Jodel ist zuerst versucht, ihn zu korrigieren. Dann lässt er es bleiben.

Kublai dreht sich zweimal um, dann wispert er Warten Sie bitte einen Moment.

Er spricht mit dem jungen Mann, der nickt, ohne ihn anzusehen. Als er zurückkommt, sagt er Das hätte meine Mutter bestimmt nicht gemacht.
— Mit dem jungen Mann gesprochen?
— Sie hätte mich *Schneid* nicht falsch verwenden lassen.
— Das beweist, dass ich nicht Ihre Mutter bin.
— Starker Gedanke. (Er lacht laut.)

Nach einer Weile hört Jodel Schritte, die sich den ihrigen anpassen, und stellt fest, dass der junge Mann hinter ihnen her läuft. Er deutet mit dem Daumen über die Schulter auf ihren Verfolger. Auf seine stumme Frage antwortet Kublai Das große Verlangen, alles in Ordnung.

Plötzlich begreift Jodel, dass Kublai ihn just in das Geschäft führt, in dem er am Nachmittag seinen chinesischen Tee gekauft hat. Kublai gratuliert ihm, Sie haben Recht, es ist das Beste der Stadt. Während sich der junge Mann nachlässig vor das Schaufenster hockt, gehen sie in das Geschäft. Die Verkäuferin, die mit einer Verbeugung und ein paar raschen Worten auf sie zueilt, führt sie in ein Séparée, wo sie ihnen Tee serviert.

— Ich möchte Ihnen nicht die Zeit rauben, sagt Jodel.

— Ich habe die ganze Nacht vor mir.

Während er mit den Fingern durch den Pelz streicht, ergänzt er, Und der Junge auch.

— Als ich heute Nachmittag hier war, habe ich mir viele Fragen über die Zeichnungen im Schaufenster gestellt. Wer sie macht und ob es diese Vögel wirklich gibt oder nur in der Phantasie, und wieviel man den Malern bezahlt. Solche Dinge.

— Interessiert Sie China oder die Malerei?

Jodel überlegt.

— Im Moment interessiert mich alles, was fremd ist. Wegen Ulan, glaube ich. Seine Welt beschäftigt mich. Die *Quatre-Chemins* ...

— Ein schöner Mann. Aber ein wenig beschränkt.

— Weil er nur Frauen liebt?

— Er glaubt, dass sich die Welt um Ulan-Bator dreht, sagt Kublai.

— Ich würde alles sagen außer *beschränkt.*

— Wahrscheinlich setzen Sie und ich die Schranken nicht in derselben Entfernung.

Der Kopf der chinesischen Dame taucht hinter dem Vorhang auf. Kublai ruft sie und wechselt ein paar Sätze mit ihr, dann erklärt er, Die Bilder kommen aus einer kleinen

Werkstatt, die ihr Cousin in der Nähe von Shanghai führt. Er beutet dort vier Maler erbarmungslos aus, die in der Fabrik für Sportkleidung genauso viel verdienen würden. Aber sie ziehen den Pinsel der Nähmaschine vor.
— Ein Privatunternehmen?
— So pauschal kann man das nicht sagen. Schmeckt Ihnen der Tee? Das ist eine ganz frische Ernte, ein Oolong, FOP, kaum oxidiert. Ein Grand Cru.

Der Tee duftet nach Tee. Nach Gras, kurz gesagt. Jodel hat den schlechten Geschmack, vor allem parfümierte Tees zu mögen, aber das traut er sich nicht zu sagen, um nicht als Amateur dazustehen.
— Jetzt begleite ich Sie zu Ihrem Auto, dafür setzen Sie uns bei mir ab.

Sie gehen wieder durch die ruhigen Straßen, der Junge folgt ihnen. Die Stadt ist menschenleer. Er könnte sich entscheiden, nachts zu leben, um dem Getöse zu entgehen. Und wann würde er arbeiten? Nachts eben. Aber das wäre eine gewisse Unordnung.

Der Junge sitzt hinten und macht kein Geräusch. Im Rückspiegel sieht Jodel seinen friedlichen Blick auf den Fluss gerichtet, der links neben ihnen fließt. Kein Zeichen von Ungeduld oder Unruhe. Er wartet. Eine lange goldene Strähne kringelt sich über seiner Wange. Als sie ankommen, sagt er sich, dass Kublai vielleicht weiß, ob all das, was Ulan ihm erzählt, stimmt, von dem chinesischen Mondsatelliten und den Cyberangriffen des Pentagons. Als Kublai schon aussteigt, beugt sich Jodel über den Beifahrersitz und fragt Und können Sie sich eine Allianz zwischen den Russen und den Chinesen vorstellen?
— In den *Quatre-Chemins*?
— Nein, in der Zukunft.

Kublai lacht.
— Ich werde darüber nachdenken. Ich sage es Ihnen dann.

Er entfernt sich mit einer kleinen schwingenden Handbewegung über der Schulter, wie eine Abschiedsarabeske. Jetzt läuft der Junge neben ihm.

Sobald Jodel seine Ohrstöpsel einsetzt, findet das Universum seine sanfte, gedämpfte Klangfarbe wieder. Er fährt langsam – vorbei an dem der Stadt hingegebenen Fluss, dann am Industriegebiet und weiter am Wald – und denkt über die internationalen Geheimverträge nach. Er war dumm. Eine Allianz zwischen Russen und Chinesen? Was soll das heißen? Wer soll eine Allianz bilden? Die Regierungen? Die Unternehmen? Allianz wofür? Er muss zugeben, dass der Lauf der Welt ihm trotz seiner jüngsten Bemühungen vollkommen unverständlich bleibt. Vor allem, wenn Ulan ihn erklärt. Sagt er, was ist? Oder was er sich vorstellt? Seit ein paar Tagen liest Jodel in seiner Zeitung aufmerksam die Rubrik »Internationales« und legt interessante Artikel beiseite. Was wird er damit anfangen? Versuchen zu verstehen. Genau. Versuchen zu verstehen, was die Besucher der *Quatre-Chemins* sagen und was sie wollen. Das weiß er schon: Ulan will Sturm säen, Kublai will Geschäfte machen, Ismail ein Kalifat in Indonesien errichten. Ja, genau. Aber kann man in einer leerstehenden Fabrik in einem halb verlassenen Industriegebiet so viele Dinge organisieren? Allerdings scheinen sie es ernst zu meinen.

Plötzlich ein entsetzlicher Lärm. Er hält am Straßenrand an und entfernt die Ohrstöpsel. Traut sich nicht auszusteigen. Stille. Nachtfalter vor den Scheinwerfern. Kein Laut mehr. Er wartet, dass sich sein Herzschlag beruhigt. Links von ihm rast ein großes Tier davon. Vielleicht ein Wildschwein. Die Radkappe seines Vorderrads liegt auf der Böschung. Das war es. Dreißig Zentimeter hinter der Radkappe ein Fuchs, erstarrt, die roten Augen im grellen Scheinwerferlicht. Ein Fuchs, der jede Würde verloren hat – Unordnung. Er flüstert ihm zu Los, mein Häschen, und das gedemütigte Tier macht sich davon. Wenn er morgen Jeanne sieht, wird er ihr von dieser lustigen nächtlichen Begegnung erzählen. Ja, das ist etwas, das man einem Kind erzählen kann.

18

Das ist etwas, das man einem Kind erzählen kann. Denn seine Arbeit zum Beispiel kann er nie auch nur mit einem Wort erwähnen, zu abscheulich, zu schändlich, widerliche Unordnung, im Übrigen fragt Jeanne ihn auch nichts, umso besser. Er macht sich eine Kanne *Wollüstige Wolken* und öffnet das Päckchen des heutigen Tages, *Jodel Paquinseul, Dringend*: ein von der Feuerwehr geschickter Telefonmitschnitt. Die Begleitnotiz erklärt: Eine junge Frau hat den Notruf gewählt, als ihre Angreifer schon da waren, und alles wurde live aufgenommen (gar nicht gut, wenn die Begleitnotiz *alles* sagt, ohne zu sagen was, er kennt die Vorliebe der Begleitnotizautoren für Euphemismen), alles wurde live aufgenommen, das Telefon ist wahrscheinlich in eine Ecke gefallen, und die Feuerwehr wusste nicht, wie sie die Wohnung der jungen Frau in der Stadt finden sollte. Eine Großstadt im Norden. Wo die Winter sicher grau sind. Wenn er gewusst hätte, was er an manchen Tagen in diesen angeblich harmlosen Päckchen hören muss (die ihn an die Süßigkeitenpäckchen erinnern, die er im Ferienlager bekam), hätte er wahrscheinlich einen anderen Beruf ergriffen. So oft hat er das Bedürfnis zu protestieren, *Verschont mich damit, für wen haltet ihr mich? Glaubt ihr, ich kann alles ertragen?*, bevor er einräumt, dass das schließlich seine Arbeit ist. Er denkt an das Nest mit den Fuchswelpen, das Jeanne zu ihm geführt hat.

Er setzt den Hörer auf, drückt sich in seinen Sessel, rechnet mit dem Schlimmsten, und das Schlimmste entfaltet sich im zittrigen Licht des frühen Morgen. Katastrophales Band. Darauf der gellende Schrei des jungen Mädchens, Beschimpfungen, Herumgebrülle, zwei, vielleicht drei Angreifer, Schmerzenslaute, Flehen, unflätige Worte, unterbrochen von herzzerreißenden Klagen, und im Klangvordergrund erschreckte Männerstimmen, die Panik der Feuerwehrleute, *Scheiße, von wo ruft die an, wir müssen den Anruf sofort orten, Scheiße, jetzt ruft doch die Bullen*, eine Frauenstimme stöhnt *Wie grauenhaft, fahrt sofort hin! – Ja, aber wohin denn? Du bist lustig – Mein Gott, wir müssen doch was unternehmen! – Ja, aber wie, aber wie?* Er stoppt das Band. Rechtfertigt sein Gehalt eine derartige Heimsuchung? Aufopferung der Ohren. Er ist der, der alles mit voller Wucht hört und den anderen eine gemilderte Version liefert, indem er über das Gehörte Bericht erstattet, die geräuschlose Beschreibung des Desasters. Er lässt das Band weiterlaufen. Eine dröhnende grobe Stimme sagt vielleicht *Dreh sie* oder *Nimm sie* und das Mädchen schreit *Nein*. Geräusch umstürzender Möbel. Ekelerregendes Keuchen, Rascheln, vielleicht von Stoff, weitere Beschimpfungen, *Halt still, du Schlampe*, das Mädchen sagt nichts mehr, keine Stimme mehr, Geräusche von Gegenständen und Möbeln, an denen gerüttelt wird, dann ein langer Klagelaut, ganz leise, ein Klagelaut, der kein Ende haben wird, man kann sich nicht vorstellen, wie er je aufhören könnte, eine animalische Klage, ein stöhnender Leib (muss man wirklich hyperakusisch sein, um das zu hören?), dann, nach sehr langer Zeit, stößt das junge Mädchen einen Wutschrei aus, schlägt selbst, so scheint es, und die Männerstimmen, sicher zwei, oder drei, beschimpfen sie und, ganz sicher, was sollte es sonst sein, schlagen sie. Das entsetzliche Geräusch dumpfer Schläge auf den Körper. Dann flüchtende Schritte. Eine zuschlagende Tür. Vierundzwanzig Minuten, siebenunddreißig Sekunden.

Eine umherreisende, mordende Spezies. Er murmelt Ich will das nicht hören. Aber zu spät. Er hat einen Vertrag unterschrieben, um täglich akustische Fuchswelpen zu erdulden. Zum Kotzen.

Die Begleitnotiz vermerkt, dass sie im Koma liegt.

Der Tee ist kalt. Alles von vorn und im Einzelnen beschreiben. Er hat nichts Auffälliges gehört – wenn man so sagen kann. Die Männerstimmen haben keine signifikanten Hinweise geliefert. Zwischen Dreißig und Fünfzig, nordfranzösischer Akzent, eine Rohheit, die ausschließt, dass sie Liebhaber verschnörkelter Intarsien sein könnten, kein Wort, das erlauben würde, sie zu identifizieren, das gewöhnliche Keuchen und Beleidigen – wenn man so sagen kann.

Plötzlich, und zum ersten Mal, sieht er eine Verbindung zwischen den Kuverts, die ihn täglich im Labor erwarten, und seiner wachsenden Schwierigkeit, die eigene Post bei sich zu Hause zu öffnen. Der Stapel muss schon sehr groß sein, bevor er sich entschließt, sie zu erledigen. Fast eine Folter, die ihm abverlangt, eine Angst zu überwinden. Angst wovor? Weiß er nicht.

Welche Nachricht könnte ihn zu Hause erreichen, die ihm derart wehtun würde? *Jodel Paquinseul, mit Trauer ... Paquinseul, wir bedauern, Ihnen mitteilen zu müssen ...* Welches Grauen könnte mit der Post kommen? Sollte es draußen, in der Welt, so viele Gelegenheiten zur Verletzung geben? Eine Welt in Unordnung, das ganz sicher. Komisch, dass er nie daran gedacht hat, die zwei Arten von Post miteinander in Verbindung zu bringen.

Es klopft. Halb neun.

Lächelnd kommt Grimaldi herein.
— Wir haben uns ja lange nicht gesehen, lieber Jodel. Ich bin sicher, Sie haben eine gute Tasse Tee für mich.
— Rauchtee?
— Wunderbar.
— Ich habe gerade eine widerwärtige Aufnahme abgehört, Grimaldi, das ist ein übler Job, wissen Sie. Manchmal fühle ich mich ... bestraft.
— Ach! So ist es bei der Polizei, mein Lieber. Ihre Antwort auf die Herren des Vereins für gesprochene Kommunikation ist sehr gut. Besonnen, überzeugend, sehr gut. Folgendes: Ich wollte Ihnen sagen, dass ich das Angebot zurückziehe, das Marc Ihnen übermittelt hat. Vergessen Sie es.
— Ach ja? Auf jeden Fall war es verrückt. Was Sie mir da angeboten haben, war ja ein echter Krimi. Ich hatte mich noch nicht entschieden, denn wissen Sie, ich habe eine schwierige Arbeit und heute Morgen sage ich mir das noch mehr als sonst, aber Ihre Idee ... Entschuldigung, aber die war ballaballa.
— Ballaballa? Ja, was glauben Sie denn, Jodel? Es war ein ganz normaler Vorschlag, der sich auf natürliche Weise aus der Welt herleitete, wie sie nun mal läuft. Denken Sie, die Dinge sind so, wie Sie sie wahrnehmen? Denken Sie, multinationale Konzerne sind einfach nur größere Unternehmen mit ein bisschen mehr Personal? Kriege werden von Gerechtigkeitsliebhabern geführt? Im Guerillakrieg steht man sich nur mit Spatenstielen gegenüber? Denken Sie, in Dubai gibt es nur Leute, die ihr Erdöl profitabel verkaufen, und erfindungsreiche Hoteliers? In der City findet man nur vernünftige Börsenmakler? Mein Lieber, was dahinter alles rumkrabbelt ... und um sich das ein bisschen näher anzusehen, um mancher Katastrophe zuvorzukommen, muss man mauscheln, zwielichtige Aktionen durchführen, sich mit nicht sonderlich sauberen Leuten einlassen.

Sie können sich nicht vorstellen, wie sehr man mauscheln muss, Jodel, an manchen Tagen wird einem schwindlig davon.
— Gewiss, gewiss.
— Sie wollen davon nichts wissen, was? Wissen Sie, warum Ihre Kollegen Ihr Büro das Goldfischglas nennen?
— Weil es hermetisch abgeschlossen ist?
— Weil sie den Eindruck haben, dass Sie in Ihrer Blase leben, Jodel, ein bisschen neben allem, ein bisschen frei schwebend. Manchmal finden sie Sie ... total weltfremd, verstehen Sie?
— Das wusste ich nicht.
— Wissen Sie, wir sind ein Team. Und da Sie so erstaunliche Ohren haben, könnten Sie auch einmal einwilligen, ein wenig von Ihrer gewöhnlichen Tätigkeit abzuweichen, um uns zu helfen. Wir würden Ihnen das vergüten ...
— Darum geht es nicht.
— Okay. Auf jeden Fall steht die Frage nicht mehr auf der Tagesordnung, wir haben nämlich herausgefunden, dass die Beteiligten in der Sache, wegen der ich Sie gefragt hatte, nicht Französisch sprechen, sondern Russisch. Sie können kein Russisch, oder doch?

Marc klopft an die Tür und fragt den Chef, ob er nachher mal bei ihm vorbeikommen könne. Dann geht das Gespräch weiter, Grimaldi schwatzt ein wenig, erkundigt sich nach seinen Ohren, den letzten Fällen, informiert ihn über Neuigkeiten von Irène Gaspard, die im Gefängnis anscheinend durchdreht.
— Sie versteht nicht, dass sie festgehalten wird, und findet, dass sie der Polizei so gut geholfen hat und man sie deswegen freilassen müsste, selbst wenn das Kind immer noch nicht gefunden wurde. Sie beschimpft uns als undankbar. Die Leute sind erstaunlich, was? Ihr Tee ist sehr gut. Chinesischer, oder?

Am Ausgang der Sackgasse verkauft der Inder mit dem gelben Hund kleine Gegenstände, die er auf einem Teppich vor sich ausgebreitet hat. Kopfnicken. Jodel reagiert nicht.

Dieses Mal ist er deutlich zu früh zum Mittagessen da. Die Wirtin bringt ihm die Zeitung, um die Wartezeit zu überbrücken. Die Schiefertafel kündigt als Tagesgericht Rinderzunge an. Zerstreut überfliegt er die Innenpolitik. Eindruck, dass sich da nichts Wesentliches ereignet. Ein Artikel über den Patriotismus der Chinesen. Sieh einer an! Auch die sind patriotisch. Dann sind sie bestimmt auch wütend. Wo es Patrioten gibt, gibt es verletzten Stolz und potentiellen Krieg. Jedenfalls hat er das immer geglaubt. Wann wird es Planetarioten geben? Im selben Artikel erwähnt der Journalist die Proteste der Belgier, die den Cyberattacken aus China ausgesetzt sind, und erwähnt die Industriespionage durch chinesische Studentengruppen. Er denkt an Kublai. Was sagte er gestern? Befriedung? Befriedigung? Sich Befriedigung verschaffen. Zeit, um sie sich zu verschaffen. In der Stadt. Befriedigung.

Als er Ulan ins Restaurant kommen sieht, erzeugt das Aufeinanderprallen von zwei allzu ungleichen Welten ein unangenehmes Quietschen.

— Wie hast du mich gefunden?

— Mit allergrößter Mühe. Ich suche dich seit heute Morgen. Das Städtchen hattest du erwähnt. Das Labor steht im Telefonbuch. Aber dann ...

— Dann?

— Der Sri-Lanker hat mir weitergeholfen.

— Ist er Sri-Lanker?

— Das sieht man doch, oder?

— Nein. Reden wir von dem Typen mit Turban, der auf dem Bürgersteig kleine Schächtelchen verkauft?

— Genau der.

— Kennt er mich?

— Er sieht dich jeden Tag, wenn du ins Restaurant gehst.
— Gut. Bestimmt werde ich mich freuen, dich zu sehen, sobald der Überraschungsmoment vorbei ist.
— Freust du dich nicht?
— Ich freue mich nicht besonders zu erfahren, dass ich täglich von einem Sri-Lanker beobachtet werde. Willst du was essen?
— Nein, nur ein Bier.
— Also?
— Kein Geld mehr. Überhaupt keins mehr. Ich brauch nicht viel, aber trotzdem. Ich will in den *Quatre-Chemins* nichts leihen, denn da müsste ich eine Gegenleistung erbringen, und im Moment weiß ich nicht, ob ich dazu Lust hätte.
— Ach, findest du sie doch zu verrückt?
— Verrückt?

Die Wirtin bringt die Zunge und das Bier.

Der Mann an der Bar, der ein kleines Glas Weißwein nach dem anderen runterstürzt, hat seine Reden über den Gang der Welt wieder aufgenommen, also wirklich, das geht wirklich nicht gut aus, nein, gar nicht gut, wir müssen uns diese Terroristen vom Hals schaffen, die Banken, das Fernsehen, die Politiker, die Pestizide – jemand sagt verdutzt, Die Pestizide? Wieso die denn? –, aber der Mann zieht das Selbstgespräch vor und betet weiter seine Liste runter, die Zeitungen, die Lügen, die Steuern, die Nachrichten – der andere sagt Ach, ohne Nachrichten wär's klasse, da würd man wirklich nix mehr verstehn –, diesmal hält der Redner inne Ach ja, weil du da was kapierst? Die sagen doch mal so und mal so, und du kapierst da was? Der andere denkt nach, dann murmelt er Also, ich würd jetz nich sagen, ich versteh was, aber ich … ich hab mitgekriegt, dass es was zu verstehen gibt.
— Ich weiß nicht, wie ich Geld für dich auftreiben könnte. Ich kann dir gerne jetzt ein bisschen geben, aber das wird nicht weit reichen.

— Ich will nicht, dass du mir was gibst. Na gut, doch, jetzt gleich schon. Aber ich suche Arbeit.
— Ich weiß nicht, wie ... Sag mal, was kannst du eigentlich? Abgesehen vom Sturm säen natürlich.
— Obstbäume schneiden.
— Und sonst?
— Dolmetschen.
— Mongolisch? (Ulan nickt.) Dann sollten wir vielleicht besser Richtung Obstbäume suchen ...
— Auch Russisch. Und in deinem Labor?
— Um in mein Labor zu kommen, muss man durch zwei Türen mit Code. Verstehst du, was ich meine? So ähnlich wie in der Anlaufzone. Warum willst du in mein Labor? Um Chaos zu stiften?

Der Mann an der Theke packt den anderen am Ärmel und sagt laut: Warum Pestizide, hast du mich gefragt, ja? – Ja, vorhin, sagt der andere – Na, weil die die Wörter verdrehen – Die Wörter? – Ja genau, die Wörter. Weißt du, wie die Pestizidhersteller sich nennen? – Nein – U.I.S.P. – Versteh ich nicht – Union der Industriebetriebe zum Schutz der Pflanzen – Ja, und? – Also meine Bienen lachen sich tot. Sein Gesprächspartner starrt ihn einen Moment an, dann wendet er sich ab und sagt Hast zu viel getrunken, Junge.

Um Viertel nach drei ist er zu Hause, und als er vergeblich den Schlüssel im Schloss dreht, merkt er, dass er vergessen hatte abzuschließen. Kurze Angstattacke. Zu müde? Fehlte gerade noch, dass er vergesslich wird. Er wirft die Post auf den kleinen Haufen dieser Woche – für später, für ein andermal, wenn er den Mumm dazu hat – und sinkt aufs Bett. Ein paranoider Gedanke bewirkt einen kurzen Adrenalinstoß: Was, wenn nicht er vergessen hätte abzuschließen? Aber er ist zu erschöpft, um den Gedanken weiterzuspinnen, das Adrenalin baut sich wieder ab, und der Schlaf legt sich auf ihn wie ein Leichentuch.

Er erwacht mit einem sanften Sonnenstrahl auf der Stirn, friedliches Spätnachmittagslicht. Es ist ein bisschen später als üblich. Komischer Ausdruck, *ein bisschen später als üblich.* Ist üblich eine Uhrzeit? Kaum setzt er einen Fuß über die Schwelle, da sieht er Jeanne, die Wangen schmollend in die Hände gestützt, die Ellbogen auf den Knien.

19

Da sieht er Jeanne, die Wangen schmollend in die Hände gestützt, die Ellbogen auf den Knien; sie ruft ihm zu: Zum ersten Mal bist du zu spät. Ich dachte schon, du hast mich vergessen. Hast du geschlafen?

— Ich war erschöpft.

— Meine Mutter möchte dich sehen. Ich hab ihr gesagt, du hast immer Zeit, und sie lädt dich ein, heute Abend mit uns zu essen.

— Was lässt dich glauben, ich hätte immer Zeit?

— Meine Integration.

— Wie bitte?

— Nein, ich wollte sagen Intuition. Hast du gesehen? Um dein Haus herum gibt es mehrere Kreise, so wie gestern der vor dem Auto.

— Ja. Festgetrampelt und sauber. Merkwürdig.

— Nursokreis. Was ist? Kommst du nach dem Großen Lauschen?

— Ja. Ja, ja.

— Ah! Ich krieg 'ne Krise.

Sie zieht ihre Zöpfe mit beiden Händen in die Waagerechte und fängt an, sich wie rasend um sich selbst zu drehen. Er ruft, die Hände als Lautsprecher vor dem Mund, Was für eine Krise, Äffchen?

— Eine Glückskrise, eine Glückskrise!

Als sie sich mit gespitzten Ohren ins Unterholz schlagen, nimmt sie ihn bei der Hand und artikuliert stumm VI-PER. Auf dieselbe Weise das Gesicht bewegend antwortet er, SIE BEISST DICH TROTZ-DEM. Die Kleine kräuselt lustig die Nase, dann erstarrt sie plötzlich mit aufgerissenen Augen. In geringer Entfernung Grunzen und Reibegeräusche, abgehacktes Keuchen, Durcheinander auf dem Boden. Blätterrascheln. Eine sich bewegende Masse. Sie sieht ihn fragend an: Er artikuliert WILD-SCHWEIN. Erschreckt schlägt sie sich die Hand vor den Mund. Und plötzlich springt das Tier hervor, gewaltig, die kleinen, funkelnden Augen kaum sichtbar, unförmige und wuchtige Masse auf kurzen Beinen, die beim Abbremsen wegrutschen. Jeanne schreit. Stillstand. Das Tier knickt in den Vorderläufen ein und fällt. Die Vögel sind verstummt, nichts rührt sich um sie herum, nicht einmal der Wind lässt die Blätter rauschen, die Insekten sind vielleicht geflohen. Sie verharren wie versteinert in unwirklicher Stille.

Dann gibt das Tier ein leises Grunzen von sich und öffnet ein Auge. Drei Salzsäulen. Der Wind setzt wieder ein, als das Wildschwein sich aufrappelt und im Unterholz verschwindet.

— Was ist passiert?, fragt Jeanne.

— Ich glaube, es war ein paar Sekunden lang ohnmächtig.

— Wir haben ihm sicher schrecklich Angst gemacht. Oder es wollte uns etwas sagen.

— *Dir* etwas sagen. Ich bin zu alt, als dass ein Wildschwein mit mir spricht.

Sie überlegt.

— Müssen wir denn wirklich da entlanggehen, wo das Wildschwein hin ist? Hab keine große Lust, dass es nochmal mit

mir spricht. Wie wäre es, wenn wir anderswo Nursotöne suchen würden?
— Einverstanden.
— Nein. Wie wär's, wenn wir für heute aufhören? Gehen wir gleich zu meiner Mutter, ich hab vor Angst verstopfte Ohren.

Er weiß nicht recht, was er von dieser Einladung halten soll. Komische Frau, in ihrem lächerlichen Sari höchst irritierend (viel zu *trelala*, würde Ulan sagen) und zugleich körperlich so anziehend. Auf jeden Fall muss er vertrauenswürdig sein, zeigen, dass er ein anständiger Mann und Jeanne bei ihm sicher ist. Und dann ist da ihre Musik. Ihre Musik. Großes Rätsel, dass dieselbe Person wie ein Dummchen mit den Hüften wackeln und solche Sachen komponieren kann.

Als sie ihnen die Tür öffnet, ist er angenehm überrascht: Jaumette ist noch entzückender als in seiner Erinnerung. Vor allem ihre grauen Augen, langgezogen wie die einer Eskimofrau. Ein höchst ansprechendes Lächeln. Er hatte sie nicht so verführerisch in Erinnerung. Sicher weniger eingeschüchtert als beim ersten Mal. Keine Musik. Schade, er hatte sich so darauf gefreut, sofort in den bengalischen Gesang einzutauchen – Sie essen also mit uns? Das ist wirklich nett. Sie hat – diesmal sieht er sehr genau hin – eine geschwungene Taille. Sehr geschwungen.

Jeanne erzählt hastig – Ein riieeesiges Wildschwein, das vor uns in Ohnmacht gefallen ist – Das kann ich mir vorstellen, das arme Tier, das im Wald plötzlich auf meine Tochter stößt ... Das Mädchen streckt ihr die Zunge raus und schmeißt sich fröhlich auf ein Sofa. Jodel setzt sich neben sie.
— Wollen Sie etwas hören? Ravel zum Beispiel.
— Ich hatte auf etwas von Jaumette gehofft ...
— Sie sind zu liebenswürdig.

— Das ist ernst gemeint. Ich bin wirklich ungeduldig ... geradezu gierig.
— Sie bezaubern mich.
— Nein, bezaubert wird *er* sein, sagt Jeanne.

Er beobachtet sie, während sie den Computer einschaltet, und Jeanne beobachtet ihn, wie er sie beobachtet. Wieder breitet sich die Musik im Haus aus, wieder unerwartet, unverhofft, im Innersten verwirrend, und nach einigen Sekunden erfüllt ihn eine leichte Freude, eine unendliche Dankbarkeit gegenüber dieser Frau, die seinen Ohren so viel Vergnügen schenken kann, und für das kleine, schon so vertraute Mädchen, für die beiden, die ihn in die Wirbel des bengalischen Gesangs führen, in den sich wie Winden so vollkommene Augenblicke flechten, dass ihm plötzlich Tränen in die Augen steigen.

Als er am Ende des Stückes von seiner Ergriffenheit spricht, erklärt ihm Jaumette:
— Was Sie gerade erlebt haben, nenne ich Kairos, das ist ein Augenblick außerhalb der Zeit, ein Augenblick köstlicher Vollkommenheit. Ich erhoffe ihn so oft. Ich würde ihn gern hervorrufen.
— Würden Sie so Ihr Komponieren beschreiben?
— Ja. Mit der Einschränkung, dass ich beim Arbeiten auf etwas Präziseres abziele. Etwas Konkreteres. Der Kairos ist danach die gewünschte Wirkung auf meinen Hörer.
— Wonach suchen Sie dann?
— Ich würde sagen: Ich möchte komplexe Strukturen erschaffen, die während des Hörens Vergnügen bereiten, bei denen aber jeder Moment eine Bedeutung, seinen Platz in der Gesamtstruktur hat. Ich will, dass das, was man in der Gegenwart des Hörens wahrnimmt, auf die Vergangenheit und die Zukunft des musikalischen Ablaufs verweist, dass man – ein sachkundiges Ohr – die ganze Komposition wahrnimmt und nicht allein die Unmittelbarkeit der Klänge.

— Ist das in der Kunstmusik nicht immer so?
— Nicht immer: Manchmal bietet die zeitgenössische Musik ein fragmentiertes, zersplittertes Hören, wie im Jazz, wenn das Ohr sich an den Klängen erfreut, so wie sie nach und nach auftauchen. In meiner Musik versuche ich, etwas zu schaffen, was eine Bedeutung als Architektur hat, nicht nur durch die Vielfalt.
— Ich frage mich, ob ich zu einem solchen Hören fähig bin, ob ich das Verständnis für das Ganze haben kann. Ich bin kein Musiker.
— Ja. Aber Sie hören auch mit Ihrer Erinnerung, Ihrer musikalischen Bildung, wie reich die auch sein mag. Ich glaube, selbst wenn es schwierig ist, sich an die Stelle anderer Ohren zu versetzen ...
— Das steht fest, unterbricht Jeanne, der ihre Mutter einen überraschten Blick zuwirft.
— ... ich glaube, dass der Hörer, so wenig gebildet er in technischer Hinsicht sein mag, ein Gefühl für die Struktur hat. Er erfasst nicht die enge Beziehung des ersten Takts mit dem zwanzigsten, die unzähligen Formen der Entsprechungen zwischen musikalischen Elementen, aber ich bin überzeugt, dass er die Weite der Struktur, die Fülle ihrer allgemeinen Form fühlt. Man klebt beim Hören nicht mit dem Ohr am Augenblick: Man hört auch ›auf Distanz‹.

Jeanne sagt Zu Tisch jetzt! und Jaumette, plötzlich verlegen, steht auf, um das Essen zu holen.

Diesmal kein Sari. Er ist ein bisschen verblüfft. Sie ist viel, viel besser als das letzte Mal. Viel weniger lächerlich. Wenn sie von ihrer Musik spricht, wird sie sogar erstaunlich. Und vor allem vergisst sie sich, und dadurch gewinnt sie, sogar auf dem Terrain, das sie aufgibt: Ja genau, sie wird erotischer, indem sie ihre Weiblichkeit vergisst. Ja. Denn Intelligenz ist erotisch, das sagte Zélie, und sie hatte Recht.
— Ich fürchte, ich habe nicht genug Reis gemacht.

— Oh, bitte! Ich hätte so gern, dass es keine Reisgeschichte zwischen uns gibt.

Sie lacht, Das ist schade, er ist Grundlage meiner Ernährung.

— Auch meiner. Ich versichere Ihnen, ich bin nicht sehr anspruchsvoll, aber lassen Sie uns alles vereinfachen, was den Reis betrifft.

— Die Bitte ist rätselhaft, aber akzeptabel.

— Und noch eine: Könnten Sie mir vielleicht eine Aufnahme Ihres Stückes leihen?

— »Bengali«?

— »Bengali«.

— Kommen Sie in zwei Tagen wieder.

— Um fünfzehn Uhr?

— Um fünfzehn Uhr.

Als er die beiden verlassen hat und geruhsam den Weg fährt, den er gut kennt, fühlt er sich sehr seltsam. Ein starkes Gefühl von Irrealität. Der Frosch ist Prinzessin geworden. Aber auch er fühlt sich verändert. Als hätte seine Persönlichkeit sich im Lauf des Abends irgendwie verwandelt. Vermisst die alte nicht. Große Leichtigkeit in der neuen. Weniger Kampf. Genau. Kleiner Soldat im Ruhezustand. Eine Ordnung zeichnet sich ab. O nein! keine Ordnung. Doch. Eine musikalische Ordnung, die Freude empfängt. In zwei Tagen wird er die Aufnahme haben. All diese Schönheit bei sich. Es ist ein bisschen, als liehe man ihm einen Stern vom Himmel, um sein Wohnzimmer zu beleuchten.

Er braucht eine Weile, um einzuschlafen.

Und plötzlich ist die Nacht bereits vergangen. Als er aus dem Sumpf aufsteigt, erreicht ihn zunächst der betäubende, regelmäßige, schrille Schrei eines Vogels.

20

Zunächst der betäubende, regelmäßige, schrille Schrei eines Vogels ganz nah an seinem Fenster, wie ein Ruf, der seine Ohrstöpsel durchdringt. Durch die geschlossenen Lider nimmt er die Helligkeit wahr. Die Sonne geht auf. Die Stunde, da die Vögel loslegen. Er nimmt die Stöpsel raus, um es zu genießen. Warum so ein Radau? Feiern sie den anbrechenden Tag? Er kann die Hypothese nicht ausschließen, dass das Gefühl-Empfinden des Lebens diesen Ausbruch verursacht, selbst bei den einfachen Tieren. Diesen Vogel erkennt er, das ist eine Drossel, die seit einigen Morgen ganz in der Nähe singt. Fünf- oder sechsmaliges sehr entschiedenes Tschilpen, manchmal mehr, dann eine Pause, dann beginnt sie flötend von vorn. Und auch den anderen, vertraut, aber ohne Namen, der Triller und *Tits* mit größeren Abständen abwechselt. Etwas weiter weg der Lärm von bunt gemischtem Gezwitscher, und wenn er das Fenster aufmacht, fliegt es in alle Richtungen, als hätte er eine Sitzung gestört. Eine Kohlmeise hat ihren Strauch nicht verlassen, legt den Kopf zur Seite und starrt ihn empört an. Er mag den Morgen, er mag den Morgen. Da ist alles möglich, die Karten werden neu gemischt. Er kann Jeannes Glückskrisen fast verstehen. Übrigens eine beachtliche Erektion.

Als er sich endlich direkt fragt, woher so viel Fröhlichkeit rührt (zwei kleine Töne mit der rechten Hand, so weit rechts auf den Tasten, dass sie nicht hallen, zwei hohe, aber matte Töne, die sich hinter der Masse der Instrumente verständigen wie ein Ruf und ein Lächeln), denkt er wieder an Jaumette. Zugegeben, sie ist hübsch – und geschwungen –, aber Fröhlichkeit? Ja, ja. Sie ist auch Musik. Gut für ihn, eine geschwungene Frau, die sich an seine Ohren wendet. Ein bisschen lächerlich manchmal, wenn sie sich unter seinem Blick windet? Ja, aber nicht nur. Sie widmet sich dem Ordnen – oh, partiell, fragmentarisch –, aber dem Ordnen des Klangchaos. Und das ist für ihn wie die Verheißung einer köstlichen Rast im Rumoren der Tage.

Das Paket, das ihn an diesem Morgen im Labor erwartet, verletzt ihn nicht. Er hätte übrigens auch zu Hause seine Post öffnen sollen, er muss glückliche Tage wie diesen ausnutzen, um die Nachrichten zu empfangen, die ihm die Welt schickt, die schmutzige Welt – nein, heute Morgen die hübsche Welt. Eine Betrugsgeschichte? Nicht schlimm, wir lassen uns nicht schockieren, wenn einer den anderen bestehlen will, kein Problem, betrügt nur, betrügt, aber rührt seinen Körper nicht an. Seinen Körper? Was erzählt er da? Doch, doch, was ihn umbringt, ist der misshandelte Körper, ist zu hören, wenn dem Leib Schaden zugefügt wird, wenn man das Geschöpf auf seine gemarterte Hülle reduziert, ja, genau.

Er transkribiert schnell die Aufnahme (zwei Dummköpfe, komische Gespräche – relativ komisch) und geht auf einen Kaffee zu Marc. Oberflächliche Plauderei. Marc erzählt ihm von der Einweihung des Saatgut-Tresors unter Spitzbergen.

— Mehrere Millionen Sorten von Samenkörnern sollen dort trocken und kalt konserviert werden. Sie stellen einen Groß-

teil des Saatguts auf der Erde dar, das die Menschen seit dem Neolithikum ausgelesen und getauscht haben.
— Und wozu?
— Das ist eine Art Riesenkühlschrank, denn auf den Feldern werden kaum zweihundert Sorten genutzt, das ist sehr wenig, also gefährlich: ein paar Krankheiten, und alles ist hin. Deshalb muss man irgendwo die Sorten aufbewahren, die geeignet wären, sich Klimaveränderungen oder Epidemien anzupassen ... Das finde ich gleichzeitig toll und deprimierend. Ich bin begeistert von der Vorstellung einer Ali-Baba-Höhle mit solchen Reichtümern, aber ich bin auch mit denen einverstanden, die von einer »Bank der Apokalypse« reden. Verstehst du, die Rechtfertigung dieses Bunkers ist nichts anderes als die Aussicht auf das Schlimmste. Ein vernünftiges, aber düsteres Unternehmen, das die Möglichkeit der Katastrophe ernsthaft in Erwägung zieht. Hast du dir je vorgestellt, dass wir bei dem Gedanken an den Planeten eines Tages nur noch Nostalgie und Rette-sich-wer-kann empfinden würden?

Nein, so etwas hat er sich noch nie vorgestellt. Er lebt in der Illusion seines Weilers, umgeben von Bäumen und Vögeln – das täuscht. Vielleicht ist das heute seine Chance: Zu Hause und in seinem Labor (seinem Goldfischglas!) isoliert, fehlte ihm die Vorstellung der Welt. Er hatte das Gefühl (wie zweifellos jeder), die Dinge halbwegs zu verstehen, obwohl er, das sieht er heute, nur eine sehr partielle, schematische Sicht hatte. Aber der Kurzsichtige kann sich all die Details, die ihm entgehen, nicht vorstellen, und dem Schwachsinnigen schwant nichts von der Existenz der Synapsen, die ihm fehlen. Nicht, dass er jetzt alles versteht, aber er nimmt gerade einen tiefen Atemzug der Weite, dank Ulan. Er öffnet sich gerade der Ahnung von Komplexität und Verwobenheit.

Die Sonne füllt sein Bürofenster. Die Morgenarbeit ist

erledigt. Freiraum. Woher kommt diese kleine Aufwallung von Freude? Jaumette. Blitzartig, aber ganz deutlich erfasst er plötzlich, was ihm gefehlt hat, und er weiß nicht mehr, wie er diese Abwesenheit, diesen ewigen Winter ertragen konnte. Was gefehlt hat: nicht die Umarmung – er umarmt Clotilde –, sondern diese geheime Freude, geheim vor ihm selbst, solange er nicht ernsthaft daran denkt, dieses Erschauern in den Lenden, das zur Erektion führt, diese Erregung und diese Hoffnung, wenn er an sie denkt, die flüchtigen Bilder ihres Körpers, wie er ihn sich vorstellt, das kräftigere, um einige Töne verstärkte Leben, das angespannte, magnetisierte Leben, die Bewegung, die ihn verschiebt – was sagte Kublai? Die Befriedigung, die große Befriedigung verschaffen, das ist es – nicht nur verschaffen, die große Befriedigung empfinden, in der man sich bewegt, in die man ein- und aus der man wieder auftaucht und wieder versinkt, das hohe Leben, das viel höhere Leben, aus dem die Melancholie gewichen ist.

Im *Oiseaux* sitzen zwei zerstrubbelte Verliebte an einem Tisch in der Ecke und erzählen sich ihre Nacht: das Übliche. Wie viele Verliebte hat er schon über den Kampf der Leiber reden hören, wie viele liebkosende Worte, die sich vor indiskreten Ohren geschützt wähnen, die das Streicheln fortsetzen, wie viele eindringliche Verben, Wörter wie ein Hauch, Namen wie ein Stöhnen? Ohne es zu wollen, hat er große Erfahrung in verliebtem Geplapper erworben, die die anderen, die Schwerhörigen, nicht haben. Ein oder zwei Mal ist er allein in seiner Ecke rot geworden, trotz der Gewohnheit. Man hat nicht unbedingt Lust, der Intimität Unbekannter Gewalt anzutun. Er jedenfalls nicht. Jaumettes Intimität Gewalt antun, das schon. Wobei, Gewalt, eher, dass sie sich hingibt, dass sie sich ihm hingibt und sich nackt zeigt, dass sie nichts versteckt, sich nicht zurückhält – ein Elend, das Verlangen bis morgen nicht allzu sehr ansteigen lassen.

Morgen fünfzehn Uhr, das ist nicht so weit weg. Wobei, er kann es ruhig zugeben, möglich, dass morgen gar nichts passiert, mehr als wahrscheinlich sogar, Frauen leisten oft Widerstand, sie machen Zicken, wollen Konversation, Geständnisse, Vertraulichkeit. Er auch: aber danach. Nach der Umarmung. Erstmal sehen, ob sich die Körper gut verstehen. Das verliebte Paar lacht leise. Er erinnert sich, dass seine sexuelle Erziehung schon mit zwölf Jahren sehr fortgeschritten war. Er hatte nichts getan, aber alles gehört. Man kann noch so jung und überrascht sein, am Ende erfasst man doch alles, weil man die Gespräche an den Nachbartischen hört. Nachbartische?

Plötzlich springt er auf und bezahlt. Die Wirtin verzieht überrascht das Gesicht. Er hat gerade eine Eingebung, die sowohl Grimaldi als auch Ulan gefallen könnte. Ist es eine gute Idee? Mal sehn, was der Chef davon hält, sofort, fragen, ob er sie für realistisch hält. Er eilt in sein Büro und ruft Grimaldi an, der sofort rangeht.

— Jodel hier. Kann ich reden? Es geht um Ihren Vorschlag.

— Das ist eine sichere Leitung, legen Sie los.

Er erklärt es ihm. Ursprünglich war die Idee, Jodel, den Hyperakusiker, in ein Restaurant zu schicken, um Gauner zu belauschen und Grimaldi danach zu berichten, was er gehört hat. Das Problem ist nun, dass das Gespräch auf Russisch stattfinden wird. Nebenbei gesagt, auch wenn es auf Französisch wäre, glaubt Grimaldi überhaupt, dass Jodel alles verstehen würde, was gesagt wird? Egal. Er hat einen neuen Vorschlag.

— Das überrascht mich, aber legen Sie los.

— Wir würden zu dritt zu dem Ort gehen, ein Mädchen, das hyperakusisch ist, wie ich, besser als ich, aber vor allem ein perfektes Kurzzeitgedächtnis hat, und ein Freund, der Russisch spricht – man kann ja nie wissen, nicht wahr? – und der uns beschützen würde. Auch wenn die Männer an einem entfernten Tisch sitzen, ist das Mädchen imstande, zu hören und simultan in ein Mikrofon zu wiederholen, was es hört. Alles hören, alles wiederholen und geschützt sein. Das ist meine Idee.

Eine lange halbe Minute Schweigen, dann grunzt Grimaldi zufrieden.

— Sie meinen also, dass es nicht nur unnötig wäre, ein Mikrofon am Tisch der Verdächtigen anzubringen, wie ich ursprünglich dachte, sondern dass wir nur eins an dem Mädchen verstecken müssten, um das gesamte Gespräch zu bekommen?

— Genau.

— Wir könnten den Empfänger in der Nähe des Restaurants postieren und dem Mädchen ein Krawattenmikrofon anhängen?

— Genau.

— Es gibt nur einen Haken an Ihrem wunderbaren Plan, Jodel, einen misslichen Haken.

— Und?

— Ihr Leibwächter. Glauben Sie wirklich, ich gehe das Risiko ein, einen Unbekannten, der Russisch spricht, streng geheime Informationen hören zu lassen? Sie machen Witze!

— Ähh ... daran hatte ich nicht gedacht.

— Offensichtlich.

— Vielleicht könnte er sich an einen anderen, weiter entfernten Tisch setzen?

— Das wäre das Mindeste. Warten Sie, lassen Sie mich nachdenken ... Ihre Kleine ist wirklich erstaunlich. Kann sie das wirklich alles? Aber Ihr Leibwächter ... Was ist das für ein Kerl, den Sie mir da unterschieben wollen?

Jodel wird allmählich klar, dass er in seiner Freude, Ulan helfen zu können, zwei, drei entscheidende Details vergessen hat, zum Beispiel, dass sein Kumpel, das muss er zugeben, selbst in seinen Augen höchst zwielichtig ist. Er stam-

melt irgendwas: so was wie ein Gaukler, ein Reisender ohne festen Wohnsitz, mit dem er sich angefreundet hat. Nicht gerade ein Volltreffer! Er fühlt sich ziemlich blöd. Bleibt trotzdem dabei.
— Und wenn die Russen irgendwas riechen? Kriegen Ihre Beamten in der Nähe das schnell genug mit, um einzugreifen und uns zu verteidigen? Mein ... Leibwächter spürt es. Das würde mich sehr beruhigen, verstehen Sie? Vor allem mit einem Kind bei der Operation.
Grimaldi überlegt.
— Sie schlagen mir da wirklich eine überraschende Inszenierung vor ... zwei Tische, der mit den Russen und Ihrer als Echo. Ich war schon ziemlich stolz auf meine Idee, Sie als Super-Ohr einzusetzen, weil wir keine Möglichkeit sahen, ein Mikrofon in einem Restaurant anzubringen, von dem wir ziemlich sicher sind, dass es von Freunden der Russen geführt wird. Ganz abgesehen davon, dass wir nicht voraussehen können, an welchen Tisch sie sich setzen, und so weiter. Aber jetzt haben Sie sich überlegt, das Mikro beim Lauscher zu platzieren, nicht beim Belauschten. Also bräuchten wir keine Technik vor Ort, außer unsichtbar an unserem Mädchen. Man müsste nicht vorher hin, kein Risiko und trotzdem das getreu aufgezeichnete Gespräch. Das ist ein mustergültig einfaches Arrangement. Sehr rein. Wobei, wenn die Russen merken, dass die Kleine alles wiederholt, was sie sagen, wird ihnen das auch komisch vorkommen.
Er schweigt einen Moment.
— Gut. Aber ich hatte nicht geplant, dass so viele Personen beteiligt sind. Wissen Sie noch, was ich Ihnen vor ein paar Tagen gesagt habe, Jodel? Es hat etwas wirklich Beängstigendes, dass man in diesem Job ständig mauscheln muss. Andererseits gebe ich zu, dass an Ihrer Inszenierung alles so unglaublich ist, dass es Sie schützen würde.
— Übrigens, was mir gerade einfällt, wenn mein Leibwäch-

ter allein an einem Tisch sitzt, wird man sich auch nicht wundern, dass er die Zeit damit verbringt, sich im Raum umzusehen. Sonst müsste er sich an unserem Gespräch beteiligen.

— Wer ist denn dieser Mann? Sie legen offenbar großen Wert auf ihn, aber ich kann nichts entscheiden, ohne ihn vorher zu treffen. Könnten Sie ihn heute noch herbringen? Als er das Büro verlässt, um nach Hause zu fahren, geht er entschlossen auf den Sri-Lanker zu, der immer noch reglos an derselben Stelle sitzt, neben sich den dicken gelben schlafenden Hund. Trotz der Gleichmütigkeit des Mannes glaubt er einen Schatten von Unruhe in seinen Augen wahrzunehmen, als er ihn anspricht Sagen Sie Ulan, ich möchte ihn sofort sehen. Der Sri-Lanker bewegt die Hände *Ich verstehe nicht.* Von wegen. Nicht mal nötig, nachzuhaken. Die Botschaft wird sicher ankommen, auch wenn er nicht begreift warum und wie.

Auf dem Weg zu seinem Weiler stellt er fest, dass er schon wieder sehr durcheinander ist. Sich seltsam fühlt, sich keinen richtigen Reim auf das Ganze machen kann, eher die Ruhe mag und plötzlich in einer Geschichte mit internationalen Verbrechern steckt – hat er nicht eben eingewilligt, in einen der Höllenkreise hinabzusteigen? So kommt ihm die Welt vor: Schichten von Informationen, manche halbwegs lesbar (die einfachsten), andere unklarer (voll verborgener Motive, verstümmelter Fakten, unhörbarer Hintergründe), und wieder andere wie ein kurzes Aufblitzen, völlig rätselhaft. Und schließlich gibt es all das, was sich im Gewimmel einer Welt voll unterschiedlichster Interessen den Sicherheitsdiensten, ja selbst der Rationalität entzieht: diese großen, unvorhersehbaren Gefühlswallungen, die Empörung der Ex-Kolonisierten, die Wut der Fundamentalisten, die Arroganz der Nationalisten ... Und wenn man sich auf die Jagd nach zusätzlichen Informationen macht, widersprechen sie denen, die man schon hatte, öffnen sie neue Interpretationsspuren, das ist ein Eintopf, ein großer Eintopf, eine unhörbare Welt, die absolute Kakophonie – und dann Leute wie Ulan, die den Einfaltspinseln weismachen, sie würden was verstehen. Jetzt ist er bis über beide Ohren in das Tohuwabohu eingetaucht. Dabei kommt es ihm vor, als hätte er sein ganzes Leben daran gearbeitet, ihm zu entkommen.

Erbärmliche Siesta. Er macht kein Auge zu. Als er um fünf Jeanne trifft, wundert er sich nur halb, dass auch Ulan gerade angelaufen kommt. Er lacht. Jeanne sagt Was?

— Ich hatte gehofft, er würde kommen. Wenn die Paralleluniversen sich begegnen und vor allem, wenn man verstanden hat, wie man sie kommunizieren lässt, empfindet man eine gewisse Befriedigung. Dann lacht man vor Freude.

Sie verzieht das Gesicht. Ulan sagt Guten Tag, kleine Braut.

— Entschuldige mal! Sie könnte meine Tochter sein. Oder sogar meine Enkelin.

— Mühelos, sagt Jeanne. Oh! Du hast eine Maus in der Tasche!

Ulan starrt sie verdutzt an.

— Kannst du durch den Stoff gucken?

— Nein, ich kenne das Piepsen der Mäuse, ich habe es ...

— Bist du vielleicht ein Schamane? Du bist ein Schamane! Das ist es, ich erkenne dein Gesicht, die schmalen Augen, wie bei denen, die oft nach innen sehen und die Stimmen der Toten hören. Du hast meine Maus gesehen!

— Nein, ich habe sie ...

— Du kannst es mir ruhig sagen. Ich komme aus einem Land von Schamanen.

— Ich habe sie gehört.

— Gehört! Meine stumme Maus!

Er holt sie aus der Tasche und setzt sie auf seine Hand.

— Oh! Sie hat ja zwei Schwänze!, ruft Jeanne.
— Hast du das nicht gesehen?, fragt er misstrauisch.
— Ich sag dir doch ...

Jodel beendet die Diskussion und stellt sie einander vor. Mandelmilch für alle auf der sonnigen Hausschwelle.

21

Mandelmilch für alle auf der sonnigen Hausschwelle. Ulan sagt Das ist reizend, aber hast du vielleicht ein Bier? Jodel muss jetzt seinen Vorschlag erklären, ohne zu viel zu sagen. Etwas unangenehm. Ulan hilft ihm.

— Hast du einen Job für mich?

— Nein, aber ich habe etwas für uns drei so gut wie akzeptiert, etwas ziemlich Verrücktes, muss ich zugeben, dafür würdest du Geld bekommen.

— Ich würde mich sehr wundern, wenn ich etwas mit einer so kleinen Braut machen könnte.

— Warum eigentlich?, entgegnet sie. Ich habe einiges drauf, stimmt's Jodel?

Dann stürzt er sich in die Erklärung: Jemand soll abgehört werden, ziemlich zwielichtige Typen, dafür ist Schutz nötig. Jeanne reißt die Augen auf. Ulan sagt Machst du Witze? – Keineswegs. Das soll in einem Restaurant stattfinden, und weil Jeanne sehr gut hört, muss man keine Wanze installieren. – Wanze? – Ein verstecktes Mikro, und du würdest den Leibwächter spielen.

Jeanne sagt Mit dir langweilt man sich nicht so oft, was? Aber das wäre doch ganz schön gefährlich oder?

— Ich glaube nicht. Sonst würde ich es dir nicht vorschlagen. Da wir mit dem Ganzen nichts zu tun haben, können sie uns nicht enttarnen.
— Und ich?, fragt Ulan, warum ich?
— Wolltest du nicht Geld verdienen? Hast du nicht Erfahrung mit heiklen Situationen? Also. Sonst können wir immer noch jemanden suchen, der einen Gärtner braucht, um seine Obstbäume zu schneiden. Aber dafür ist das Jahr schon etwas fortgeschritten.
— Und Jeanne hört so gut?
— Sehr gut.
— Ich wusste, dass du ein Schamane bist. Warum gibst du es nicht zu?
— Du bist wirklich ein Dickkopf. Ich weiß nicht mal, was ein Schamane ist. Auf jeden Fall habe ich noch nie die Stimme eines Toten gehört, das kann ich dir garantieren. Ich habe ein superfeines Gehör, das ist alles. Sie zwinkert Jodel zu.
— Und du, angeblicher Ingenieur: Du bist also wirklich Bulle. Jetzt kannst du es ruhig zugeben.
— Nein! Es ist das erste Mal, dass die Polizei mich um so was bittet. Um einen Dienst gewissermaßen. Aber sie wollen dich natürlich vorher treffen.
— Wann?
— Am besten jetzt. In der Stadt.
— Fahren wir!, ruft Jeanne.

Ulan rührt sich nicht. Na los, sagt Jeanne. Ulan sagt Und wenn jemand aus den *Quatre-Chemins* mich bei den Bullen reingehen sieht?

Das ist ein echtes Argument. Jodel überlegt. Sie könnten zu Clotilde gehen. Das wäre lustig, die Fäden seines Lebens würden sich weiter verknüpfen.
— Gut. Wartet mal. Ich versuche, eine Freundin zu erreichen.

Da ihm das Leben seit einiger Zeit wohlgesonnen ist, klappt alles bestens, Clotilde stellt keine Fragen und ist einverstanden. Grimaldi stimmt zu und sagt, dass er in einer Stunde bei ihr sein wird.

In der Stadt steckt er sich diskret einen Ohrstöpsel ins linke Ohr, um Ulan, der im Auto neben ihm sitzt, nichts erklären zu müssen, und als sie ausgestiegen sind, sieht er zu, dass er immer links von ihm läuft. Jeanne erträgt es besser – jünger, größere Widerstandsfähigkeit gegen Geräuschaggression, trotz ihrer großen Sensibilität. Trotzdem flüstert sie Was für ein Lärm.

Als sie am Fluss entlanggehen, hebt die Kleine den Finger und eine Braue – Hörst du das? – Was?, fragt Ulan. Hinter ihnen ein eigenartiges Schlagen auf dem Asphalt, regelmäßig, klong! klong!, langsamer Laufrhythmus, metallische, aber gedämpfte Töne, klong! klong!, die Schritte nähern sich, sie warten neugierig, schließlich sagt Ulan Ja, jetzt höre ich was, und gleich darauf geht jemand auf weichen, gebogenen Stelzen, die in einer Art Hirschhuf enden, an ihnen vorbei. Jeder Schritt lässt den Körper des jungen Fauns, der die Passanten um gut einen Meter überragt, leicht vibrieren. Dann erneute, schnellere metallische Schläge, ein zweiter Stelzenläufer taucht aus derselben Straße auf und folgt pfeifend dem ersten, der davonläuft und kleine blaue Lämpchen an Handgelenken und Knöcheln zittern lässt. Die beiden Riesen überqueren hüpfend die Brücke. Als sie verschwunden sind, fragt Jeanne Habt ihr das gesehen?

— So müsste man laufen, was?, sagt er zu Ulan. Das ist der richtige Laufrhythmus.

Ulan antwortet nicht. Jodel ergänzt Das hohe Leben.

— Ah, das hohe Leben. Aus der Höhe sehen. Das verstehe ich.

— Dachte ich mir.

— Weißt du, warum die Mongolen die Welt erobert ha-

ben? Weil in den dunklen Zeiten die Menschen im Westen nichts sehen konnten. Jeder hockte in seiner Hütte, in seinem Dorf, in seinem Wald, sah nichts und spitzte zitternd die Ohren, weil nur die ihn vor der Gefahr warnten. Das waren Zeiten großer Angst. Doch auf der anderen Seite der Welt gab es Reiter, die auf ihren Pferden saßen, den Feind von weitem kommen sahen, daran gewöhnt waren, den Horizont abzusuchen, jede Veränderung in der Weite der Steppen wahrzunehmen, bereit, sich auf den Eindringling zu stürzen. So, genau so, haben sie die Welt erobert, ohne zu zittern, die Augen weit offen, auf ihren Pferden, ihr Blick reichte hunderte Kilometer weit ...
— Du übertreibst!
— ... Dutzende Kilometer weit voraus, während die anderen in ihren Höhlen zitterten.
— Und was hat die Expansion dieser stolzen Reiter gestoppt? Da wir keine Schlitzaugen haben, soweit ich weiß.
— Meine Mutter schon ein bisschen, sagt Jeanne.
— Das Reich ist zu groß geworden. Erobern reicht nicht: Man muss verwalten, sonst schließt es sich hinter einem, wie ein Meer, das man geteilt hat. Ich glaube, sie waren nicht genug Leute, um zu verwalten. Außerdem war das nicht so ihr Ding.
— Dafür musste man auf das Talent der Römer warten. Interessant, diese Geschichte.
— Naja, wobei ..., wendet Jeanne ein, er hält uns für Maulwürfe.

Clotilde ist reizend, sagt Das sind also deine neuen Freunde, etwas erstaunt über Jeanne, so klein, und Ulan, dessen Aussehen sie beeindruckt (Jodel erkennt deutlich jedes ihrer Gefühle), ergänzt Der andere Herr ist schon da, führt sie ins Wohnzimmer und verschwindet.
— Vielen Dank, dass Sie gekommen sind, sagt Grimaldi. Sie haben verstanden, dass es sich um eine delikate Ange-

legenheit handelt. Das Erste ist die junge Nymphe: Kann sich Echo wirklich so gut merken, was sie hört?

Er bittet sie zu wiederholen und spricht spanisch zu ihr. Jeanne wiederholt. Dann englisch. Dann sagt er Es ist blöd, aber ich kann keine andere Sprache. Könnten Sie vielleicht auf Russisch? Ulan sagt mehrere lange Sätze. Jodel glaubt das Wort *Schamane* zu erkennen. Jeanne wiederholt auch das, und Ulan ruft bewundernd Perfekt. Dann möchte Grimaldi kurz allein mit Ulan sprechen. Jeanne und Jodel gehen zu Clotilde, die misstrauisch fragt Was ist das für eine Geschichte?

— Du wirst es nicht glauben.

— Erzähl trotzdem.

Als er fertig ist, flüstert sie Wenn ich mir überlege, dass ich dich manchmal ziemlich behäbig finde. Dann zeigt sie auf Jeanne, Und wie hast du Echo gefunden?

— Warum Echo?, fragt Jeanne.

— So heißt eine Nymphe, die alles wiederholt, erklärt Clotilde. Kennst du sie nicht?

— Ich weiß nicht, ob mir das besonders gefällt ...

Jodel sagt Wir haben uns zufällig getroffen: Sie ist auch hyperakusisch.

— Wirklich?

— Wie verrückt. Und reizend.

— Aha, sagt Jeanne.

— Den Eindruck habe ich auch, stimmt Clotilde zu. Der Typ ist auch charmant.

— Ulan. Auch ein neuer Freund.

Sie sieht Jodel neugierig an, Und wie erträgst du all diese ... Abenteuer?

Jeanne fragt Was heißt *behäbig* genau?

Als sie aufbrechen, sagt Ulan, dass er sie bis zum Auto begleitet, aber heute Abend lieber in der Stadt bleibt.

— Grimaldi hat mir ziemlich viel Geld angeboten, aber

die Geschichte könnte mir in den *Quatre-Chemins* ganz schönen Ärger machen. Ich hatte dich um einen kleinen Job gebeten, aber was du da gefunden hast …
— Was für ein Undank! Ich bin auch nicht gerade begeistert. Ich habe es vor allem wegen dir angenommen.
— Stell dir mal das Gesicht des Notars vor, wenn er davon Wind kriegt!

Jeanne sagt Ich würde eher über das von Mama lachen. Und werde ich auch bezahlt? Ich würde mir gern Stelzen kaufen. Um in die Ferne zu sehen.

Sobald er wieder allein zu Hause ist – sehr schönes Licht, die Kreiselkrähe hat sich von ihm kaum stören lassen –, schenkt er sich ein Glas Wein ein, um sich ein bisschen zu betäuben, den Lauf seiner Gedanken zu verändern. So viele Ereignisse. Und es ist noch nicht vorbei! Denn morgen, ja, morgen wird der klingende Stern in sein Wohnzimmer fallen, und direkt davor, davor, nicht wahr, um fünfzehn Uhr, wird er die schöne Musikerin wiedersehen. Aber er muss ruhig bleiben. Nicht einfach nach so vielen monotonen Monaten. Heute Abend hat er das immer deutlichere Gefühl, dass sein Begehren nur auf das Erscheinen seines Objekts gewartet hat, um übermächtig zu werden.

Als der Himmel verblasst, lässt er sich vor seinem Computer nieder, setzt die Kopfhörer auf und geht auf *freesounds.net/samples/orgasm.* Nichts Neues. Alles schon gehört. Er schenkt sich noch ein Glas ein und wählt seine bevorzugte Aufnahme, die er Martha Nachtvogel nennt. – FLAC, 48000 Hz, 862 kbps, 16 bit, 2'47. Etwas Lärm, weil durch eine Wand aufgenommen, was im Übrigen ihren Wert ausmacht: Die Frau hat nicht gespielt, ihr Gesang wurde ihr geraubt. Die Sequenz beginnt mit Marthas Stöhnen, schon sehr verliebt. Wahrscheinlich hat sich der Jäger auf sein Gerät gestürzt, als er gehört hat, wie sie ihren Singsang anstimmte. Martha kommt mit kurzen, dicht aufeinanderfolgenden Lauten, hoch und weich wie die Rufe eines Nachtvogels. Die neongrüne Graphik auf dem Bildschirm zeigt eine Folge kleiner Ausschläge. Obwohl er sie schon kennt, berührt ihn Martha jedes Mal, und er versucht zu begreifen, was ihr diese Glücksklagen entlockt hat: eine Hand, die sie streichelt (in diesem Fall ist der Schrei vielleicht relativ unabhängig von der Geste)? Oder quellen die Seufzer bei jeder Bewegung des Gliedes hervor, das in sie stößt? Unmöglich zu erkennen. Ihre Stimme ist so sanft in der Ekstase. Er fragt sich, ob eine Musikerin melodiös kommt. Idiot. Er startet die Datei erneut und hört sie am Fenster, wo er den orangen Himmel am Ende des Sonnenuntergangs bewundert. Diese Freude, die wilde Freude, den Körper einer Frau zum Singen zu bringen, ihr diese Töne zu entlocken, dieses Gefühl – ist das Macht? oder das Zusammenspiel von zwei Instrumenten? Nein, Begegnung eines geschickten Spielers und eines sensiblen Instruments, die ständig die Rollen tauschen – ja, die unvergleichliche Erfahrung, den anderen zu erreichen, präzise, hartnäckig, in seiner Intimität, und als Beweis dieser schöne Gesang, der daraus hervorgeht …

22

Als Beweis dieser schöne Gesang, der daraus hervorgeht ... Wird er ihn ihr entlocken können? Und wird sie ihm überhaupt eine Chance geben, ihn auszulösen? Heute Morgen nieselt es. Er hört ein Stück, das Clotilde ihm geschenkt hat. *Too Long to Wait.* Ganz recht. Melancholische Noten. Er hört sich an den ergreifenden, kristallklaren Punktierungen des Triangels fest. Vor dem Haus – er geht lang genug nach draußen, um klatschnass zu werden – die Erleuchtung: Die gestampften Erdkreise sind natürlich das Ergebnis der Drehungen der Kreiselkrähe. Ist das die, die ihn von dem benachbarten Bergahorn aus beobachtet? Scheeler Blick. Eine Verrückte? Das Wasser tropft vom sehr zarten Grün der jungen Blätter. Angenehmer Geruch von feuchter Erde. Die graue Luft wird heller, hinter den Wolken muss die Sonne aufgegangen sein. Heute wird er um fünfzehn Uhr nicht schlafen können. Rendezvous. Jaumette ist eine Siesta wert. Sogar eine Nacht. Eine lange nördliche Nacht. Die Musik ist zu gewöhnlicherem Jazz geworden. Er fährt zur Arbeit.

Grimaldi ruft an, Ein bisschen dubios, Ihr Kumpel, was? Aber ich habe überall gesucht: Er taucht in keiner Daten-

bank auf, nirgends, keine Spur, absolut keine. Er ist da, ohne da zu sein, wirklich faszinierend.
— Ich frage mich auch manchmal, ob er wirklich existiert.
— Er wollte mir seinen Namen nicht sagen. »Ulan« ist ein bisschen mager.
— Das ist gewaltig!, sagt Jodel lachend. Ich mag ihn sehr, aber wenn Sie glauben, er ist nicht der Richtige ...
— Nein, im Gegenteil, genau den brauchen wir. Ein Phantom. Sie bestehen ja sowieso auf seiner Anwesenheit, nicht wahr? Aber es macht mich wahnsinnig, dass es Leute außerhalb des Systems gibt, die unter uns sind, ohne dass wir etwas über sie wissen.
— Die Peripherie durchquert uns.
— Ohne unser Wissen.

Jodel erkundigt sich, wann das Abhören stattfinden soll.
— In vier Tagen, aber sagen Sie es Ulan erst am Abend davor, damit wir das Risiko minimieren. Ich bereite ein hübsches Mikro für Echo vor.

Um elf Uhr hat er keinen großen Hunger (sein Magen ist mit den Gedanken woanders), isst aber trotzdem. Nicht der Moment, die Kräfte zu verlieren. Er fühlt sich sehr erregt. Er strömt über. Das ist dumm. In seinem Alter. Es gibt kein Alter für lebhaftes Verlangen. Er strömt über vor Dankbarkeit. Wem gegenüber? Jaumette, dem Leben, Jeanne, die die Vermittlerin war (ohne ihr Wissen – so vieles ohne Wissen), gegenüber all dem, was ihn überrascht, was ihn aus ... aus sich selbst zieht. Immer, ja, immer, hat er die seltenen Momente geliebt, in denen seine Entschlüsse angesichts der Macht des Verlangens Schiffbruch erleiden. Clotilde sagt ihm oft, genau das mache ihn erträglich, sonst wäre er schrecklich verklemmt. *Du wärst wie die Kollegen vom Institut*, sagt sie, *fabelhafte Leute, aber ohne Körper und mit beschränkter affektiver Amplitude. Bei denen sieht man eine gewaltige Diskrepanz zwischen der Entwicklung des Wissens, der Beweglichkeit des Geistes und der Art und Weise, in der Welt präsent zu sein. Du dagegen lässt häufig deine Deiche brechen. Zum Glück.*

Jaumette sagt Haben Sie meine Blutbuche bemerkt? So majestätisch, so hoch.

Sie sitzt vor ihrem Haus auf einer Bank. Im Sari. Okay. Den Sari nicht beachten.

— Sie ist schön wie die Buche eines Schlossparks.

— Und alle Blätter regen sich, als würde der Baum aus dieser Entfernung von Tausend Lampions funkeln, aber auch jeder biegsame Ast bewegt sich unabhängig von den Blättern im Rhythmus des Windhauchs. Diese doppelte Lebendigkeit macht seine Bewegung so herrlich.

Sie fügt hinzu Nach diesem Prinzip habe ich ein Stück komponiert.

— Verwandeln Sie alles in Musik?

— Oft.

Sie bringt ihm einen Tee. Chai. Okay. Die Inszenierung nicht beachten. Ihre strahlende Schönheit beachten. Sie hätte ihm die Tür öffnen, ihm eine CD in die Hand drücken und sagen können *Hier ist »Bengali«, wie ich Ihnen versprochen hatte, entschuldigen Sie mich, ich habe eine Verabredung in der Stadt.* Das hat er anderthalb Sekunden in Erwägung gezogen.

— Es freut mich, dass Sie Jeanne mögen.

— Sie ist goldig.

— Da Sie keine Kinder haben, borgen Sie sich eines? Sie kennen vielleicht den japanischen Begriff der geborgten Landschaft: Eine Landschaft jenseits des eigenen Terrains, die man aber durch eine kunstvolle Öffnung vom eigenen Garten aus sehen kann. *Shakkei.* So ist es mit dieser Blutbuche, die auf dem Grundstück des Nachbarn steht – und für Sie vielleicht auch mit Jeanne. Ein geborgtes Kind.

— Vielleicht. Aber ich mag sie als Mensch, nicht unbedingt als Kind.

— Schwer voneinander zu trennen.

Er mag sich noch so sehr den Kopf zerbrechen, er sieht keine geschickte Überleitung, die sie aus ihrer Situation zivilisierter, auf einer Bank vor dem Haus höflich plaudernder Menschen in die so sehr erhoffte Horizontale bringen kann.

— Ich habe nach der Definition dieses Kairos gesucht, von dem Sie im Zusammenhang mit Ihrer Musik gesprochen haben, sagt er. Tatsächlich sehr komplex. So viele Nuancen in dem Begriff. Für mich zählt, dass er einen Moment definiert, den Moment der Gelegenheit, den Moment, in dem man handeln muss, handeln ohne Zögern oder Verzug (er findet sich gerade sehr gut, er nähert sich dem Kern des Themas). Aber es ist auch der Ausdruck für einen ausgefüllten Moment, der die lineare Zeit verlässt, um ... sicher das zu sein, was Sie musikalisch hervorrufen wollen, der Moment, in dem etwas Unerhörtes sich ereignet.

Sehr geschickt, der Gute. Hat sie die in seiner Version des Kairos enthaltene Verheißung wahrgenommen? Sie schließt zweimal langsam ihre schönen grauen Augen. (Ihr Bemühen um Wirkung nicht beachten.)

— Das ist richtig. Die Griechen stellen ihn manchmal als einen jungen Epheben mit einem Haarbüschel auf dem Kopf dar. Wenn er vorbeikommt, drei Möglichkeiten: Entweder Sie sehen ihn nicht, oder Sie sehen ihn, aber tun nichts, oder Sie halten ihn fest, indem sie sein Haarbüschel packen.

— Sie würden also gern die Zeit anhalten, ist das der Bezug zu ihrer Musik?

— Ich erweitere die Bedeutung des Wortes. Ich würde gern auf den Hörer einwirken, indem ich für ihn diesen Moment der Gnade außerhalb der Zeit schaffe, in dem das musikalische Vergnügen sich ereignet und die Wahrnehmungen weitet.

Hier entfernen sie sich ein bisschen vom brennenden

Thema. Den Kairos nicht verpassen. Den Epheben packen. Das Licht ist schön, die Luft lau, Jaumette ist ganz nah.

— Ich mag diese Vorstellung des richtigen Moments und seiner unberechenbaren Natur, sagt er. Man kann ihn ergreifen, aber man kann ihn auch verpassen, das hängt von fast nichts ab, Glück, Schläue, Intuition, man könnte ihn vorüberziehen lassen ...

— Ja.

— Ich lasse Sie nicht vorüberziehen ...

Sie bewegt sich leicht. Antwortet nicht.

— Ich wäre zu dumm, wenn ich Sie vorüberziehen ließe ...

Hat sie einen leisen Kehllaut von sich gegeben? Er streichelt leicht ihre flach auf der Bank liegende Hand. Sie zuckt zusammen und murmelt Sie verwirren mich.

— Sie mich auch. Seit langem.

— Seit langem ...

— Seit ich »Bengali« gehört habe und Sie mir von Ihrer Musik erzählt haben.

Erneut schweigt sie. Er hört eine Drossel singen und die Buche beben.

— Sie machen mir ein wenig Angst, sagt sie, ohne ihn anzusehen.

Er ist konsterniert. Er hatte Gleichgültigkeit erwartet, nicht Furcht.

— Das ... das möchte ich nicht. Sie gefallen mir sehr, das ist nicht beängstigend. Doch?

Entgegen aller Erwartung ergreift sie plötzlich seine Hand, drückt sie und flüstert wie zu sich selbst Zwischen deiner Angst und deinem Begehren wähle dein Begehren. Sie gefallen mir auch.

Den Epheben gepackt. Plötzlicher Glücksschwall. Er beugt sich zu ihr und küsst sie, und ab diesem Moment sind sie – wer leitet wen? – in einer tanzenden Bewegung gefangen, die sie ins Haus führt, er murmelt »Bengali«, und sie schaltet im Vorbeigehen den Computer ein, während sie sagt Nein, etwas anderes, Sie werden sehen – Ich werde hören – Ja, hören – womöglich ziert sie sich ein wenig, aber er nur noch ihre wassergrauen Augen und das souveräne Einverständnis, das von ihrem schönen Körper ausgeht. Im Augenblick danach, während die Musik ihn erneut überrascht – aber eher im Hintergrund seiner Aufmerksamkeit, davor hört er das leichte Atmen und das Stöhnen von Jaumette –, sind sie auf dem Bett, und er sieht schemenhaft das exotische Zimmer, die auf Kommoden und Sesseln verteilten seidigen Stoffe, und diesmal stört ihn das Theatralische nicht, er hat die Hände unter den Sari geschoben und versucht, ihn aufzuknoten, denn er würde sie gern endlich betrachten, betrachten, schnellstens die Frau betrachten, sich an ihren Formen weiden, sich des Schwungs ihrer Hüfte, der allgemeinen Form ihres entblößten Körpers vergewissern und vor allem, vor allem ihre Beine öffnen und sich im Anblick ihres Geschlechts verlieren, wunderschrecklich, Adieu Raffinesse, Musik, Saris, er will die Haare sehen, die seltsamen Faltungen ihres intimen Fleisches, das Glänzen ihrer Säfte, diese nichts anderem gleichende zwischen ihren Beinen verborgene Sache, wunderschrecklich, aber nein, er ist keiner, keiner, der ihr Gewalt antun würde, nicht sofort, sie haben sich aneinandergedrückt, und sie maunzt ihm leise ins Ohr, er hört die Schläge ihres Herzens und das seidige Aneinanderreiben der Haut, er sieht nichts, aber spürt ihren Körper neben seinem und jede Kurve, die sich seiner groben Haut anschmiegt, grob glaubt er, denn ihre Haut ist so zart unter seinen Fingern, und da ist er schon in ihr, wie ist das möglich, ungeschickt, sie wird ihm böse sein, kein Vorspiel, wie hat er sich so schnell reingedrückt, oder hat sie das gewollt? keine Zeit, daran zu denken, das Hineindrängen ist von unerhörter Heftigkeit, unerhörter Sanftheit, sie hält ihn fest an der Schulter und mit der Hand an seinem

Becken kontrolliert sie den Winkel, eine Winzigkeit, köstliche Expertin ist sie, die überhaupt nicht schüchterne Schüchterne, sie kontrolliert den Winkel und den Rhythmus, eine Winzigkeit, er hätte vorhersehen können, dass sie am Rhythmus arbeiten würde, die Musikerin, und sie bewegt sich langsam, so langsam, Aal, Welle, Wirbel, so wenig, so nahe der Reglosigkeit, als hätte sie beschlossen, ihn Millimeter für Millimeter verrückt zu machen, und dieses ungezügelte Stöhnen, das dem Faden der Lust folgt, jede winzige Bewegung seines Gliedes in ihr begleitet sie mit einer gesummten Klage, und er glaubt, jedes Detail des köstlichen Futterals zu spüren, er hat den erschütternden Eindruck, dass die geringste Bewegung ein Echo in ihr findet, und da wimmert sie überwältigt und noch einmal und noch einmal, und Welle der Lust und Welle des Gesangs, aber ihre sichere Hand kehrt auf seine Schulter zurück, hindert ihn am Beschleunigen und die ewigen Frauenworte, Komm nicht komm nicht, und er hält sich zurück, vor Anstrengung in Panik, jeder Stoß stärker als der vorhergehende, aber er hält die Lava zurück, am Rande des Abgrunds, und jeder neue Gipfel offenbart ihm den folgenden Abgrund, Komm nicht komm nicht, aber da sie barmherzig ist und gerade die Lust im Überfluss kennengelernt hat, murmelt sie schließlich Komm.

Sanft schüttelt sie ihn an der Schulter, Sie sind eingeschlafen. Jeanne ist gleich da.

Er ist im Schlaf versunken, ohne es zu merken. Gerade noch hat er, ohne sich übermäßig Sorgen zu machen, einen gewaltigen Ozeandampfer gesehen, der von einer Welle weit emporgehoben wurde, umkippte und seine Passagiere im Meer verstreute. Er hat also geträumt. Sie hat schon wieder den Sari angezogen, schön wie ein Engel, errötend.

— Jeanne ist gleich da. Ich glaube nicht, dass sie verstehen würde, was Sie in meinem Bett machen.

Er zieht sie an sich und küsst sie, während er die neue Musik aus dem Wohnzimmer hört. Er sagt Jetzt höre ich sie besser.

— Vom Schlafzimmer aus hört man nichts.

Jeanne macht ein erstauntes und erfreutes Gesicht, als sie ihn zu Hause entdeckt.

— Ich dachte, wir hätten heute keine Sitzung?

— Ich bin gekommen, um »Bengali« zu holen.

23

— Ich bin gekommen, um »Bengali« zu holen.

Er fängt an, von dem Stück zu sprechen (als hätte er sie nicht eine Stunde zuvor genüsslich durchgeknetet), informiert sich über die Tanpuras (hätte nicht eine Stunde zuvor an ihren Brüsten getrunken), Jaumette spielt mit, höfliche Nachbarin (als hätte sie nicht eine Stunde zuvor Welle auf Welle genossen), sie erklärt, eine Art Laute, die in Indien aber nur als Begleitinstrument dient (hätte sie nicht eine Stunde zuvor gestöhnt), sie hat den Klang der gezupften Saiten verstärkt und sie mit einem langen, sehr ausgearbeiteten Echo versehen, verwendet sie oft so exotische Instrumente?, oft, denn sie versagt sich keinen Klang, selbst Geräusche können ihr dienen, sie schüttet alles in den Mixer ihres Computers – Sag nicht Mixer, das ist doof, protestiert Jeanne –, arbeitet sie jeden Tag?, jeden Vormittag, sobald Jeanne aus dem Haus ist, und wenn sie mit »Bengali« ganz fertig ist, wird sie sich an ein neues Stück setzen – Vorhin dachte ich mir, dass ich es vielleicht »Kairos« nennen werde (langes Wimpernklimpern über ihren grauen Augen), Jodel fragt warum, und sie führt aus, Das wird ein Stück, das ganz auf dem Vergnügen der wiederholten Exposition des

Themas aufbaut – A-B-A –, beim zweiten Mal ist es ein echter Kairos, so wie in der Sonate D 959 von Schubert (sie legt eine CD ein), erinnern Sie sich an den zweiten Satz? – er erinnert sich nicht – *andantino*, jedes Mal, wenn ich es höre, finde ich dasselbe unversehrte körperliche, archaische Vergnügen wieder, ich weiß nicht, ob Sie mich verstehen, es ist ein körperliches Vergnügen, das sich aus einer gekonnten geistigen Konstruktion ergibt, hören Sie (sie kommentiert nach und nach), diese Melodie von schmerzlicher Melancholie, Schubert nicht wahr, an sich schon köstlich, aber vor allem macht sie uns bereit, macht unser Hören für ihre Rückkehr nachher empfänglich. Das ist das Thema: Es spricht, es plaudert, aber sehr langsam, in so klagendem Tonfall, eine Musik, die sich der menschlichen Stimme nähert, finden Sie nicht? Es folgt eine zarte Passage an der Grenze zur Stille, und dann (sie dreht lauter) hat man den Eindruck, es beginne etwas anderes, etwas Unwahrscheinliches, eine Explosion, Fülle, Emphase, eine sehr nachdrückliche, virtuose Rede, Fragen und sich verweigernde Antworten, ein heftiger Dialog zwischen den beiden Händen ... und dann, durch große Beharrlichkeit, Sturheit, ein paar Töne der Umkehr, und die rechte Hand bringt das Thema zurück, es kommt aus großer Ferne ... nach einer Passage von Quasi-Stille, da haben wir's (sie frohlockt), in die Zwischenräume der erneuten Exposition des Themas mischt sich köstliches Geschwätz: Weil es den Sturm durchquert hat, wird es nicht mehr gleich sein, es ist reicher durch die Erfahrung der Explosion ... aber immer noch melancholisch. Was für ein Vergnügen, was für ein zärtliches und mächtiges Vergnügen, nicht wahr?

Sie errötet. Erinnerung an die eigene Verzückung? Jetzt müsste er gehen, die beiden in Ruhe lassen. Tatsache ist, dass er überhaupt keine Lust hat zu gehen.

— Ich würde gern dieses Vergnügen wiederholen, diesem Moment der Gnade in der erneuten Exposition des Themas näherkommen, im Fluss des musikalischen Ablaufs einen Moment schaffen, der sich von ihm löst, sich von ihm entfernt, seine Autonomie hat, während er ihm zugleich vollständig angehört. Einen Kairos.

— Das ist aber kurz, sagt Jeanne. Wir hatten kaum die Zeit, es zu genießen.

— Eben. Ich glaube, das ist Teil des Vergnügens. Es ist ein Wunder, man lässt sich nicht darin nieder.

Zu Recht oder zu Unrecht bezieht er das auf sich. Man lässt sich in der Gnade nicht nieder wie im eigenen Wohnzimmer. Da ist er gewarnt ... Aber er ist auch erschöpft. Er muss nach Hause, zurück zu seiner Krähe und seinem Bett, das Leben hat heute Wort gehalten, Danke sagen und gehen, vielleicht etwas anhand der schönen Idee einer erneuten Exposition des Themas formulieren, so was wie *Morgen werden Sie auch Lust zwischen den Noten der Melodie von heute empfinden*, er sagt es ihr mit einem raschen und glühenden Blick – hat sie das anmaßende Versprechen erfasst? – Auf bald, auf bald – er umarmt Jeanne und fragt ihre Mutter, ob das Mädchen morgen ein bisschen später nach Hause kommen darf, er würde sie gern ein paar Nachttiere entdecken lassen – Ich bringe sie anschließend nach Hause. Jeanne zieht fragend eine Braue hoch, er drückt Jaumettes Hand, diese so zarte Hand – er drückt sie ein paar Sekunden länger als es ein höflicher Nachbar getan hätte.

Zu Ehren seiner schönen Geliebten isst er ein wenig Reis, das Haus ist still, kein Besucher in Sicht, nicht mal eine Kreiselkrähe. »Bengali« in allen Räumen erklingen lassen. Abwarten und das abrupte Ende fürchten. Es genießen. »Bengali« nochmal spielen. Nochmal. Endlich schlafen.

Mitten in der Nacht wird er von Schlägen gegen die Tür geweckt. Der Wecker zeigt kurz nach zwei. In seinem Nebel sagt er sich *Jaumette, sie will mich doch schon wiedersehen*, er zieht einen Pulli über, dann sagt er sich, *Jaumette, etwas ist mit Jeanne passiert*, und stürzt zur Tür, gegen die sie hartnäckig trommelt. Er streicht sich das Haar glatt und öffnet Ulan, der sagt, Lord Jim gehe es sehr schlecht.

— Gewaltiger Asthmaanfall, wir haben Angst, dass er diesmal stirbt. Normalerweise nimmt er was zum Inhalieren, aber er hat nichts mehr.

Sie fahren Richtung Städtchen. Die Nacht ist sehr schön, in jene Ruhe getaucht, die ihn seinen Stand als tagaktives Tier immer bedauern lässt. Beim Apotheker schläft alles. Sie klingeln. Nach mehreren Minuten hört Jodel im oberen Stockwerk eine Tür und Schritte.

Es braucht große Beredsamkeit, um den Apotheker dazu zu bringen, etwas rauszurücken, womit man einen Menschen rettet, der gerade erstickt, denn er begreift nicht, warum sie nicht den ärztlichen Notdienst oder die Feuerwehr rufen. Mit viel Überzeugungskraft leiert Jodel ihm am Ende trotzdem Ventolin aus dem Kreuz.

Die Fremdartigkeit der in der Nacht vergrabenen Anlaufzone ist erschütternd. Die meisten Männer schlafen, ein paar lösen sich stumm vor dem Raum von Lord Jim ab, dessen markerschütterndes Röcheln Jodel schon von weitem wahrnimmt. Verletzende Klänge des leidenden Körpers, er erahnt das Strömen der verheerenden, schneidenden, die Lunge zerfetzenden Luft, hört die feuchten Geräusche der Säfte, die die Bronchien blockieren, die von ergreifendem Pfeifen unterbrochenen Krämpfe. Mit hervorquellenden Augen sitzt Lord Jim halb aufgerichtet in seiner Bude, das Gesicht schmerzverzerrt.

Seine panische Angst überträgt sich sofort auf Jodel, der anbietet, ihn unverzüglich ins Krankenhaus zu fahren. Der Notar schüttelt den Kopf.

— Er will nicht, dolmetscht Ulan. Das hatten wir schon überlegt. Er sagt, wir müssten dort erklären, woher er kommt, unsere Personalien und Adresse angeben.

— Aber er wird sterben. Das ist schlimmer, oder?
— Gib mir das Zeug.

Während Ulan den Inhalator vorbereitet (sehr geschickt, ganz offenkundig nicht zum ersten Mal), vertritt sich Jodel in dem großen trostlosen – wirklich trostlosen – Raum die Beine. Im Halbdunkel steigen von den reglosen Leibern auf den Matten beißende Gerüche nach Atem und alten Klamotten auf. In der Mitte sitzt schweigend, sehr aufrecht, langsam an einer rot glühenden Zigarette ziehend, der Notar.

Obwohl Jodel liebend gern bei der Rettung von Lord Jim helfen würde, wird ihm bewusst, dass dessen Leid ihm weniger nahe geht als das, was er sich täglich anhören muss. Natürlich vernimmt er in den verletzten Bronchien die schmerzhafte Klage des Lebenden, aber es gibt einen Unterschied: Bei gleichem Schmerz bringt ihn der Zustand des Amerikaners weniger zur Verzweiflung, weil er nicht das Ergebnis menschlicher Gewalt ist. Was das Leben und die Natur den Menschen zufügen, kann er mit Gleichmut nehmen, wie ein Schicksal. Während er sich mit dem, was die Menschen den Menschen antun, mit dem Willen, Ihresgleichen zu schaden, niemals abfinden wird, nein, niemals.

Er kehrt in Lord Jims Raum zurück, als er ihn mit schwacher Stimme und von langen Pausen durchsetzt sagen hört, dass es in den Ozeanen des Globus immer mehr Quallen gibt, Milliarden, und manche davon riesig – in Japan bis zu zwei Meter Durchmesser –, weil das Wasser wärmer, verschmutzter ist und sie nicht mehr ausreichend natürliche Feinde haben. Er murmelt Bald kannst du keinen Zeh mehr ins Wasser stecken, *man*.

Ulan fragt ihn amüsiert, Daran hast du gerade gedacht?
— Ja, ich hatte Qualle auf der Brust. Thank you, man, thank you.
— Du kannst vor allem Jodel danken. Er hat das Ventolin bekommen.

— Yes, I knew he was a smart guy. Ich werde dir ein paar Wochen lang kostenlos Blumen auf meine Trauerseite legen.
Sein Lachen geht in einem Erstickungsanfall unter.

Als Jodel den großen Raum verlässt, ist ihm, als nickte ihm der Notar leise zu.

Er ist ganz schön müde. Auch zu wach. Natürlich musste er versuchen, Lord Jim zu retten. Die Gesetze der Gastfreundschaft. Lord Jim, der sicherlich auch in keinem Verzeichnis, auf keiner Liste, in keiner Zählung auftaucht. Wie dieser große gelbe Schmetterling, von dem Marc ihm mit Schrecken erzählt hat, ein Schmetterling von ungewöhnlicher, überhaupt nicht europäischer Größe, herrlich gelb, der aber aus keiner einheimischen Raupe kam, dessen war er sich sicher, eher ein tropischer Schmetterling, der heimlich eingewandert war und in der neuen Wärme und Feuchtigkeit aufblühte, *Du wirst sehen*, hatte Marc gesagt, *bald wird man im Fluss auf Alligatoren stoßen.*

Wegen all dieser Tiergeschichten ist sein Kopf vollgestopft mit Dschungelgeräuschen, die unmöglich zu vertreiben sind (sein großes Geräuschgedächtnis und schlimmer noch die Phantasie, die auf Grundlage seiner inneren Audiothek Neues erschafft), er hört sogar Papageien, wie soll er da hoffen einzuschlafen? Er beginnt, sein Wohnzimmer aufzuräumen. Es war schon ziemlich aufgeräumt. Es bleibt immer etwas aufzuräumen oder sauberzumachen. Zélie nannte ihn Ichräumauf. Xanthippe!

Zwangsläufig erwacht er sehr spät.

24

Zwangsläufig erwacht er sehr spät, und ausnahmsweise kommt er zur gleichen Zeit ins Labor wie seine Kollegen.

Der grässliche Nörgler hält ihn auf, bevor er sein Büro betritt.

— In Wirklichkeit fängst du also gar nicht immer so früh an? Ganz schön bequem, was? Keiner da zum Überprüfen. Du kannst fünf Minuten vor uns kommen und drei Stunden früher gehen. Nennt man so was nicht halbe Stelle?

Gewöhnlich reagiert er nicht auf ihn. Da der Nörgler in der Wüste nörgelt – das macht den Typen übrigens wahnsinnig, keinerlei Echo bei den Kollegen –, macht Jodel sich nie die Mühe, etwas zu erwidern. An diesem Morgen jedoch ist der Nörgler an den Falschen geraten. Jodel ist zu müde, um ihn zu ertragen, er brüllt Lass mich in Frieden, Armes Schwein, Hast du nichts Besseres zu tun? usw. Großer Radau. Die Bürotüren gehen auf, und alle kommen in den Flur. Marc, Jérôme und Barbe betrachten die Szene ungläubig. Der grässliche Nörgler, der bis dahin noch nie eine Reaktion hervorgerufen hat, ist völlig fassungslos. Als Jodel verstummt, hat er sich schon davongemacht.

Marc kommt näher und legt ihm freundschaftlich den Arm um die Schultern.

— Geht's, mein Lieber?

— O ja!

— Hast du ein bisschen den Kopf verloren?

— O ja! Das war köstlich.

— Ach ja?

— Göttlich, erlesen ... Ich weiß nicht, warum ich nicht häufiger wütend werde. Was für eine köstliche Erleichterung. Ich fühle mich leicht wie nach der Lust.

Verlegen nickt Marc, Echt, du veränderst dich, du veränderst dich ... Du hast ausgesehen wie tobsüchtig.

— Ich hatte doch recht, oder?

— Ja schon ... Aber du kennst ihn ja, er ist einfach nur neidisch. Das kriegen wir alle irgendwann mal ab. Er findet, jeder von uns genieße ungerechte Begünstigungen. Außerdem ist er überzeugt, dass ganz allgemein alle anderen unerhört privilegiert sind. Und wenn dich das tröstet, kann ich dir versichern, dass er jede Minute darunter leidet.

— Aber ich habe es auch nicht persönlich genommen, weißt du. Ich würde eher sagen, ich war der Träger einer recht unpersönlichen Wut.

— Glaubst du nicht, dass Wut doch ein bisschen psychologisch, also persönlich ist?

— Nein. Mich hat vorhin die Wut des gesamten Labors durchfahren.

— Du bist schon ein komischer Kerl, Jodel. Ach, apropos tobsüchtig, solltest du nicht schon vor ein paar Tagen eine Aufnahme bearbeiten? Ein Tobsüchtiger in einem Kommissariat ...

Jodel schlägt sich an die Stirn, Verdammt, das war mir völlig entfallen.

— Genau das überrascht mich. Du veränderst dich, du veränderst dich ... Bald wirst du auch noch schwerhörig.

Der Tobsüchtige verursacht ihm eher Übelkeit. Er taucht auf wie ein Verrückter – logisch – und bedroht mit martialischer Stimme seine gesamte Umgebung, erst hört man das Durcheinander weggezogener Stühle, eines umstürzenden Tisches, eines zerspringendes Glases, dann, als wieder Stille einkehrt, redet er allein weiter, stößt vage Beschimpfungen und unverständliche Beschuldigungen aus, aber mit immer schwächerer und traurigerer Stimme – *Korrupt, alles korrupt, kein Platz für mich, nirgends* – und als ihn schließlich jemand fragt, was er will, sagt er *Ich weiß nicht. Ich hasse euch* – *Ach!*, seufzt eine Frauenstimme. Man hört in ihrem Seufzen *Ach! Sie auch, natürlich, immer noch, Sie hassen uns auch, uns alle, dieser allgemeine, rückhaltlose Hass, ich bin es so leid*, aber vielleicht ist es auch Jodel, der es leid ist. Mit bedrückter Stimme verkündet der Tobsüchtige, dass er sie alle umbringen wird – *Ach!*, seufzt dieselbe Frau – und diesmal erkennt man ihren Schrecken. Dann ein dumpfer Schlag: Sicher fällt sie in Ohnmacht. An diesem Punkt könnte man denken, es werde nichts geschehen, der traurige Mann werde entwaffnet oder werde sich ergeben. Die Szene geht noch dreizehn Minuten weiter, fortdauernd hört man sein mehr oder weniger unverständliches Gemurmel, unterbrochen von Rufen, *Ich hasse euch*, dann die Fortsetzung des seltsamen, sehr beeindruckenden Singsangs, Kehlstimme, die einer sehr alten Praxis ähnelt, religiöse oder magische Beschwörung, Dialog mit den Geistern, Jodel ahnt, dass er außer *Ich hasse euch*, das die Tobsucht des Mannes verrät, nichts aus dem Singsang rausholen wird und man das übrigens auch nicht von seiner Analyse erwartet, überhaupt nicht sicher, ob der Kerl was Richtiges sagt, vielleicht einfach nur ein Begleitgeräusch, vielleicht gerade mal das Rauschen des Blutes, das zu stark in seinen Adern pocht – es gibt Geräusche, das weiß er, die die Erregungen des Körpers und des Herzens begleiten – dann, in der dreizehnten Minute, versteht man nicht mehr viel: eine Stimme sagt *Schauen Sie, dort!*, Zusammenstöße von Leibern, die sich alle gleichzeitig umdrehen, eine andere schreit *Hände hoch* – einige Schusssalven, Schreie, Stürze, dann ein letzter Gewehrschuss. Ende der Aufnahme. Jetzt kann er sich mit der Begleitnotiz beschäftigen.

Er liest die Kommentare lieber nach dem Abhören, weil er sich eine Möglichkeit bewahren will, wahrzunehmen, was die Ermittler noch nicht aufgespürt haben, das Unvorhergesehene, das kaum Hörbare. Das Schriftstück gibt an, dass der Tobsüchtige auf die interne Überwachungskamera im Kommissariat geschossen hat, daher existieren keine Bilder, und dann, dass in der dreizehnten Minute jemand *Schauen Sie, dort!* gerufen hat, um abzulenken, denn hinter dem Tobsüchtigen kam unauffällig ein Polizist herein, und die Gruppe durfte ihm nicht unfreiwillig verraten, dass sich hinter seinem Rücken etwas tat. *Hände hoch* hat der Polizist gerufen. Daraufhin hat der Tobsüchtige auf die Geiseln geschossen, ohne sich umzudrehen, bevor der Polizist ihn mit einem Gewehrschuss niedergestreckt hat. Katastrophale Operation. Der Mann hätte um jeden Preis zuerst entwaffnet werden müssen.

Er verbringt den Tag damit, niederzuschreiben, was er gehört hat. Nichts, was nicht schon in den Notizen enthalten wäre, der gewöhnliche Trott, die gewöhnliche Trostlosigkeit. Glücklicherweise dringt überall ein zauberhafter Gedanke ein wie Wasser aus einem reißenden Bach: Heute Abend wird er Jaumette wieder treffen, zumindest kurz sehen, und das Leben pocht lauter.

Er verlässt das Büro sehr spät, zur gleichen Zeit wie die anderen. Was für ein Glück, dass er sich mit Jeanne nach Einbruch der Dunkelheit verabredet hat.

Als sie kommt, verkündet sie ihm, ihre Mutter erwarte ihn auf ein Glas, wenn er sie nach Hause bringt. Was er gehofft hatte, gut gemacht.

— Sie mag dich, was? Aber du wirst sehen, wenn sie erst aufdringlich wird und an dir klebt.

Kleben, kleben, soll sie doch kleben, nichts könnte ihn weniger ärgern (Schweiß, Säfte, Sperma, Haut auf Haut – ja). Er sagt Jeanne, er werde sich zu wehren wissen.

— Das habe ich vor langer Zeit auch geglaubt.

— Vor langer Zeit?

— Sehr langer Zeit.

— Äffchen! Dein vor langer Zeit ist für mich eine Sekunde her.

— Vor langer Zeit ist dieselbe Zeit für alle.

— O nein. Hast du schon zu Abend gegessen?

— Ja. Vor langer Zeit. Sie kichert. Hast du gesehen, wie hell er heute Abend leuchtet?

Sie deutet auf den seit mindestens zwei Jahren im Himmel hängenden sehr großen Ring, fast die Hälfte des Mondes, scheint es, aber man kann nie abschätzen, in welcher Entfernung von der Erde er sich befindet. Manchmal hat man den Eindruck, der Ring pulsiere sanft, wie eine Qualle, andere Male wirkt er leuchtender als sonst, als sei er eingeschaltet – so ist es heute Abend, es sei denn, der Mond würde heller strahlen. Anfangs sprachen die Medien von einem neuen Satelliten, dann hörten sie auf, ihn zu erwähnen, und die Leute, von ihm zu reden. Es gibt immer eine alte Nachbarin, die das Gesicht verzieht und das allgemeine Gefühl äußert – *Das gefällt mir nicht* –, verbunden mit einer Daumenbewegung nach hinten und ohne das Ding anzusehen. Die anderen aber – Herdenverhalten vor einem unausgesprochenen Verbot – nehmen es hin und erlauben sich nicht, von ihm zu sprechen – da nirgends von ihm gesprochen wird – oder auch nur daran zu denken. Er hätte Grimaldi fragen können. Der muss wissen, was das genau ist. Aber seltsamerweise traut er sich nicht, als wäre das irgendwie ungehörig (eigenes Herdenverhalten?).

Er erklärt Jeanne, er wolle ihr an diesem Abend beibringen, die Schwingungen zu hören, das ist wichtig, die Schwingungen erlauben uns, aus uns herauszugehen, uns zu entfalten ...

— Entfalten?

— Uns zu weiten, weit wie der Himmel zu werden. Du wirst sehen, man ist nicht immer zwischen seinen beiden Ohren eingezwängt. Aber wir müssen einen Ort finden, der als Resonanzkörper dient ... Um diese Zeit geht das vielleicht auf unseren Hörsitzen auf der Lichtung. Gehen wir hin.

Als sie dort sitzen, sagt er Du musst die Augen schließen, die Geräusche in dich eindringen lassen, versuch nicht mehr, sie zu entschlüsseln, im Gegensatz zu allem, was ich dir bis jetzt beigebracht habe, lass sie einfach klingen und versuch, auf ihre Schwingungen zu hören.

Er spricht leise. Die Nacht bildet eine Höhle, in der die Geräusche aus beträchtlichen Entfernungen zu ihnen dringen.

— Die Schwingungen entwickeln sich zwischen den Klängen und um sie herum. Stell dir vor, dass dein Ohr ein Tiegel ist ...

Sie murmelt Ich weiß nicht, was das ist ...

— Ein Auffangbecken. Fang die Schwingungen nur im rechten Ohr auf.

— Ich weiß nicht, ob ich wirklich verstehe, was eine Schwingung ist ...

— Das ist die Umgebung des Klangs oder sein Schweif, so wie ein Kometenschweif ...

Er öffnet ein Auge und sieht ihre kleinen Fäuste, die sich auf Höhe ihres Bauchs um imaginäre Kugeln ballen. Beide schweigen lange.

— Durchströmen dich die Schwingungen?

— Ja.

— Von rechts?

— Vielleicht.
— Versuch, sie jetzt links eindringen zu lassen.
Kühl und durchscheinend pulsiert die Nacht.
— Lass sie nur durch dich hindurchströmen.
Er spürt, wie sie lange schaudert.
— Wo bist du, Äffchen?
— Neben dir.
— Wirklich?
— Nein, überall, ich bin in der Waldluft, im Himmel, ich bin in den Geräuschen, ich schwebe durch die Nacht.

Er stellt sich neben ihren Hörsitz und nimmt sie bei der Hand. Die Schwingungen erfüllen die Luft um sie herum, er glaubt, dass sie beide das Hören teilen, miteinander verbunden im Gehäuse der Welt, die Klänge kreisen, prallen ab oder verteilen sich, durchströmen sie, und nichts in der weichen Luft stellt sich ihrer Bewegung entgegen.

Sie kommen zu Jaumette, sicherlich mit dem etwas vagen Blick derer, die zu lange Kometen beobachtet haben – den Bewegungen der Meerestiefen gelauscht haben –, und als sie die beiden fragt, ob sie die Nachttiere gefunden haben, nach denen sie suchten, antwortet er Ja, Eulen und Uhus, während ihn die Erinnerung an das Stöhnen von Martha Nachtvogel streift, das in seinem Computer eingeschlossen ist. Jeanne sagt ihnen Gute Nacht und verschwindet nach oben. Er vernimmt den hellen Klang des Pissestrahls, der auf das Wasser der Toilette prasselt wie schnell aneinanderstoßende Metallkugeln, die Bürste, die die kleinen Zahnperlen putzt, und als sie, deutlich genug, dass er es hört, nicht aber Jaumette, sagt *Danke Jodel, das war wunderbar*, hat er keinerlei Hoffnung mehr, Jaumette zu nehmen, solange Jeannes niedliche Ohren in der Umgebung herumlungern. Sie setzen sich draußen auf die Bank.

Er hört Fledermäuse um sie herumfliegen. Jaumette deutet auf den Sternenring und sagt Haben Sie gesehen, wie er heute Abend leuchtet? Ihre leicht verrutschte Bluse gibt den Halsansatz an der Schulter preis, und er lässt seine Lippen in der zärtlich erleuchteten Höhlung spielen, bevor er ihr Gesicht in die Hände nimmt und sie küsst. Sehr lange. Ein Kuss wie eine Umarmung, innig und wollüstig, harmonisch wie es zwei von Begehren erfüllte Körper sind, wenn sie zwischen sich eine winzige Welt schaffen, die nur diesem Moment, nur ihnen gehört, ein Kuss voller Schwingungen. Er muss sich sehr zusammennehmen, um zu akzeptieren, dass er nicht mehr als diese Lippen, diesen Mund bekommen wird, und er lässt sie versprechen, dass sie ihn morgen um fünfzehn Uhr empfangen wird.

— Bitte, ich begehre Sie so sehr. Sie murmelt Danke, ich bin Ihnen dankbar dafür.

— Dankbar? Für mein Begehren?

— Ja.

— Aber Sie sind so schön, so begehrenswert.

— Trotzdem. Ihr Begehren wirkt auf mich wie eine Gunst. Ich versichere Ihnen, ich empfinde Dankbarkeit dafür.

— Sie überraschen mich immer wieder, sagt er lachend.

— Haben Sie sich »Bengali« angehört?

— Mehrmals.

— Ich bin mit der Komposition fertig.

— Ich weiß nicht, ob mir das gefällt. Ich mochte die Unfertigkeit.

— Ich glaube, der Schluss ist schön. Er wird Ihnen gefallen.

— Ordnet sich alles?

— Alles löst sich darin auf.

Er sagt ihr, er möge an diesem Stück, was ihm zuvor noch nie so bewusst gewesen und sicher erst durch das aufgegangen sei, was sie ihm über das Hören auf Distanz gesagt habe, dass er je nach Ort des Hörens zwei sehr unterschiedliche Aspekte des Werks höre. Wenn er sich von Nahem auf die Einzelheiten konzentriere, wirke alles chaotisch und jedes Mini-Element wie eine Welt für sich, die sich an der Fülle der benachbarten und aufeinanderfolgenden Welten stoße. Aber sobald er es erneut in angemessener Entfernung höre, wie man es machen müsse, nehme er deutlich eine Ordnung und eine Melodie wahr.

— So hören Sie, dass es ein Werk ist und nicht das konfuse Geräusch der Dinge. Die Welt ist nur ein Chaos, das die Werke in Musik setzen. Wenn Sie aufmerksam hinhören, werden Sie sehen, dass die gesamte Kunstmusik derart gebaut ist. Hören Sie zum Beispiel ein Beethoven-Quartett aus der Nähe, und Sie werden überrascht sein: Man würde meinen, höchst gewagte zeitgenössische Musik zu hören, so außerordentlich komplex und vielfältig ist es.

Eine Fledermaus streift ihr Haar. In großer Höhe hört er ein Dröhnen. Wenn das Flugzeug in die Nacht gestartet ist, dann sicher mit einem weit entfernten Ziel, an dem es einen Menschen von hier absetzen wird. Eine reisende Spezies. Wie werden der Mensch von hier und das Land von anderswo sich vertragen? Was für eine Melodie, was für eine Musik wird aus dieser chaotischen Begegnung entstehen?

Er murmelt Morgen? Werden Sie da sein?

— Morgen um fünfzehn Uhr.

Die nächsten beiden Tage vergehen wie in einem Atemzug.

25

Die nächsten beiden Tage vergehen wie in einem Atemzug. Wenig Herausragendes bis zum zweiten Abend, abgesehen von der köstlichen Begegnung mit Jaumette, ein Loch in der Zeit wie ein Kairos.
Ulan taucht nicht auf.

Am ersten Tag, heimliches Geschenk, trifft er beim Verlassen der Sackgasse vor dem Gemeindesaal auf einen Chor. Er bleibt einen Moment stehen, als er eine Stimme mit wunderbarem Timbre vernimmt, die sich von den anderen löst und noch ein, zwei Sekunden nachklingt, nachdem die Nachbarinnen verstummt sind. Er ist begeistert und würde gern die Sängerin erkennen, die über diese mächtige und modulierte Stimme verfügt. Ein paar Minuten lang achtet er genau auf die Lippen, um diejenige zu erwischen, die länger singt. Aber alle jungen Frauen behalten den Mund leicht geöffnet.

Um fünfzehn Uhr teilt ihm Jaumette mit, dass sie schon die komplette Architektur von »Kairos« habe, und er empfindet Stolz, als hätte er Anteil daran. Diesmal zieht er sie im Wohnzimmer aus und verschlingt sie mit den Augen, bis sie vergisst, sich zu winden, im Lichtbündel seines gierigen Blicks erstarrte Gazelle. Auf dem Bett spreizt er ihre Beine, um ihr alle Liebkosungen zu geben, die sie am Vortag nicht empfangen hat, und endlich das wunderschreckliche Geheimnis zu sehen: Der Anblick der zusammengefalteten, glänzenden Blütenblätter berauscht ihn. Obwohl seine Ohren dröhnen (das Blut pocht zu stark), weidet er sich an ihrem Gesang, und wie beim ersten Mal staunt er darüber: Er hat seinen ganzen sorgfältigen, gewissenhaften Willen, seine ganze körperliche Phantasie eingesetzt, um sie zum Höhepunkt zu bringen, aber während sich diese Töne und diese sehr menschliche Stimme erheben, weiß er, dass er vom Geheimnis ausgeschlossen bleibt. Was empfindet sie? Er hat sich bemüht, sie an einen Ort zu führen, den er nicht kennt, hat es geschafft, sie dorthin zu führen, aber dort, auf der Schwelle, spürt er, dass er sie loslässt und sie allein eintritt, sie entfaltet sich ohne ihn, der nur ihren Gesang aufnimmt, bekannt und rätselhaft.

Abends begrüßt ihn die Krähe in ihrem Sufi-Stil, und er hört mehrmals die unvollendete Version von »Bengali«. Das Gefühl, die ganze Welt musiziere.

Am zweiten Tag bestellt ihn Grimaldi zu sich – Kommen Sie heute Nachmittag mit Echo –, Mikro und Erklärungen abholen. Die Abhöraktion im Restaurant wird am nächsten Abend stattfinden. Als er das Labor verlässt, um Jeanne abzuholen, sagt er dem Sri-Lanker, er wolle Ulan am Abend sehen. Wieder die gleiche Geste des Leugnens, der Mann sagt Ich nicht verstehen. Genau ...

Jeanne war noch nie in dem Neubauviertel, in dem sich Grimaldis Büro befindet – Ganz schön hässlich, was, mein Äffchen? Sie parken in der Nähe, Jodel setzt seine Ohrstöpsel ein, und sie gehen zügigen Schritts zu ihrer Verabredung, als das Mädchen plötzlich seinen Arm umklammert und ihn zum Stehen bringt. Er sieht sie überrascht und fragend an, sie aber legt den Rückwärtsgang ein, hält sich die Ohren zu und verzieht das Gesicht. Er folgt ihr.

— Was denn? Was ist los?

— Hörst du das nicht? Das ist entsetzlich.

Nichts dringt durch die Stöpsel. Als er einen rausnimmt und weitergeht, vernimmt er starke Ultraschalltöne.

— Oh! Ich höre es. Furchtbar!

— Woher kommt das?

— Aus den Gebäuden vor uns.

— Ich kann nicht weitergehen.

Er wühlt in seinen Taschen und holt Stöpsel heraus (man kann nicht vorsichtig genug sein, man könnte ja unterwegs einen verlieren), die sie sich in die Ohren drückt – So könnte es gehen –, und sie beeilen sich, um schnell bei Grimaldi zu sein.

— Wissen Sie, dass hier Ultraschalltöne das Viertel bombardieren?, fragt Jodel.

— Natürlich, das ist *Mozart*. Ich habe nicht daran gedacht, Sie zu warnen.

— Was hat das denn mit Mozart zu tun?, protestiert Jeanne. Ich kenne den Komponisten gut, wissen Sie, meine Mutter ... na, jedenfalls verstehe ich nicht, was das mit ihm zu tun hat, man hört Töne, keine Musik.

— Ja, ja, aber das ist trotzdem *Mozart*. Zur Abwehr der jungen Leute, die immer vor den Häusern rumgelungert haben.

— Warum die jungen Leute? Und die Alten?, fragt Jeanne.

— Über 25 hört man normalerweise keine Ultraschalltöne jenseits der Frequenz von 8000 Hz mehr.

— Das ist entsetzlich!, sagt Jeanne. Das tut sehr weh.

— Nicht den ... normalen Jugendlichen. Für sie ist es nur sehr unangenehm.

— Hat man das Recht, physisch auf Menschen einzuwirken, einfach nur weil sie da sind?, fragt Jodel.

— Bisher ja. Aber ich kann Ihnen sagen, die jungen Leute rächen sich. Sie haben die Ultraschalltöne mit ihren Handys aufgezeichnet und terrorisieren sich im Unterricht gegenseitig oder rufen sich an, ohne dass die Erwachsenen es hören, was alle möglichen Vorteile bringt und sogar für Straftaten genutzt werden kann. Na gut, reden wir über unsere Abhöraktion. Ich habe Ihnen dieses kleine Wunderwerk mitgebracht.

Er holt ein winziges Schmuckstück heraus, eine Brosche in Form einer Libelle.

— Die ist ja hübsch, ruft Jeanne begeistert. Ist die für mich?

Grimaldi befestigt die Brosche an ihrem Pullover und erklärt die Funktionsweise.

— Ganz einfach, fasst Jeanne zusammen. Ich rede, und Sie hören es irgendwo.

— Genau.

— Ich muss nur genau wiederholen, was die Männer sagen.

— Du kannst doch so gut Echo spielen, oder? Natürlich wird es schwierig, du musst so tun, als würdest du ständig mit Jodel sprechen, und Sie, Jodel, müssen ihr ab und zu antworten, sonst wirkt das Ganze seltsam. Sie werden einfach so tun, als würden Sie mit einer furchtbaren kleinen Schwätzerin zu Abend essen.

Die kleine Schwätzerin rümpft die Nase, Ich steh bei dieser Geschichte nicht gerade gut da.

— Findest du? Wir betrachten dich als hervorragende Geheimagentin.

— Und Ulan?, erkundigt sich Jodel.

— Auch sehr einfach. Er sitzt an einem Tisch in der Nähe des Ausgangs. Er überwacht die Russen und die Kellner. Wenn er irgendetwas Ungewöhnliches im Verhalten der einen oder der anderen bemerkt, ruft er den Kellner und sagt laut *Das ist nicht in Ordnung* und zeigt auf den Wein oder das Essen oder irgendwas. Dann wiederholt Jeanne *Das ist nicht in*

Ordnung, und wir wissen, dass wir eingreifen müssen. Natürlich darf sich Ulan nicht irren, denn sein Signal würde das ganze Manöver unterbrechen, und alles wäre umsonst.

Auf dem Weg zum Auto (im Laufschritt), wiederholt Jodel ständig Das ist und bleibt eine unglaubliche Geschichte, eine unglaubliche Geschichte.

— Keine Geschichte für Ingenieure?, fragt Jeanne.

— O nein. Überhaupt nicht. Das Einzige, was mich beruhigt ...

— Ist Ulan?

— Nein. Dass niemand so verrückt sein kann, sich vorzustellen, ein kleines Mädchen sei das Herzstück der Operation.

Am Anfang hat er das Gefühl, dass alles ziemlich gut läuft (Jaumette erlaubt ihm gern, Jeanne am nächsten Abend mit ins Restaurant zu nehmen), aber abends kommt Ulan nicht. Er wartet lange auf ihn, isst nicht, wird ungeduldig, macht sich Sorgen – ist der Sri-Lanker vielleicht deaktiviert? –, fragt sich, was er machen soll, er hat nicht die geringste Lust, sich ohne den Schutz des Mongolen in diese Falle zu wagen, er dreht sich im Kreis wie die Krähe, wartet noch, bis es dunkel wird, und beschließt, in die *Quatre-Chemins* zu fahren, bevor es zu spät ist.

Lord Jim sagt ihm, sie wüssten, dass er Ulan sucht (der Petzer ist also immer noch im Dienst), aber sie wüssten nicht, wo Ulan sei, der in den letzten Tagen oft spät zurückkomme. Jodel könne gern auf ihn warten. Er setzt sich etwas steif in den großen Raum. Der Notar ist nicht da. Er würde sich nicht weiter wundern, wenn man ihn überfallen, fesseln und verprügeln würde: Schließlich verleitet er Ulan, mit den Bullen zusammenzuarbeiten. Hinter ihm diskutiert Lord Jim in seinem von den Bildschirmen erleuchteten Zimmer mit zwei Männern in Armeejacken, zwischendurch regt er sich auf – sehr lebhaft, aber leise, wie in der ganzen Anlaufzone, wo man sich respektiert – und zeigt auf einen Bildschirm. Jodel versteht, dass die Männer Nigerianer sind und dass es um Erdöl geht. Wenn er richtig hört (er hört richtig, aber versteht er auch entsprechend?), geht es um Rebellen, die eine Bohrinsel – nur den Steuerraum, sagen sie – vor der Küste Nigerias angreifen wollen. Lord Jim ist wohl grundsätzlich einverstanden, fragt sie aber, ob ihnen die Umweltschäden bewusst sind, die sie auslösen könnten, wenn die Bohrinsel und nicht nur der Steuerraum beschädigt wird – Das ist Euer Land, hämmert er ihnen ein, *your country, it could be a fantastic disaster* – Wir passen schon auf, sagen die Rebellen, aber wir müssen die ausländischen Erdölfirmen zwingen, die Gewinne zu teilen, die sie in unserem Land machen – Aber auf der Bohrinsel sind zwei Millionen Barrel gelagert, sagt Lord Jim, zwei Millionen ... Er hustet.

Jodel fühlt sich müde und besorgt. Wie lange hat es Sinn zu warten? Er ärgert sich über sich selbst, dass er dieses Problem nicht bedacht hat. Und Grimaldi genauso wenig. So was Bescheuertes, Ulan erst am Vorabend zu informieren! Als wenn er in Bereitschaft wäre, als wenn er zu festen Zeiten nach Hause käme, als wenn, als wenn. Ein Mann mit Turban bietet ihm Oliven an. Oliven gehen immer. Haben nicht Eremiten mit Oliven in der Wüste überlebt? Oder braucht man auch Feigen? Er nickt langsam ein, trotz der Heftigkeit der drei dumpfen Stimmen im Zimmer hinter ihm, nicht sicher, dass die Männer im großen Saal nur Tabak rauchen, er fühlt sich von ihren exotischen Dämpfen berauscht, er hört das Brummen eines Kühlschrankmotors – sind ja nicht verrückt, die Spinner hier, Bier schmeckt gut gekühlt am besten ...

— Du suchst mich also?, fragt Ulan, aus dem Nichts aufgetaucht. Gehen wir raus.

Er hat einen Verband an der rechten Hand und humpelt leicht. Hatte er Schwierigkeiten? Nein, er hat sich wehgetan, nichts Ernstes. Der Ernst ist wie die Grenzen, würde Kublai wahrscheinlich sagen: Nicht jeder platziert ihn im gleichen Abstand zur Ruhe. Und die Ruhe selbst, na ja ...

Die Nacht ist so dunkel, dass sie sich kaum sehen. Jodel erschauert: Hier könnte alles passieren. Oder nichts. Sicher passiert nie etwas. Echte Frage (für später): Ist das eine Rückzugs- oder eine Aktionszone? Ein Ort für den Austausch von Informationen, für Verhandlungen, eine Echokammer oder eine Arena? Oder wird hier vorbereitet, was sich woanders abspielt?

— Ich nehme an, es ist wegen morgen?, fragt Ulan.

— Ja. Du kommst um sieben zu mir und ich gebe dir die Adresse des Restaurants. Lord Jim und seine Freunde haben sich heute Abend ganz schön in Rage geredet ...

— Sie sind sich nicht in allem einig. Sie diskutieren seit zwei Tagen.

— Worüber?

— Sie gehören zu einer neomarxistischen Befreiungsbewegung, Lord Jim gibt ihnen Informationen.

— Er verkauft sie ihnen, nehme ich an?

— Ich glaube nicht. Stell dir vor, Bürger der Reichenwelt, in der Anlaufzone wird mindestens ebenso viel geschenkt wie verkauft.

— Hast du mir nicht mal gesagt, hier habe jeder Dienst seinen Preis?

— Das habe ich nur so gesagt. Ist dir klar, wie sehr ich dir vertrauen muss? Du schlägst mir vor, für die Bullen zu arbeiten, wofür mich meine Freunde lynchen könnten, und fragst mich auch noch über sie aus, obwohl du selbst fast ein Bulle bist ...

— Ich bin kein ... Aber gut, ich muss dir auch ziemlich vertrauen. Ich staune sowieso, dass Grimaldi einverstanden war, dich in seine Aktion einzubeziehen. Er hat dich in keiner Datenbank gefunden.

— Das ist doch mal eine gute Nachricht! Nicht mal auf der Schengenliste? Das heißt, dass ich bei der europäischen Polizei nicht registriert bin! Wow, ich fühle mich glücklich wie ein Falke.

— Ach ja? Das ist ein wunderbarer Vogel, aber was hat er Mongolisches an sich?

— Er ist wild und frei.

— Man kann ihn zähmen.

— Ja, das stimmt, aber er bleibt frei. Man zähmt ihn, indem man ihm Entbehrungen auferlegt, ihn bestraft, ihn knebelt, man bedeckt lange Zeit seinen Kopf, man macht ihm klar, dass er sein Fressen nur bekommt, wenn er macht, was er soll. Er gehorcht seinem Herrn, um zu überleben, aber er bindet sich nie an ihn. Er ist Sklave, aber sein innerstes Wesen bleibt immer frei. Er ist gefangen, aber er ist nicht gezähmt. Nur das Individuum ist eingesperrt, die Rasse bleibt wild.

Hat sich seine Stimme in der dunklen Einöde der Anlaufzone verändert? Jodel meint, ungewöhnliche Klänge, einen großartigen Hall vernommen zu haben. Einen von seinen Worten mitgerissenen Mann. Seit er Ulan kennt, hat er eine neue Überzeugung gewonnen: Jeder webt Tag für Tag eine Geschichte, die seine Existenz spiegelt und rechtfertigt. Wenn es so ist, müsste er, Jodel, suchen, was seine eigene Fabel ist: Was also erzählt er sich, um sein kleines (behäbiges) Leben zu begleiten?

26

Was also erzählt er sich, um sein kleines (behäbiges) Leben zu begleiten? Sobald er im Morgengrauen aufwacht, quält ihn die Frage wieder. Alles schläft noch. Am Himmel das noch kaum wahrnehmbare, langsam im Osten aufsteigende Licht, wenn die Sonne noch hinter dem Horizont versteckt ist. Bald wird das Grau heller werden, die Vögel werden ihren Gesang da aufnehmen, wo sie ihn am Vorabend beendet haben, die Skarabäen werden sich unter den großen, gefleckten Lungenkrautblättern in Marsch setzen, die Uhus in ihren Baumhöhlen schlafen gehen, und wenn die ersten Strahlen erscheinen, wird das mächtige Tagesrad zu einer neuen Runde ansetzen.

Welche Geschichte, um sein Leben zu begleiten? Er hat gut zugehört, er hat versucht, Ordnung in seine Wahrnehmungen zu bringen, aber er hat sich nicht viel erzählt. Übrigens hat er die Ohren nie in die Ferne gespitzt. Er war eher der Mann im Goldfischglas. Er hörte nur das, wovon man ihm sagte, er solle es hören. War das nicht schon schwierig genug? Auf jeden Fall. Verdienstvoll? Auch. Er liebt Clotildes Sternengeschichten, die ihm das Gefühl geben, mehr

Weite zu atmen. Aber die Sterne sind entsetzlich fern. Keine Gefahr von Interferenzen. Dabei konnte er die Stille in seinem Leben nicht besser bewahren als die anderen. Aber wie das Auge sich selbst nicht sieht, kann vielleicht der Erzähler seine eigene Fabel nicht vernehmen?

Heute früh beginnt ein komischer Tag. Wenn er sich fragt, wie er dahin gelangt ist, und vom Anfang ausgeht, ergibt das: *Durch eine ganz besondere Gunst des Himmels hat er in wenigen Tagen drei entscheidende Begegnungen gehabt: eine kleine bezaubernde hyperakusische Doppelgängerin, deren Lauf er angehalten hat; sie hat ihn zu ihrer Mutter geführt, die sein großes Begehren geweckt hat; und schließlich ist ein sehr fremder Fremder an einem Gewittertag bei ihm hereingeschneit und hat ihn in eine Gegend geführt, die er nie besucht hatte: die große Welt, gespiegelt im funkelnden Mikrokosmos eines Wassertropfens.*
Dreistimmig haben sie die Melancholie vertrieben.
Er muss daraus schließen, dass er ein verdammter Glückspilz ist, weil er diese Begegnungen ohne die Hilfe des Schicksals sicher nicht hätte herbeiführen können.

Na bitte: Das ist der Anfang einer Geschichte. Die stimmig und eher fröhlich ist. Sogleich springt er auf und ist sogar schneller als die Kreiselkrähe: Während die wohl gerade erst aufwacht, sitzt er schon im Auto, und die Vögel fangen an, ihn zu bejubeln. Alles läuft wie vorhergesehen, das Licht, das sich im Osten erhebt, und der Gesang, die feuchte Straße, die unter seinen Rädern dahingleitet, eine Bachstelze, die abhaut, und empfände er nicht beim Gedanken an den Abend, der ihn erwartet, leichte Furcht, würde er sich, ja, dann würde er sich vollkommen glücklich fühlen, genau.

Dennoch: Er braucht ewig, um das Paket dieses Morgens zu öffnen – *Dringend*? Ach was, das kann warten –, trotzdem ein neugieriger Blick: Die Begleitnotiz erklärt – und das könnte ihn deprimieren –, dass es sich um die Aufnahme des Attentats handele, das sich im letzten Monat am Bahnhof von Palion ereignet und das Land in Trauer gestürzt hat. Beigefügt ist auch der Film, den Jodel, wie die Notiz sagt, anschauen könne, weil die Tonspur erstmal nichts Bemerkenswertes enthalte – es wird hier zur Manie, die akustischen Zeugnisse des größten Elends der Welt bedeutungslos zu finden: Hat nicht auch er sich an diese Euphemismen gewöhnt?

Gegen zehn, nachdem er nichts weiter als ein paar kleine, unwichtige Fälle bearbeitet hat, ruft ihn Clotilde an und schlägt ihm vor, dass sie sich im *Oiseaux* treffen.

— Sehr gern, aber du weißt ja, dass ich früh esse. Ich bin um fünf aufgestanden.

— Ich weiß. Ich habe sowieso keinen großen Hunger.

— Du rufst mich an, um mit mir essen zu gehen, weil du keinen großen Hunger hast? Dann hast du mächtig Lust, mich zu sehen. Ich fühle mich geschmeichelt.

Sie ruft ihn nur selten im Labor an. Hat es mit Jaumette zu tun? Er kann sich nicht vorstellen, wie sie etwas davon erfahren haben könnte. Und wenn? Sie haben sich nie Treue geschworen. Der Vertrag ist locker. Sagen wir freundschaftlich. Im Übrigen hätte er ihr früher oder später davon erzählt. Was dann? So ein verrückter Tag!

— Wie, Ulan hat gestern deine Tür eingeschlagen? Ich ... Das tut mir leid, Clotilde, ich ... aber warum? Er wollte dich doch nicht ...

— Ich habe mich geweigert, ihn reinzulassen.

— Du hast dich geweigert?

— Ich hatte ihm gesagt, er soll nicht mehr wiederkommen.

Sie lächelt eigenartig.

— War er schon mal da?

— Mehrmals. Er ist noch an dem Abend wiedergekommen, als du das Treffen mit deinem Chef und Jeanne bei mir organisiert hattest. Eine Stunde, nachdem ihr gegangen seid, hat er geklingelt und gesagt, er habe Lust, mich kennenzulernen. Das war ziemlich überraschend, aber ich habe mich gefreut.

— Ach ja? Du warst nicht beunruhigt?

— Nein, du hast ihn mir doch als deinen Freund vorgestellt. Dann haben wir geredet, sehr schnell, über die Mongolei, über meine Arbeit, die Sterne, über mich, nie über ihn; er hat mich mit diesen Augen angesehen, du weißt schon, diesen zu hellen Augen, schwer festzuhalten, die mich durchwühlten, geradezu in mich eindrangen, sein Blick nahm mir den Atem. Als ich ihn fragte, wer er ist, was er hier macht, tat er so, als würde er verstehen, *was er in diesem Moment bei mir macht*, und wiederholte, er hätte Lust gehabt, mich wiederzusehen, ganz einfach. Und es stimmt, die Situation war unglaublich klar und berührend ... Er hatte vor nichts Angst, weder vor meinen Worten noch vor meiner Aufmerksamkeit noch vor meinem Zittern ... Es war atemberaubend. Ich hatte das Gefühl, vor einem Block aus reinem, klarem Begehren zu sitzen. *Gewalttätig* kann ich nicht sagen, weil ich keine Kraft spürte, die sich gegen mich richten könnte. Na ja, die Gewalt bestand darin, dass jemand da, vor mir sein konnte, ganz und gar von seinem Begehren beherrscht ... Das ist schwer zu erklären, es war, als wäre er ein Block aus Granit, an dem sich die Realität bricht, weil das Begehren in ihm so unglaublich hoch konzentriert war. Ich weiß nicht, ob du mich verstehst.

— Ich weiß es auch nicht.

— Wir haben lange geschwiegen. Ich glaube, ich hatte das Bewusstsein der Grenzen verloren, ich hatte mich ganz und gar im Raum aufgelöst, und wenn ich angefangen hätte, von eins bis unendlich zu zählen, hätte ich wahrscheinlich bis zu meinem Tod nicht mehr aufgehört. (Sie lacht.)

— Zum Glück hast du nicht angefangen.

— Dann hat er gefragt und machte dabei ein Gesicht, als

würde er kein bisschen daran glauben, *Kann ich morgen wiederkommen?* Ich habe *Nein* gesagt und er hat gelächelt. Ich habe gesagt, er könne nicht wiederkommen, weil er nicht weggehen dürfe. Verstehst du?

— Glasklar.

— Und genau das hatte er erwartet. Als ich die Hand ausstreckte, um nach meinem Glas zu greifen, hat er sie genommen und mich ganz leicht zu sich gezogen. Den Rest kannst du dir vorstellen. O Jodel! Das ist ein ... ganz wunderbares Abenteuer. Ich glaube nicht, dass er besser vögelt als der Durchschnitt der Männer. Aber ... aber er gefällt mir absolut.

Sie schweigen. Er kann die Hypothese nicht ausschließen, dass es sich bei dem Stechen in der rechten Schläfe um die Wirkung eines unbestimmten Gefühls von Eifersucht handelt. Dabei hat er doch Jaumette getroffen, oder? Aber ist Eifersucht je legitim oder gerecht? Schluss! Sie wird dem Druck seiner Vernunft nicht lange standhalten. Versprochen.

— Und dann?

— Dann ist er an den nächsten drei Tagen wiedergekommen. Ich habe nicht viel gearbeitet ... Er hat nie etwas von sich erzählt, nur dummes Zeug über die Mongolen, so ist er, er verrät nichts, er versteckt sich hinter dem Märchen von Ulan-Bator.

— Ich weiß. Ich mag das.

— Als er vorgestern gegangen ist, hat er gesagt, er würde bald wegfahren, er würde nie lange an einem Ort bleiben. Und wie um diese Rastlosigkeit zu rechtfertigen, erzählte er mir, dass er als Kind ganz nah an der Ukraine gelebt habe und es ein Spiel gewesen sei, nachts über die Grenze zu gehen, ohne sich erwischen zu lassen, und vor Tagesanbruch zurückzukommen. Es gab dort nichts zu holen – Wiesen und Wälder, ein paar einsame Straßen, nicht mal eine Hütte, um einzubrechen. Der Reiz habe einzig und allein im

Grenzübertritt gelegen, erst in die eine Richtung, dann in die andere. Eine Art Grenzspringen. Und diese Lust erkläre, hat er gesagt, dass er nicht lange am selben Ort bleiben könne: Er verspüre bald wieder den Drang, aufzubrechen. Es war so brutal, das zu sagen. Als hätte er plötzlich Lust gehabt, mir wehzutun. Ich weiß immer noch nicht, ob er mich warnen oder mir drohen wollte. Und um Gleiches mit Gleichem zu vergelten, habe ich gesagt, er solle nicht wiederkommen, es sei Schluss. Er hat gelacht, hat mir nicht geglaubt. Und gestern, nachdem ich einen furchtbaren Tag verbracht hatte, stand er wieder vor meiner Tür.

— Und du hast dich geweigert aufzumachen?

Sie nickt.

— So kenne ich dich, verrücktes Huhn. Aber warum hast du ihm verboten wiederzukommen? Dachtest du, du hältst das durch?

— Ich kann es dir nicht erklären, ich erkenne mich selbst nicht wieder, ich bin ... total von der Rolle. Es gibt keine rationale Erklärung. Ich weiß nicht mal, ob ich verliebt bin. Es ist etwas anderes. Ich habe noch nicht das richtige Wort gefunden, um es mir zu sagen.

— Und dann hat er die Tür kaputt gemacht?

— Genau. Er hat die Tür eingeschlagen, um hereinzukommen. Stell dir den Skandal vor. Dann hat er ganz ruhig gesagt, er nehme diese Tür nicht ernst, er glaube nicht, dass ich ihn nicht mehr sehen will, das sei nur Theater.

— Er hatte Recht.

— Er hat gesagt, dass er mich zu sehr will, als dass eine einfache Tür ihn aufhalten könnte, dass sie kein Hindernis für sein mächtiges Verlangen sein kann.

Sie weint ein bisschen. Jodel ist ganz gerührt. Seine starke Clotilde schluchzt wie ein kleines Mädchen. Sie entschuldigt sich und fragt, ob es ihn nicht verletze, was sie ihm erzählt.

— Nein, nein, überhaupt nicht. Es macht mich nicht gerade froh, wenn ich ehrlich bin, aber ich verstehe dich. Er ist einfach ein toller Kerl. Aber du ersparst mir unnötige Einzelheiten, ja?

— Bei meinen Nachbarn bin ich unten durch.

— Tja ...

— Der Mann unter mir hat gesagt, *Sie überraschen mich sehr, Mademoiselle.* Er nervt mich mit seinem *Mademoiselle.* Seh ich vielleicht aus wie ein junges Mädchen?

— Ein bisschen.

Sie verschluckt ihr Schluchzen.

— Ich darf gar nicht an den Tag denken, an dem er wirklich weggeht. Ich glaube, ich weiß nicht, wie man ein Vergnügen auskostet, von dem man weiß, dass es endet, bevor man genug hat. Aber im Moment bin ich begeistert von einem Mann, der sein Verlangen so radikal kundtut und der keine Angst davor hat.

— Auf jeden Fall ein Mann, der bei der gewöhnlichsten Alternative zwischen seiner Angst und seinem Begehren sein Begehren wählt.

— Ja, das stimmt, schön gesagt.

— Das ist nicht von mir.

Von Jaumette wird er ihr ein andermal erzählen.

Nach einer Weile wiederholt sie sich. Verliebte drehen sich im Kreis.

Um drei hat er seine Tassen schon lange aufgeräumt (links die hübsche weiße japanische, rechts die beiden Seladonschalen und in die Mitte den Pott mit Rosenmuster), das Geschirrtuch gewechselt, auf dem sie stehen, seinen nicht unordentlichen Schreibtisch aufgeräumt, in seinem Computer gesucht, ob es keine Dateien zu löschen gibt, und das Defragmentierungsprogramm laufen lassen: Neuordnung der Dateien, Beseitigung der Zwischenräume und so weiter. Ein gutes Ventil für seine Unruhe, während er auf den Anruf von Grimaldi wartet, um die Adresse des Restaurants zu erfahren. Er vergewissert sich zum hundertsten Mal, dass das Mikrofon in seiner Jackentasche steckt. Er sagt sich, Ich habe die Libelle in der Tasche, und muss lachen. Albern. Aber er gibt zu, dass es ein echter Geniestreich war, sich eine Anordnung zu überlegen, bei der das Mikrofon beim Lauschenden ist und nicht beim Belauschten. Endlich ruft Grimaldi an.

Jeanne kommt zur festgelegten Zeit zu ihm, und Ulan ist um sieben da. Er gibt ihm die Adresse, Geld für das Abendessen und noch ein paar Anweisungen von Grimaldi. Wie will er in die Stadt kommen?, fragt Jodel. – Nicht dein Problem, ich hab mein Pferd. Er sieht ihm mit aufgefrischter Neugier hinterher: Ein Mann, der Türen einschlägt, hat die Entscheidung für das Begehren und gegen die Angst wahrscheinlich nicht erst gestern getroffen.

Als er zu Jeanne sagt Ich habe die Libelle in der Tasche, muss sie lachen. Sie ist sicher auch nervös.

Unterwegs redet er viel. Er teilt ihr mit, dass er ihren künftigen Beruf gefunden habe: Seismologin. Dabei kann sie ihre Ohren einsetzen – man muss seine Fähigkeiten immer maximal entwickeln. Er erklärt ihr den Beruf.

— Es wurden neue Verfahren entdeckt, um Vulkanausbrüche vorauszusagen. Wenn man dem seismischen Grundrauschen lauscht ...

— My God!

— Was heißt My God, Äffchen?

— Das ist einer der beiden Lieblingsausdrücke meines Vaters, sagt sie lachend.

— Und der andere?

— Da brat mir einer ’n Storch.

— Das gefällt mir. Also, das seismische Grundrauschen ist ein Rauschen ...

— Das hatte ich mir schon gedacht.

— Unterbrich mich nicht so unverschämt, Grünschnabeläffchen. Ein Rauschen von Wellen in der Erde, das entsteht, wenn die Bewegung des Ozeans auf die des Meeresgrundes trifft. Sie haben also festgestellt, dass, je mehr brodelndes Magma ...

— Magma?

— Das ist das geschmolzene Gestein, das die Vulkane ausspucken. Also, je mehr geschmolzenes Magma da ist, desto stärker wird das Rauschen. Sie überwachen seine Stärke und können so Ausbrüche vorhersagen.

Im Restaurant sind wenige Gäste. Ulan sitzt an einem Tisch, von dem aus er den ganzen Raum überblicken kann. Jeanne flüstert hinter vorgehaltener Hand, Er hat seine Maus mitgebracht!

— Sag mir nicht, du hättest sie gehört!

— Doch.

27

— Doch.

— Gut, du bist also in ausgezeichneter Hörverfassung.

Während ein Kellner sie zu ihrem Tisch führt, prüft Jodel eingehend die Nebengeräusche: Kühlschrank im Hinterraum, geschwätzige Kinder, wacklige Stühle und Tische, Motor und aufsteigende Luftbläschen im Hummerbecken, zur Straße hin geöffnete Fenster und noch zwei konstante Nursotöne. Aber nichts so störend, dass es dem Lauschen der Stimmen ins Gehege kommen würde.

— Sind sie nicht da?

— Wenn sie nicht mit Familie gekommen sind, sagt er und deutet auf die beiden besetzten Tische.

— Kann das sein?

— Äffchen, sei nicht dumm! Und du hast keinerlei Grund, Angst zu haben. Sie werden dich nicht mal bemerken. Grimaldi hat's dir gesagt: Ein kleines Mädchen beunruhigt niemanden.

— Daran sieht man, dass ihr keine Comics lest. Ein kleines Mädchen kann durchaus gefährlich sein.

— SuperJeanne ...

Ein Paar hat Platz genommen. Sie reden übers Heiraten. Weiter hinten zanken sich leise Kinder.

— Also, so langsam könnten sie jetzt kommen, ich hab's eilig. Wenn Hyperakusie schon mal zu was nutze ist.

— Ich hoffe, dass du gut hören wirst. Du musst dich konzentrieren. Da, links von dir, ist ein reservierter Tisch. Bestimmt ist das ihrer. Fang schon mal an, das Ohr in die Richtung zu spitzen.

Sie verschwindet hinter der Karte.

— Perlhuhn bestell ich bestimmt nicht, sagt sie.

— Warum?

— Das ist ein sehr schöner Vogel, mit gesprenkelten Federn und einem blauen Kopf, aber sein Ruf klingt schrecklich. Ich nehme die Schnecken. Die machen wenigstens keinen Lärm.

Sie setzt eine nachdenkliche Miene auf.

— Entspannst du dich ein bisschen?, fragt er.

— Gerade dachte ich mir, dass ich nie einen Schwerhörigen heiraten würde.

— Dann wirst du womöglich nie heiraten.

Der Kellner nimmt die Bestellung auf. Sie möchte das Perlhuhn mit Äpfeln.

— Ich werde Kinderhirne nie verstehen, bemerkt Jodel seufzend.

— Wenn ich mir erlauben darf, Monsieur, sie hat recht, sagt der Kellner. Das Perlhuhn ist sehr gut.

— Ja. Aber sie hat gerade gesagt ... Gut, ich nehme auch das Perlhuhn.

— Eine gute Wahl, Monsieur.

— Du bist dafür zu alt, oder?, knallt sie ihm hin, kaum ist der Kellner gegangen.

— Wie, ich bin zu alt, kleines Äffchen?

— Dass wir eines Tages heiraten.

— Das Gute an jungen Mädchen ist, dass sie gerade heraus

sind, verstehst du, kein Getue. Aber sag, wenn ich nicht so alt wäre, würde ich dir gefallen?
— Bin ich ein Kind oder ein junges Mädchen?
— Frag das deine Mutter.
— Das ist keine Antwort.
— Ich glaube, du bist ein Kind.
— Ich meine wegen dem Heiraten.
— Grimaldi wird ziemlichen Spaß haben, wenn er uns so hört.
— Oje! Stimmt ja, ruft sie und legt die Hand auf die Libelle.
— Die belauschte Lauscherin ...

Als der Kellner die Vorspeisen bringt, betreten drei Männer das Restaurant. Kein Zweifel, sie sind es. Ein sehr ehrerbietiger weiterer Kellner führt sie zum Tisch links. Jeanne murmelt Die sind schrecklich.
— Aber ziemlich echt. Und das ist wichtig, echt sein.
— Warum?
— Um hinters Licht zu führen.
— Ich verstehe kein Wort von dem, was du sagst.
— Um unbemerkt zu bleiben.
— Ich bemerke sie ganz enorm. Psst! Sie reden.

Nachdem die Männer ein paar russische Worte gewechselt haben, die Jeanne wiederholt, während sie Jodel starr ansieht, konzentrieren sie sich auf die Speisekarte.
— Oje! Ich höre sie sehr gut, flüstert das kleine Mädchen, aber die Sprache ist wirklich schwer auszusprechen. Ich finde die seltsam.
— Sagen wir fremd. Mach dir keine Sorge, Grimaldi wird das gut entschlüsseln können.

Ein Inder kommt mit Rosen herein, die er an jedem Tisch anbietet. Das Paar kurz vor der Hochzeit kauft eine. Jodel sagt Jeanne, sie solle sich eine Farbe aussuchen, die ihr gefällt. Als der Verkäufer ihr den Strauß hinstreckt, wispert er lächelnd, Die Libelle hängt falschrum.

Der Kühlschrank stößt ein Ächzen aus. Für ein paar Sekundenbruchteile verstummt das ganze Restaurant. Jodel dankt dem Inder, ohne ihn anzusehen, bezahlt die Rose, bringt das in den Pullover gedrückte Mikrofon in Ordnung und flüstert der erstaunten Jeanne zu Siehst du, Super-Jeanne, wir sind supergeschützt. Am Tisch der Russen beginnt das Gespräch.

Die Männer unterhalten sich leise und sehr langsam, das Mädchen wiederholt, und Jodel nickt mit verständnisvoller Miene. Grimaldi hat ihm gesagt, dass es um den Verkauf von russischem Nuklearmaterial im Nahen Osten geht. Recht schnell und trotz der großen Konzentration wird Jeanne bewusst, wie komisch die Situation ist, und nach einer Viertelstunde beginnt sie zu grinsen, während sie weiter mühsam die fremdsprachigen Wörter wiederholt. Jodel sieht, wie sich der dramatische Moment ankündigt, in dem sie in schallendes Lachen ausbrechen wird. Daher setzt er ein besonders ernstes Gesicht auf. Als der Kellner das Perlhuhn bringt, gestikuliert sie verdrossen: Wie soll sie essen und sprechen? Und doch gelingt es ihr, jedes Mal ein Happen, wenn der Sprecher wechselt, und manchmal vom Kauen gestörte Sätze – hilft ja nichts. Von Zeit zu Zeit spricht er mit ihr: Kannst du noch?, Nicht zu müde? Dann beginnt er wieder zu nicken und lächelt ihr aufmunternd zu. Ulan isst in aller Ruhe, ab und zu schiebt er die Hand in die Tasche (um die Maus zu füttern?). Im Restaurant ist es recht ruhig, das Aquarium schnurrt, das Paar rechts hat fast schon ein Datum für die Hochzeitszeremonie festgelegt, der Kellner geht mit leisen Schritten umher, Jeanne spricht zu ihrer Libelle, Jodel nickt regelmäßig.

Alles wirkt so friedlich, man kann sich schwer vorstellen, dass hier schreckliche Komplotte geschmiedet werden. Hat er nicht bis vor kurzem genau so, so friedlich, die Wirklichkeit wahrgenommen? Er hat gedacht (unbestimmt, ohne

Einzelheiten), in der weiten Welt wirkten alle möglichen Menschen, damit Frieden und Sicherheit herrschen, und das gelinge ihnen gar nicht so schlecht. Kriege? Ach ja, Kriege ... Unordnung, die jenseits der Grenzen der zivilisierten Welt stattfand und die mit internationalem Druck und gesundem Menschenverstand rasch beendet wurde. Und die Attentate? Ja, ja ... Tatsächlich gar nicht so häufig hier. Gesunder Menschenverstand, ja, er glaubte an den gesunden Menschenverstand: Aber die Entdeckung der Anlaufzone und ihrer Exemplare mit dubiosen Plänen hat seinem Glauben einen schweren Schlag versetzt. Abgesehen davon, dass er sich seit dem Attentat im Bahnhof von Palion ernsthaft erschüttert fühlte. Er hatte sich so lange erfolgreich eingeredet, dass die kleinsten Störungen im schönen Lauf der Reichenwelt in akustischer Form in seinem Labor endeten! So konnte er vor sich selbst die beruhigende Illusion aufrechterhalten, alle Zeugnisse der Gewalt wären dort konzentriert – eigentlich gar nicht so viele –, ja sogar, dass er sie den anderen ersparte, indem er sie aufsammelte. Und jeder Tag verging ohne andere Überraschungen als die in den *Dringend*-Päckchen enthaltenen. Er hat sich das niemals explizit gesagt: Es genügt ihm jetzt, fünf Minuten darüber nachzudenken (oder die russischen Ganoven am Nebentisch zu betrachten), um zu verstehen, wie abwegig und unglaublich partiell diese Version der Welt war. Er sah das alles aus seiner Perspektive als Mann (der Ordnung) und ließ die großen kollektiven Bewegungen, die großen Leidenschaften, die unbedachten Taten, den Gruppenaufruhr außer Acht. Er ignorierte (als guter Zwangsneurotiker, hätte Zélie gesagt) den Umstand, dass auch das Irrationale seinen Anteil an den Geschäften der Welt hat. Irgend sowas. Wie ein dicker nasser Hund, der sich gerade geschüttelt hat, ist er heute Abend endgültig von seiner Arglosigkeit befreit.

Am Tisch der Abgehörten klingelt leise ein Telefon. Einer der Männer zieht ein Handy hervor und sagt ein paar Worte auf Arabisch. Jeanne macht komische Grimassen und versucht zu wiederholen. Natürlich ist es Eines, zu hören und sich einzuprägen, und etwas Anderes, seinen Artikulationsapparat zu zwingen, höchst ungewohnte Laute hervorzubringen.

— Mir reicht's, sagt sie, bevor sie ein paar russische Wörter wiederholt, die die beiden anderen wechseln, dann ein paar arabische Wörter, dann wieder ein paar russische.

Nicht sicher, dass das, was sie stockend auf Arabisch hervorgebracht hat, getreu ist ...

— Ich verstehe, dass es schwer ist, flüstert er in einem winzigen Stille-Intervall teilnahmsvoll.

Sie erklärt, sie müsse sich ausruhen. Sie fügt hinzu, sie sei ein kleines Mädchen, keine Maschine.

— Ich weiß, ich weiß. Wir müssen nur hoffen, dass in den kommenden Minuten nichts Entscheidendes gesagt wird.

— Kannst du mich wirklich nicht ersetzen?

— Unmöglich. Ich höre perfekt, aber nichts bleibt hängen.

— Komisch, dass du nicht alles so kannst wie ich.

Sie bestellt ein Dessert und stürzt sich drauf, sobald es vor ihr steht. Ein weiterer Inder betritt das Restaurant, die Arme voller Rosen. Sie betrachten ihn neugierig. Glaubst du ... murmelt Jeanne. Nachdem er am Tisch der Verlobten vorbeigegangen ist, kommt der Mann breit lächelnd zu ihnen und wispert, fast ohne die Lippen zu bewegen, Echo muss jetzt weitermachen.

— Was meinst du, wie viele sie von denen haben?, fragt Jeanne.

— Wahrscheinlich steht an der nächsten Ecke ein Lieferwagen voller Verkäufer, und von Zeit zu Zeit katapultieren sie einen zu uns.

— Wie Brieftauben!, sagt Jeanne lachend. Ein Lieferwagen voller Inder, nur um mir was zu sagen, das liebe ich!

Das Abhören geht weiter, mühsam artikuliert Jeanne russische Sätze, und Jodel tut, als höre er ihr aufmerksam zu, während Ulan seine Flasche Wein leert, die Familie gewaltige Desserts verschlingt, die Hummer vergeblich versuchen, den Blick der Russen auf sich zu lenken, indem sie ihre zusammengebundenen Scheren schwenken, und immer weniger Autos vorbeifahren – ein gewöhnlicher Abend im Restaurant.

Jeanne stolpert über ein Wort und muss lachen. Sie stammelt noch halbwegs genau den nächsten Satz, aber so laut und unter so heftigem Lachen, dass er ihr befehlen muss, still zu sein. Jeannes Lachanfall ist die perfekte Ausführung eines kindlichen Lachens, so köstlich, dass die Gäste sich umdrehen (einschließlich der Russen) und ihr zulächeln (nicht die Russen). Jodel stellt sich die Verzweiflung des Dolmetschers am anderen Ende der Libelle vor. Aber was tun? Scheitern die besten Vorkehrungen nicht immer an den menschlichen Schwächen? Obwohl Jodel seine ernsteste Miene aufgesetzt hat, um Jeannes Lachanfall nicht noch zu steigern, lässt sie weiter ihre unwiderstehlichen Triller ertönen, die sich auf die Kinder am Nachbartisch übertragen, das Gelächter ihrer Eltern und schließlich das Bellen eines kleinen unsichtbaren Hundes auslösen, der zu ihren Füßen schlief. Zwischen zwei Glucksern sagt sie Glaubst du, die schicken uns noch einen Inder? Und lacht erneut und noch heftiger los. Selbst Ulan nimmt am allgemeinen Gelächter teil, und der Lärm ist so gewaltig, dass Jodel am liebsten seine Ohrstöpsel einsetzen würde. Zum Glück schweigen die Russen, von der euphorischen Stimmung im Restaurant irritiert. Himmeldonnerwetter, sagt sich Jodel, das ist eine Situation, die Grimaldi sicher nicht vorhergesehen hat.

28

Das ist eine Situation, die Grimaldi sicher nicht vorhergesehen hat, aber Jodel ist in letzter Zeit ausreichend vernünftig geworden, um nicht in Versuchung zu geraten, den Lauf der Stürme zu verändern.

Die Russen rufen den Kellner, und Jodel hört, wie sie ihn fragen, was los sei. Er antwortet, er habe keine Ahnung, sie seien fröhlich, das sei alles. Der Russe erwidert, er habe noch nie so viele fröhliche Franzosen gehört. Der Kellner überlegt, Ach ja?, und geht verwirrt wieder.

Das Lachen wird schwächer, und Jeanne beruhigt sich. Der kleine Hund bellt noch ein- oder zweimal leise, dann kehrt im Restaurant wieder Ruhe ein. Echo nimmt ihre Arbeit wieder auf. Drei weitere Viertelstundenlang während die Gäste nacheinander das Restaurant verlassen und Ulan sich an die zweite Flasche macht, richtet sich ihre leise Stimme geduldig an die Libelle. Sie darf ein zweites Dessert bestellen – moralische Unterstützung und taktische Notwendigkeit. Was diesen Punkt betrifft, hat Grimaldi nichts vorgesehen: Wie rechtfertigen, dass sie so lange bleiben, wenn ihr Essen beendet ist? Sie müssen also zum Kräutertee übergehen. Dann zum Verdauungsschnaps. Um elf Uhr reden die Russen immer noch, und die beiden sind (mit Ulan) die letzten Gäste – und müssen gehen.

Der Kellner bemerkt freundlich, dass das redselige Mädchen spät zu Bett geht, weil es viel zu erzählen hatte ... Und Jeanne antwortet, sie leide schrecklich an Schlafloskeit. *Sig*, flüstert Jodel ihr zu. Ja, Schlaflosigkeit, bestätigt sie.

Als sie zum Auto zurückgehen (alles ist menschenleer, kein Lieferwagen mit Indern, keine versteckten Leibwächter, kein Abhörlabor – man könnte glauben, keinerlei Aufgebot hätte den Restaurantabend begleitet, gute Arbeit), fragt sie War es auch nicht zu schlecht?

— Überhaupt nicht schlecht.

— Ich hatte einen Lachanfall ...

— Hattest du.

— Und die anderen auch.

— Du hast ein ansteckendes Lachen.

— Was ist das?

— Ein ... Lachen, das herumstreunt und schließlich seine Lacher findet.

— SuperJeanne hätte nicht gelacht.

— Aber Jeanne, meine Hübsche, doch, denn sie ist ein kleines Mädchen, keine Maschine. Fühlst du dich nicht zu erschöpft?

— Inzwischen geht's. Mir tut nur der Kiefer weh, wegen den vielen fremden Wörtern. Ich hoffe, dass die sich nicht gerade jetzt über einschlaggebende Sachen unterhalten ...

— Ausschlaggebende. Ausschlaggebende Sachen. Aber hör mal, wir konnten es nicht besser machen. Wir sind so spät gegangen wie möglich.

— Seltsam, ich erinnere mich nicht, dass es vorhin so warm war.

Sie hat recht, seit dem frühen Abend ist es sehr viel wärmer geworden. Sehr eigenartig. Einen Moment lang sucht er den Sternenring. Man weiß nie, in welcher Ecke des Himmels man ihn findet. Heute Abend leuchtet er, verborgen

vom Schornstein eines hohen Gebäudes, mit tausend Lichtern.
— Ich habe das Gefühl, es gibt mehr Sterne als sonst, oder?, sagt Jeanne. Und wie sie funkeln! Ist die Nacht durchsichtiger?
— Vielleicht schläfst du sonst zu der Zeit, wo sie ihr Lichtkleid rausholen?
— Glaubst du, sie machen ein besonderes Geräusch? Ein Geräusch, das wir hören könnten?
— Ich weiß es nicht.
— Erkundigst du dich?
— Einverstanden.
— Wenn du herausfindest, dass sie eines machen, versuchst du dann, es mich hören zu lassen?
— Das verspreche ich dir.

Er dreht sich ein paar Mal um, lauscht auf Schritte im Rhythmus von ihren, aber nein, sie werden nicht verfolgt. Ohne Ohrstöpsel genießt er das Vibrieren der schlafenden Stadt, entfernte und gedämpfte Laute, friedliche Geräusche, das Bimmeln der Straßenbahn an der Kreuzung eines Boulevards, dann von neuem die große Ruhe der verlassenen Straßen, nur unterbrochen vom Surren eines Fernsehers, wenn sie an einem erleuchteten Haus vorüberkommen.

Während sie im gelben Licht der Straßenlaternen am Fluss entlanggehen, hören sie das leichte Plätschern des Wassers an der Böschung, und Jeanne flüstert Wir sind auf See, auf einem großen Schiff, das die Ozeane überquert, wer weiß, wann wir ankommen. Vor der Fußgängerbrücke sitzt Ulan auf dem Mäuerchen und erwartet sie. Er sagt Es ist warm, was?
— Oh ja! Schrecklich! Am liebsten würde ich im Schlüpfer rumlaufen, klagt Jeanne.
— Aber nicht sofort! Warte, bis du zu Hause bist, sagt Jodel.

— Das würde sowieso nicht reichen. Ich hasse diese Hitze so sehr, dass ich Lust hätte ... oh, dass ich Lust hätte, im Skelett rumzulaufen.

Ulan lacht und versichert, das wolle er nicht sehen. Er fügt hinzu, er werde sie zum Auto begleiten, aber in der Stadt bleiben. Aha. Aha, er bleibt in der Stadt. Bist du sicher?, fragt Jodel blöde.

Bei Jeanne zu Hause keine Jaumette zu sehen. Er wundert sich ein bisschen darüber, aber das Mädchen erklärt, Sie geht früh schlafen, weißt du, manchmal steht sie vor der Sonne auf. Sie leidet an Sig.

— Sig ...?

— Schlaflosigkeit.

Er kommt ins Träumen. Er würde sie gerne treffen, wenn die ganze Welt noch schläft. Das wäre ihre Zeit, eine Art kleine Dieberei, eine der Zeitlichkeit geraubte Zeit – der Moment ihres Kairos.

Er wartet, bis Jeanne ihm von ihrem Fenster im oberen Stock aus zuwinkt (sie murmelt Ich hoffe, du bist zufrieden mit mir. Hörst du mich? Ja, er hört sie. Sie fügt hinzu Wie wär's, wenn wir ein neues Spiel einführen, Jodel, versuchen, uns von so weit weg wie möglich zu unterhalten?), dann fährt er, trunken von Emotionen und Müdigkeit, auf der dunklen Landstraße langsam nach Hause. Er hat getan, was man von ihm erhoffte, so gut wie möglich, aber es war auch ganz schöner Pfusch, nicht sicher, dass die Aktion Grimaldi irgendwas bringt. Natürlich könnte man ihm vorwerfen, ein kleines Mädchen in eine gefährliche Sache gezogen zu haben. Aber er hatte vorher viel nachgedacht: Er hat in Grimaldis Strategie keinen Fehler gesehen. Das Schlimmste, was passieren konnte, ist passiert: dass das Sammeln von Informationen gestört, fragmentarisch, unvollständig bleiben würde. Er hat getan, was er konnte.

Die Scheinwerfer erfassen zwei goldene Augen.

29

Die Scheinwerfer erfassen zwei goldene Augen, die sein Einschlafen wohlwollend begleiten und über seine Nacht wachen. Am Morgen glaubt er, sie hätten sich ihm auf die Lider gesetzt, aber nein, es ist das Leuchten der Sonne, das durchs Fenster dringt. Als er endlich munter wird, ist die Temperatur schon hoch: kein morgendliches Frösteln beim Sich-Räkeln vor der Tür. Er fährt mit dem trügerischen Gefühl ins Labor, die Eigenartigkeit der jüngsten Ereignisse in sich aufgenommen zu haben und leicht verwandelt aus ihnen hervorzugehen. Und eigentlich ist das nicht falsch: Die unerwarteten Wendungen, die sich der Summe seines Lebens hinzugefügt haben, verändern ihn. Aber er weiß nicht recht wie.

Im Büro muss er nicht weniger als eine sehr große Kanne Tee hinunterstürzen, um sich von der Müdigkeit zu reinigen, und er braucht unendlich lange, um den Computer einzuschalten. Als er sich vor den Bildschirm setzt, überlegt er, dass er jetzt an sich denken sollte, dass er viel für die kriminaltechnische Abteilung, für das Gleichgewicht der Welt und für Ulan und Grimaldi getan habe und dass er das

Vergnügen ins Auge fassen könnte, die liebe Jaumette bei einem Tête-à-Tête wiederzusehen. Vielleicht hat sie »Kairos« beendet? *Jaumette*, schreibt er in einer Mail, *Sie fehlen mir. Ich wäre sehr glücklich, einen Moment mit Ihnen zu verbringen. Vielleicht finden Sie diese Nachricht vor 15 Uhr? Sagen Sie es mir. Ich umarme Sie.*

Um neun Uhr ist Grimaldi da.

— Haben Sie sich die Haare gerauft?, erkundigt sich Jodel.

— Na ja! Ich Idiot hatte alles geplant, nur nicht, dass sie so schnell müde wird.

— Das Ergebnis?

— Gar nicht so schlecht, stellen Sie sich vor.

— Da bin ich wirklich froh. Hier, Ihre Libelle mit den großen Ohren. Ich bin sehr erleichtert, dass Ulan nicht zum Einsatz kam. Ich erwarte keine Antwort von Ihnen, aber ich frage mich, über welchen verwaltungstechnischen Kunstgriff Sie ihn einstellen konnten. Und wie Sie ihn bezahlen werden. Aus welcher Kasse?

— Ach ... Wissen Sie, Jodel, auf dieser Ebene kann ich so ungefähr alles machen.

— Welcher Ebene?

— Geheimdienst. Öffentlich existieren wir nicht, wir sind allein von den höchsten Instanzen des Staates abhängig, und somit haben wir alle Freiheit zu mauscheln, wie ich Ihnen schon öfter gesagt habe. Man erwartet einfach von uns, dass wir Katastrophen verhindern. Wie die im Bahnhof von Palion zum Beispiel. Dafür habe ich bei meinen ... Stegreifaktionen völlig freie Hand.

— Im Grunde sind Sie bei Ihrem Kampf gegen das Böse niemandem Rechenschaft schuldig, richtig?

— Sagen Sie nicht *das Böse*. Das ist ein zu religiöser, zu fatalistischer Begriff. Und auch zu bequem. Wenn das Böse so natürlich und unvermeidlich wie ein Unwetter wäre, könnten wir nur die Arme verschränken und weinen. Es gibt

nicht das Böse, es gibt nur unterschiedliche Übel. Ich kämpfe gegen das Auftreten von Übeln.
— Aber diese Übel müssen doch irgendwo herkommen?
— Warum? Der menschliche Erfindungsgeist scheint mir ausreichend, um Übel, Wohltaten, Schienenwege, Käsesoufflees und alles andere zu fabrizieren. Stellen Sie sich eine Quelle vor, die Übel produziert und »das Böse« heißt? Und wo würde die denn sitzen? Im Hirn? In der Atmosphäre? Das ist eine zu mechanische oder zu magische Vorstellung. Aber bringen Sie mich nicht auf meine Lieblingsthemen. Ich bin nicht gekommen, um zu philosophieren.
— Schade.
— Ich wollte Ihnen etwas anderes sagen: Bestimmt haben Sie begriffen, dass diese Tätigkeit sehr diskret die als Direktor der Kriminaltechnik ergänzt. Also, ich hätte jetzt gern, dass Sie das alles vergessen, meinen Nebenjob ebenso wie die besondere Angelegenheit von gestern. Ich bin viele Risiken eingegangen: Ulan, Echo. Jetzt vergessen wir das alles, wir reden nicht mehr davon, einverstanden? Ich habe Ihnen das Geld für Ulan mitgebracht. Schärfen Sie ihm auch ein, dass er das alles vergessen soll, ich bin mir sicher, dass er das sehr gut kann.
— Ich glaube, er weiß, was gut für ihn ist.
— Außerdem sollte es mich wundern, wenn er nicht wüsste, dass wir ihm ganz schön Ärger machen können. Aber danken Sie ihm auch. Und Ihnen, Jodel, kann ich gar nicht genug danken. Hier wenigstens Ihr Lohn – und der von Echo.

Er soll das Kapitel abschließen, vergessen? Sich wieder an die Arbeit setzen, ja, genau, den gewöhnlichen Lauf der Tage wieder aufnehmen. Jodel bedauert nicht, sein Goldfischglas verlassen zu haben: Nichts, was ihn da herausholt, ärgert ihn im Augenblick. Er muss sich just mit dem Attentat im Bahnhof von Palion befassen. Auch wenn er nicht weiß, was er da entdecken könnte. Üble Sache, die das gesamte Land erschüttert hat. Er erinnert sich an die allgemeine Betroffenheit: Theoretisch wusste man, dass niemand vor dem internationalen Terrorismus geschützt ist, dass er die neue Form von Krieg darstellt und man beim Gang zum Bäcker niedergemäht werden kann – an dem Tag aber hat man es konkret erlebt. Man hat angefangen, öffentliche Orte zu fürchten. Man wurde sich bewusst, dass von nun an der Frieden nicht mehr vom Krieg unterschieden ist wie der Tag von der Nacht, sondern den gewaltsamen Tod einschließt, jederzeit, in der Welt und an der eigenen Tür. Eine Zeit der Dämmerung.

Eine unübersehbare Menschenmenge zieht an der Überwachungskamera vorbei, Männer und Frauen in Eile, verträumte Kinder, die sich umblicken und von den Eltern weitergezogen werden, und im zu schnellen Strom verlorene Alte, die sicher bedauern, diese Zeit gewählt zu haben (und nicht wissen, wie sehr sie es einen Augenblick später bedauern werden), lachende Gruppen junger Mädchen, sportliche Jungen, verkniffene Jungen, geschäftige Gesichter, dunkle Gesichter von müden, zu unterwürfigen Einwanderern, verlorene Blicke müßiger Männer, müder Frauen, leere Augen und nachdenkliche, geschlitzte oder dunkle, lachende, deprimierte Augen, blonde und rote, kurze und lange, gekräuselte, glatte und lockige Haare, dunkle und helle Haut, Hochgewachsene und Zwerge, alle Formen von Ausgemergelten bis zu Fettleibigen, schwangere Frauen und ruhige Bettler – ist ihm schon mal aufgefallen, dass in Bahnhöfen die gesamte Welt vorüberzieht? Der Ton ist regelmäßig, dröhnender dumpfer Lärm, unbestimmtes Trommeln von Millionen Schritten, sich verstärkendes Knistern, eine Ballung von Stimmen, manchmal hebt sich eine einzelne heraus und brüllt, dann wird der Ton wieder einheitlich dumpf, punktiert von unterschiedlichem Klingeln, Rufen fliegender Händler, Lautsprecheransagen, vom entfernten Brummen der benachbarten Straßen. Magma.

Die erste Explosion reißt die Ströme auseinander, weil sie in der Masse hunderte von Querbewegungen hervorruft. Jeder flieht auf gut Glück vor einem nicht lokalisierten Feind, die Reisenden zerstreuen sich in alle Richtungen, prallen gegeneinander, stoßen sich um. Schreie und ziellose Bewegungen haben die Lautstärke mit einem Schlag gewaltig ansteigen lassen, und die Bahnhofshalle ist nur noch ein gigantisches Getöse. Nach der zweiten Explosion, die die zuckenden Bahnen neu belebt, prallen verschreckte Tauben gegen die Kamera, während man bereits die Polizeisirenen hört und sich Rauch unter dem Glasdach ausbreitet. Kurz danach endet die Aufnahme. Man erwartet von Jodel, dass er eventuell etwas vor der Explosion entdeckt. Ein zweiter Film, von einer anderen Seite des Bahnhofs aus aufgenommen, zeigt dieselbe Menge im selben Lärm, die sich in identischen wahllosen Bewegungen auflöst, sobald die Bomben explodieren.

— Niemand glaubt, dass sich akustische Hinweise finden lassen, bestätigt ihm Marc, der gekommen ist, um einen Tee zu trinken. Sind dir die beiden Verdächtigen mit Rucksäcken aufgefallen?

— Nein.

— Das wundert mich nicht: verrückt, wie die so gar nichts Besonderes haben. Der eine sieht komischerweise meinem Bruder ähnlich und der andere dem grässlichen Nörgler. Man kann täglich mit Terroristen in Berührung kommen, ohne es zu wissen ...

— Der grässliche Nörgler ist auf jeden Fall unser schlimmster Feind ...

— Gut, guck nochmal, da sind zwei junge Männer, am Anfang der Aufnahme, einer der beiden trägt eine Basecap und der andere eine Wollmütze. Man vermutet, dass die beiden den Sprengstoff in ihren Rucksäcken hatten. So steht es in der Begleitnotiz. Aber selbst wenn du auf sie zoomst, bin ich mir fast sicher, dass du nichts finden wirst, da sie kein Wort wechseln.

— Hattest du den Eindruck, dass es in der Menge viele Fettleibige gab?

— Wirklich eine entscheidende Frage, ruft Marc prustend.

— Im Ernst. Ich habe einen russischen Freund, der findet, dass wir, die Bewohner der Reichenwelt, ein Volk von Fettleibigen sind. Gut. Man erwartet bei der Aufnahme also nicht viel von mir?

— Nein. Sie kennen auch schon die Zusammensetzung des Sprengstoffs. Es ist nur, falls du irgendwas hören würdest, was ihnen entgangen wäre.

Um elf Uhr signalisiert sein Bildschirm eine Mail. Jaumette behauptet, er fehle ihr ebenfalls, und sie könnten sich in der kommenden Woche sehen. Er antwortet sofort: *Ich glaube nicht, dass ich Ihnen sehr fehle, wenn Sie so lange warten können, bis Sie mich wiedersehen ...* Sie antwortet augenblicklich: *Viel Arbeit!* Er schickt ihr noch *Trotzdem!*, aber sie antwortet nicht mehr.

Gewaltige kalte Dusche. Er erwägt alle Hypothesen: Ihre Tochter hat ihr von der Lauschaktion im Restaurant erzählt, und sie ist darüber sehr verärgert (aber Jeanne ist keine, die petzt); er hat etwas gesagt, was sie verletzt hat (aber was?); er hat etwas getan (aber was?); sie findet ihn nicht sehr interessant (durchaus möglich); es könnte etwas geben, was er im Bett nicht begriffen hat (aua!). Dann sagt er sich, das ist normal, er ist keiner, der Begeisterung auslöst, und Schluss, aber eine leise Stimme murmelt ihm zu *Idiot, sie will dich nur zu ein paar Warteschleifen zwingen, es ging zu schnell, also Kommando zurück, sie ist so eine, so eine, die sich windet, so eine mit Sari.* Vielleicht.

Dann verliert er sich in Mutmaßungen. Denkt nur noch daran. Das ist blöd. Wenn er zu entwischen versucht, ist es, als bewegte er sich auf einem seifigen Abhang: Er gerät sofort wieder ins Rutschen. Manchmal ist er wütend, ist ihr böse, streitet stumm mit ihr. Er würde so gerne in den hohen Sphären des Begehrens schweben, und da ist er nun zurückgefallen in die schlimmsten Liebeskümmernisse, die er mit Zélie in allen Tiefen erforscht und in die nie wieder abzutauchen er sich geschworen hat. Um zwölf hat er immer noch keinen Hunger. Ganz offenkundig hat er in letzter Zeit den Appetit verloren. Er wird abmagern. Umso besser. Schön wie der Mongole. Er macht sich wieder an die Arbeit, aber die Aufnahme des Attentats enthüllt ihm nichts. Schließlich entdeckt er die beiden Terroristen: zwei unbedeutende junge Männer. Da ein Gedanke zum nächsten führt, kommt ihm, als er sich fragt, was Ulan über diese Art blinde Gewalt denkt, eine plötzliche Erleuchtung: Müsste er nicht ganz einfach Jaumettes Tür einschlagen? Auf welche Weise auch immer?

Laufen, man muss laufen, um nachzudenken. Er nutzt die Einsamkeit der Büros zur Essenszeit und beginnt, durch die Flure zu laufen. Mögen es alle Frauen, dass man ihnen die Tür einschlägt? Clotilde ist eine starke Frau, natürlich liebt sie kraftvolle Umgangsformen. An die Verrenkungen und das Getue von Jaumette denken – sie würde das vielleicht überhaupt nicht mögen. Lösen seine Gedanken etwa Halluzinationen aus? Er hat den Eindruck ja, wirklich, er hat den Eindruck, in der Ferne das gedämpfte Stöhnen einer Frau beim Liebesakt zu hören. Er sucht, geht ein paar Schritte in einen Flur, öffnet behutsam eine Tür, geht in eine andere Richtung, drückt eine andere Tür links auf, hier sind die Büros der Verwaltung, ja, er ist ganz nahe: Die Geräusche kommen aus einem abgelegenen Büro – ach was, das von Barbe, der Sekretärin –, sie sind sehr diskret, aber eindeutig. Köstlich. Und unerbittlich. Er versucht zu erraten, ob es sich tatsächlich um Barbe handelt, aber unmöglich, die Seufzende mit Sicherheit zu identifizieren. Mehrere Minuten erträgt und genießt er den Singsang hinter der Tür, unfähig, sich zu entfernen, bis er plötzlich Geräusche hört, die er mühelos als den Sturz eines Körpers mit diversen Folgen identifiziert. Wütende Stimme von Barbe, die Tollpatsch! ruft. Jodel flüchtet in die nahe Toilette. Eine Minute später kommt der grässliche Nörgler herein und reibt sich die Hüfte.

— Ein Wehwehchen?, wispert Jodel süßlich.

— Ein Sturz, antwortet der andere widerwillig.

— Ach ... Stürze ... Vielleicht hat Barbe Arnika für große Tollpatsche im Schrank?

Auf dem Weg ins *Oiseaux* (plötzlich hat er Appetit bekommen) sagt er dem Sri-Lanker, dass er am Abend Ulan besuchen werde, wobei er darauf achtet, sorgfältig zu artikulieren.

— Okay, ich sag es ihm, mein Freund, antwortet der Verkäufer seelenruhig.

Verdutzt starrt Jodel ihn einen Moment an: Die haben's faustdick hinter den Ohren, diese Leute, die so unschuldig tun.

30

Die haben's faustdick hinter den Ohren, diese Leute, die so unschuldig tun, sagt er sich erneut, als er in die Anlaufzone kommt. Angefangen bei ihm, der hier seelenruhig aufkreuzt wie im Bistro. Nur dass man heute Abend eher das Gefühl hat, es sei etwas passiert. Als er nach oben kommt, spürt er sofort eine spezielle Spannung in der Luft und sagt sich, dass er erledigt ist, dass er sich in die Höhle des Löwen begibt, dass sie erfahren haben, wo er Ulan reingezogen hat, und dass er dafür sehr, sehr teuer bezahlen wird. Die Männer diskutieren heftig in kleinen Gruppen. Er steht eine halbe Minute reglos da, aber niemand scheint seine Ankunft zu beachten. Uff! Lord Jim läuft laut hustend herum, Ismail gestikuliert heftig, nur Kublai wirkt ruhig und plaudert mit einem Mann, den Jodel noch nie gesehen hat. Er beschließt, Ulan, der gerade mit dem Notar spricht, nicht zu stören, und geht zu dem Chinesen, der ihn lächelnd begrüßt.

— Nun, lieber Freund? Finden wir Gefallen an verrufenen Orten? Darf ich vorstellen ... Wen eigentlich? Darf ich vorstellen ... na gut, nennen wir ihn John, sagt er und weist auf seinen Gesprächspartner.

— Angenehm. Jodel. Komische Stimmung hier. Stimmt was nicht?
— Lord Jim und Ismail haben sich gestritten.
— Streitet man sich hier?
— Eben nicht, lieber Freund! Das ist sehr selten. Hierher kommen nur außerordentlich höfliche Menschen, die jeden Konflikt vermeiden. Die ganze Organisation, fügt er hinzu und beugt sich zu seinem Begleiter, beruht auf Solidarität und der Einhaltung von ein paar Gesetzen, die der Notar aufgestellt hat.
— So was wie eine Bruderschaft, sagt John.
— Wohnt der Notar denn nicht immer hier?, fragt Jodel.
— Doch. Ohne ihn würde das Zentrum nicht fortbestehen, sagt Kublai.
— Sie nennen es das Zentrum? Ich habe Ulan nie gefragt, ob es noch andere gibt.
— Zwei weitere in Frankreich, habe ich gehört.
— Waren Sie nie da?
— Ach wissen Sie, ich bin sehr bodenständig, sagt Kublai lachend.
— Ich verstehe nicht, welchen Grund der Notar hat, hierzubleiben. Bei Ihnen und den anderen begreife ich halbwegs, weshalb Sie da sind. Aber er?
— Ich weiß es nicht.
— Sie wissen es nicht?
— Lieber Freund, über den Notar spricht man nicht. Das ist das erste Gesetz.

Lord Jim sieht immer noch genauso wütend aus, als er erneut hustend an ihnen vorbeigeht. Er nickt Jodel zu.
— Und was ist mit Lord Jim und Ismail los?, fragt Jodel.
— Es geht immer noch um die USA. Lord Jim hasst sie – er ist Marxist, wussten Sie das? –, aber er ist nicht einverstanden mit Ismail, der sich über die großen Attentate wie das vom 11. September oder vom Bahnhof von Palion freut. Lord

Jim meint, man dürfe nur Sachen zerstören, niemals Menschen schaden. Und manchmal denke ich, er hat genug davon, dass alle auf sein Vaterland abkotzen.

John sagt Was für eine Idee, Marxist zu sein. Amerika ist ein schönes Land, da kann man ungestört arbeiten.

— Was ... was arbeiten Sie?, erkundigt sich Jodel und fühlt sich ein bisschen lächerlich.

— Trader, antwortet Kublai. Ein Kollege.

— Aha ... Ich habe keine Ahnung von der Finanzwelt. Zu technisch.

— Nicht nur das, sagt John. Sie ahnen ja nicht, wie ... sensibel die Geschäfte auf unserem Gebiet sind. Angst, Misstrauen, Panik – Sie können sich nicht vorstellen, wie viele negative Gefühle dem Streben nach Profit im Wege stehen.

Als Ulan sich zu ihnen gesellt, zeigt Kublai diskret auf einen Neuankömmling, der allein in einer Ecke sitzt, und fragt Ein Neuling?

— Ja. Ein Serbe, sagt Ulan.

— Ein Serbe?

— Ja. Ein Anführer auf der Flucht.

— Nicht der Typ, mit dem man Geschäfte machen kann, sagt Kublai zu seinem Kollegen und geht weg.

In Ulans Zimmer tobt die Maus trotz der Hitze auf dem Bett herum, der Mongole sieht besorgt aus und schweigt. In wenigen Sekunden hat sich Jodel ein erfreuliches Szenario ausgedacht, in dem Clotilde, genervt von den schlechten Manieren des Wilden, ihn endlich weggeschickt hätte. Von wegen.

— Ich hab dir das Geld von Grimaldi mitgebracht.

— Sehr gut, sagt Ulan mürrisch. Danke.

— Scheint dich nicht zu interessieren.

— Doch, natürlich. Du weißt doch, dass ich Geld brauche.

— Hattest du Schwierigkeiten nach dem Abend gestern?

— Überhaupt nicht.

— Was ist dann das Problem?

Ulan zögert, springt auf, setzt sich wieder.

— Der Serbe. Ein übler Kerl.

Jodel überlegt und stellt fest, dass er nicht so richtig weiß, was für Ulan ein »übler Kerl« ist. Am Anfang hätte er gesagt, dass es in der Anlaufzone Dutzende davon gibt. Am Anfang. Und jetzt? Immer noch, wenn er recht überlegt, aber er hat dieses Urteil in den Hintergrund gedrängt, hinter die Beobachtung und das Vergnügen, überrascht zu werden. Ja, genau.

— Wer ist das?

— Das wissen wir noch nicht. Ich habe den Notar ausgefragt, er ist sich da auch nicht sicher. Der Kerl ist total misstrauisch, wir wissen nicht mal, durch wen er hierhergekommen ist. Er sagt, er war Offizier in der serbischen Armee. Aber wir haben den Verdacht, dass es Dragan Batic ist, der Militärchef der selbsternannten serbischen Republik in Kroatien.

— Na und? Es ist das erste Mal, dass du einen Besucher der Anlaufzone kritisierst. Wenn er auf dem Balkan Chaos angerichtet hat, müsste dir das doch gefallen, oder?

— Hast du den Krieg verfolgt?

— Von weitem.

— Von sehr weitem. Sonst wüsstest du, dass er kein *Chaos angerichtet* hat: Er hat Frauen vergewaltigt und Kinder abgeschlachtet, Städte und Dörfer dem Erdboden gleichgemacht, Gegner in Lager gesperrt und gefoltert, tausende Muslime massakriert. Das ist ein ultranationalistisches Arschloch, kein Rebell.

— Und du, bist du kein Nationalist?

— Was meinst du? Ich weiß nicht. Letztendlich mach ich nichts für mein Land, oder? Ich rede und rede, aber ich lebe tausende Kilometer entfernt. Im Unterschied zu den meisten Nationalisten liebe ich meine Freiheit wahrscheinlich noch mehr als meine nationale Identität.

— Was denkst du, was mit diesem Serben passieren könnte?
— Ich weiß es nicht. Ich habe versucht, mit dem Notar darüber zu sprechen, aber man hat den Eindruck, er schert sich nicht drum, es ist kein Problem für ihn. Ein Gesetz der Anlaufzone lautet, nicht in den Aktivitäten oder der Vergangenheit der Gäste rumzuschnüffeln. Aber ...
— Aber?
— Ich weiß nicht. Vielleicht sollte es da Grenzen geben. Ich werde versuchen, den Notar zu überzeugen, sich zu informieren. Wenn nicht ...
— Wenn nicht?
— Muss ich wahrscheinlich weiterziehen.

Stich ins Herz. Weiterziehen. Natürlich muss er weiterziehen, früher oder später. Grenzspringer. Reisende Spezies. Dann kann er nur mit Clotilde um die Wette heulen und wieder der behäbige Typ werden, der er eigentlich die ganze Zeit geblieben ist.

— Aber es gibt doch noch einige andere, die dir Lust machen könnten weiterzuziehen, oder nicht? Ismail zum Beispiel: kein sehr einfacher Kerl.
— Ismail! Glaubst du, dass er von der Anlaufzone aus viel unternimmt, um sein Kalifat zu errichten? Hältst du ihn wirklich für schädlich? Du guckst in die falsche Ecke. Die schweigenden Männer mit Turban, die dir Oliven anbieten, die sollten dir Sorgen machen. Afghanen, Pakistani, die saudische Hilfe suchen, natürlich Geld, vielleicht auch Atomwaffen, die Verträge aushandeln.
— Ich glaube, wenn ich ernsthaft darüber nachdenken würde, wäre ich ziemlich entsetzt, was hier passiert.
— Hier passiert nicht viel, Jodel, täusch dich nicht, das hier ist ein Parkhaus, ein Ort, wo man redet und sich informiert. Auch wenn es dich überrascht, Kublai ist wahrscheinlich der Aktivste von uns allen hier. Und Lord Jim natürlich, weil beide ausschließlich im Virtuellen arbeiten. Täusch

dich nicht, wer hierherkommt, will zu Kräften kommen und Kontakte knüpfen. Hier gibt es keine Aktion, hier ist man davor oder danach.

— Das beruhigt mich nur halb, ein Parkhaus für die großen Terroristen des Planeten. Aber ich wundere mich trotzdem, dass du bereit bist, in der Nähe der Taliban zu bleiben. Ich bezweifle, dass sie weniger schlimm sind als dein Serbe.

— Guter Punkt. Aber, wie soll ich sagen? ... Sie sind nicht *meine* Taliban, aber er ist *mein* Serbe. Er ist gewissermaßen ein Cousin, ein krimineller Cousin.

Also ist sogar für ihn die Welt nicht so klein geworden, dass er sich dem fernsten Uiguren ebenso nah fühlen würde wie einem Ukrainer. Gleich fühlt sich Jodel weniger neben der Spur. Seine Wahrnehmung der Größe des Planeten ist nicht total hinfällig. Es gibt noch Entfernung und Nähe. Zumindest moralisch. Wahrscheinlich nicht mehr lange, dann rückt alles zusammen. Maori, mein Bruder ... Aber die moralischen Bedenken dieses freien Mongolen sind doch interessant.

— A propos Aktion: unser Abend gestern. Wie fandest du ihn?

— Der Wein war gut.

— Und die Russen kanntest du nicht?

— Aber das ist doch überhaupt nicht dieselbe Welt, Jodel! Was bist du für ein Träumer! Manchmal frage ich mich, wo du lebst.

— Das kann ich dir sagen: an der Peripherie der Welt.

31

An der Peripherie der Welt, ja, das denken sie offenbar wirklich alle. Aber vielleicht hegen sie auch alle die Illusion, im Zentrum zu sein? Oder halten sich selbst für das Zentrum? Ja, genau, sie denken, jeder sei das Zentrum, was auch nicht falsch ist, wenn man annimmt, dass es so viele Zentren wie Individuen gibt. Dann ist man zwangsläufig immer an der Peripherie eines anderen Zentrums. Genau. Genau?

Am nächsten Tag beobachtet er seine Kollegen und hört Marc zu, als würde er ihm eine Offenbarung über diese topologische Frage bringen. Marc verkündet, sie würden eine Invasion von Riesenkröten erleiden.

— *Bufo marinus*, eine Kröte, die aus Amerika stammt, irgendwie hierhergekommen ist und alle einheimischen Rassen verdrängt, weil sie größer, stärker und ohne richtige Feinde ist. In Australien breiten sie sich aus und werden schon so groß wie kleine Hunde.

— Noch eine reisende Spezies.

— Alles reist, alles, die Epidemien, die Viren, die Tiere, die Menschen, sagt Marc und streckt die Arme zum Himmel. Weißt du, was mir letzte Woche passiert ist?

— Erzähl!

— Ich habe in einer Rucksacktasche ein Korn gefunden, ein ungewöhnliches Korn. Und weißt du, was das war? Ich habe lange gebraucht, bis es mir eingefallen ist: Ich hatte den Rucksack seit meiner Keniareise nicht mehr benutzt. Das Korn hat sich in die Halterung meiner Füllerkappe geklemmt und ich habe es mitgebracht. Siehst du?
— Was für ein Abenteuer! Aber ich verstehe nicht, worauf du hinauswillst.
— Darauf, dass ich selbst auf meinem kleinen Level ein Agent der Globalisierung bin. Das war ein komisches Gefühl. Dieses Korn hätte sich unbemerkt aussäen können und vielleicht auch eine für die lokale Flora katastrophale Ausbreitung erlebt.
— Lokal, bedeutet das heute eigentlich noch etwas?
— Natürlich, natürlich! Mit der Einschränkung, dass sich der Klimawandel wenig um das Lokale schert. Du könntest alle Arten einheimischer Frösche noch so verhätscheln, die Erwärmung des Planeten würde trotzdem auf sie einwirken.
— Und Zentrum und Peripherie, bedeutet das noch etwas?
Marc hält inne und starrt ihn sekundenlang an.
— Manchmal sind deine Fragen ... echt verwirrend, Jodel.

Um fünf Uhr ist Jeanne da, verlangt einen Honigkuchen – Das ist jetzt mein Lieblingskuchen –, akzeptiert eine Mandelmilch, zappelt herum: Hinweggefegt der Abend im Restaurant, die Zeit galoppiert, ein Tag jagt den anderen, keine Zeit, alte Erinnerungen wiederzukäuen. Es gibt so viel zu erleben.

Sie setzen sich ins Auto, um in den Wald zu fahren und ihre Gewohnheiten wieder aufzunehmen.
— Es ist entsetzlich heiß, sagt sie. Ist dir aufgefallen, dass man weniger gut hört, wenn es drückend ist?
— Dann sind die Ohren verstopft, vielleicht, weil die Blutgefäße geweitet sind. Das passt gut, heute werde ich dich zu einem Ort bringen, der dich beruhigen wird.

— Wohin? Wohin?
— Zu einer Quelle.

Sie antwortet nicht. Sie hat Vertrauen. Dann eben eine Quelle. Das Leben ist ein großes Spiel. Unterwegs sagt sie Gestern habe ich meinen Vater mächtig beeindruckt.

Sieh an. Der Vater war da. Vielleicht erklärt das Jaumettes Ausflüchte. Was weiß er schon über ihre Beziehung?
— Wie denn?
— Ich habe ihm erzählt, dass ich Russisch spreche, und ihm ein paar Sätze wiederholt, die ich im Restaurant gehört hatte. Er hat in der Schule Russisch gelernt. Und da hat er echt gestaunt. Er hat gelacht und gefragt, ob ich mit einem Krimi lerne.
— Was hast du gesagt? Du hast hoffentlich nicht gepetzt?
— Nein, aber das war gar nicht einfach. Es war nämlich das erste Mal, dass ich meinen Vater anlüge.

Als sie bei der Quelle sind, legen sie sich ins Gras, und Jodel sagt, sie solle sich konzentrieren, es sei ein diskretes Geräusch, aber wenn man erstmal darin eingetaucht sei, umschließe es einen wie eine Blase und die anderen Geräusche kämen nicht mehr herein. Sie lauscht – Ich höre etwas Wasser fließen –, er fordert sie auf, genauer zu hören, die Methode kennt sie inzwischen gut, ihr Ohr nimmt nur eine große, konfuse Vibration wahr, aber bald kann sie die kleinen Töne auseinanderhalten, aus denen sie besteht. Zuerst das gleichmäßige Sprudeln des Wassers, dann sein zartes Plätschern über Wurzeln, Gräser und Erde, das leise Klackern von Steinen unter der Oberfläche und schließlich das Abwärtsfließen, das sich entfernt und zur Summe all der Geräusche wird. Die bescheidene Quelle wird zum Rinnsal und verliert sich weiter weg im hohen Gras. Nach einer Weile flüstert Jeanne Jetzt hab ich's, ich bin mitten in der Blase.

Im tiefen Frieden des Spätnachmittags lauschen sie lange gemeinsam.

Auf dem Rückweg fragt er ganz harmlos nach ihrer Mutter. Der geht's gut, sagt Jeanne. Aber kann ein kleines Mädchen, selbst ein hyperakusisches, den Aufruhr im Herzen seiner Mutter hören? Das Schlimme ist, dass es ihr sicher sehr gut geht. Was hat er sich eingebildet? Muss eine Frau ewig dankbar sein, weil du sie zum Singen gebracht hast? Sie schweigen einen Moment. Geht es mit ihrer Arbeit voran, fragt er noch – Sie hat »Kairos« abgeschlossen und ist sehr zufrieden damit, sagt Jeanne. Stich ins Herz. Das ist eindeutig Diebstahl, er hätte informiert werden müssen, Kairos ist mit ihm, mit ihrer Begegnung verbunden – Sie hat schon angefangen, an »Sequoia« zu arbeiten, fügt die Kleine hinzu. Wie traurig! Wie ausgeschlossen er sich fühlt. Wie brutal er plötzlich an die Peripherie ihres Lebens verbannt wurde, obwohl er um ihr Herz geworben hat. Ja, er war ein paar Tage lang fröhlich im Zentrum von Jaumette herumgetollt, er hatte sich nichts Genaues vorgenommen, aber hatte sich sehr gewünscht, es möge eine Weile in dieser Intensität anhalten. Dummer Pinguin, der glaubt, die Erde drehe sich um seine Nase. Er stellt nicht mal den Motor ab, als er Jeanne neben der Rotbuche absetzt – Willst du ihr nicht guten Tag sagen? – Ach, ich will sie nicht stören, antwortet er gespielt gelassen. Und dieser schöne rote Baum? War das nicht auch irgendwie seiner geworden? Von ihren schönen grauen Augen im Nachbargarten geborgt, von ihm bei ihr geborgt, durch ihre Worte. Wie nennt man eine geborgte Landschaft? *Shakkei*, hatte sie gesagt. All diese Wörter. All diese Wörter, die sie überall auffischt, um ihre Geschichte, die Geschichte ihrer Musik, ihres Lebens zu basteln, oh, wie gern würde er sich wieder in ihren Wörtern wälzen. Aber leider ist er jetzt ausgeschlossen, ausgeschlossen von allem, woraus die Umgebung seiner Musikerin komponiert ist.

Auf seinem Anrufbeantworter eine Nachricht von Clotilde, die vorschlägt, ihn am Abend zu besuchen, *Lust, in die natürliche Natur deines Eckchens Welt einzutauchen. Ich kann ein leckeres Thaiessen mitbringen.* Schöne Aussicht, die Freude, sie zu sehen, kann die Seelenleere vorübergehend verbannen. Er ruft sie sofort zurück.

— Gehört zu deinem Thaiessen Reis?

— Wenn das die Bedingung ist, dass ich kommen darf, lässt sich darüber durchaus verhandeln. Willst du welchen oder nicht?

Bis sie kommt, informiert er sich im Internet über die Taliban. Was haben sie eigentlich im Kopf? Eigentlich beschäftigt ihn genau diese Frage jedes Mal, wenn er sich in die Nachrichten der Welt vertieft. Was wollen sie eigentlich? Was bewegt sie? Oft findet er als Antwort nur: Wut. Und jedes Mal fragt er sich, wie sie, die Bürger der Reichenwelt, es geschafft haben, so viele Menschen wütend zu machen. Sofern denn diese ganze Wut wirklich ihre Schuld ist.

Aber er unterbricht seine Recherchen bald. Auch wenn er ein Hör-Athlet ist, beunruhigen sie ihn, der sich für einen anständigen Kerl hielt, der an seinen universellen Glauben glaubte, er, das kleine Einzelwesen, das sich für universell hielt, ja, genau, er, Bürger der Reichenwelt, wird überall in der Welt gehasst und könnte durchaus morgen oder übermorgen irgendwo in einem Hochhaus oder einem Bahnhof eines gewaltsamen Todes sterben.

Um sich abzulenken, ist er versucht, Martha Nachtvogel zu hören, ohne der Versuchung zu erliegen – zu weit weg von seiner Stimmung. Ein Glück auch, denn Clotilde ist schon da. Sie sagt Komisch, diese ganzen Kreise festgestampfter Erde vor deinem Haus.

— Eine verrückte Krähe.

— Also eine Tänzerin.

— Wie geht es deiner Tür?, fragt er.

— Wie neu.

— Und deinem Herz?

— Wie einem alten, halbblinden, leidenden Gaul. Aber tröste es wenigstens mit einem Glas Wein, sagt sie und holt eine Flasche aus ihrer großen Tasche.
— Es gibt Wein im Haus, weißt du?
— Ich habe mich selbst eingeladen, das war schon unverschämt genug.
— Du redest wie eine Fremde.
— Mongolisch, sagt sie augenzwinkernd. Und schieb bitte dieses fremde Gericht in den Ofen.

Was sich dann zwischen ihnen entspinnt, als sie das Gespräch aufnehmen, als hätten sie es am Vortag unterbrochen, ihre Worte so nah, so genau, im aus dem Ofen dringenden Duft von Zitronengras und Koriander, begeistert seinen eigenen halbblinden Gaul. Er fragt sie zuerst nach seinem peripheren Wesen (sie bestätigt: Er war für sie immer ein randständiger Mensch), dann natürlich nach Ulan und nach den neuen Variationen ihres Gefühls für ihn. Variationen? Keine Variationen: Dafür ist das Gefühl zu ungestüm. Eine Sturmflut kennt keine Nuancen. Sie liebt ihn, sie ist verliebt, irgend so was, weil man auf die normale Sprache zurückgreifen muss, aber sie erkennt darin immer noch nichts, sie ist im Fluss, im Strom, im Blitzschlag, keine Zeit klarzusehen – Und das ist doch der Gipfel für eine Hobbyastronomin, findest du nicht? – Ist Ulan auch so überwältigt?, fragt er sie.
— Ich glaube. Aber weißt du, wir haben keine Zeit, zu bilanzieren, Haltungen zu bewerten, Gefühle aufzurechnen. Wir brennen und fertig. Kollision von Meteoren. Außerdem redet er nicht viel.
— Aber er sagt, er wolle mit Worten Chaos anrichten. Er behauptet, er sei ein Schwadroneur. Ich habe ihm erklärt, dass das nicht der richtige Ausdruck ist.
— Warst du schon in diesem Zentrum der *Quatre-Chemins*?
— Mehrmals.

— Auf mich wirkt es wie der letzte Höllenkreis.
— Da ist was dran. Genauso unorganisiert wie die Hölle.
— So eine Vorstellung ist typisch für dich. Ich sehe die Hölle eher als Nonplusultra der Organisation.
— Ich wollte damit sagen, dass in dieser Zone ...
— Zone?
— Ja, ich nenne sie Anlaufzone, dort herrscht eine seltsame Unordnung, das liegt sicher an den widersprüchlichen Interessen, die aufeinanderprallen, den sehr unterschiedlichen Persönlichkeiten, die sich dort ablösen, den vielfältigen Ursprüngen, aber das sieht man nicht gleich, weil einer, den sie Notar nennen, das Gemeinschaftsleben dirigiert, deswegen hat es den Anschein einer Bruderschaft. Das jedenfalls glaube ich aus der Ferne wahrzunehmen.
— Das ist geradezu beruhigend. Viel schlimmer wäre, wenn alles um ein großes Komplott organisiert wäre.

Das Schiffchen gleitet über den Webstuhl ihres Dialogs und webt ihre Vertrautheit, den Stoff zärtlicher Nähe, die ihrer Geschichte Halt gibt – und ihrem Leben. Er erzählt ihr von seinem Wutausbruch gegen den grässlichen Nörgler, von dem unerwarteten Vergnügen, das er ihm bereitet hat, von seiner Zuneigung zu Jeanne – Und was habt ihr da mit deinem Chef ausgeheckt? – Sei nicht böse, aber darüber darf ich nicht sprechen. Sie fragt ihn, wie er sich mit so einem kleinen Mädchen anfreunden konnte – Auch wenn sie hyperakusisch ist, lebt sie doch in einer anderen Welt, oder? Er sagt, dass sie sehr besonders ist, rührend und lustig, er sagt Wenn sie neben mir läuft, schiebt sie ihre kleine Hand in meine, ganz selbstverständlich, und das ... das haut mich um.
— Das haut dich um?
— Das rührt mich so, dass es mich aus der Bahn wirft.
— Erklär!
— Ich weiß nicht, diese Vorstellung, dass ich sie schützen

kann, dass ich das tun, das sein kann, und die Tatsache, dass sie keinen Augenblick daran zweifelt: Das ist ein gewaltiges Geschenk.

A propos Geschenk, er wird ihr eine sehr schöne Musik vorspielen, er hat nämlich eine neue Freundin, Komponistin.

— Eine neue Freundin? Noch eine? Ich begreife nicht, wie du in diesem verlorenen Weiler so viele Leute treffen kannst.

— Das ist das Zentrum der Welt, Clotilde!

Er legt die CD ein, sehr glücklich, zum ersten Mal gemeinsam mit jemandem »Bengali« zu hören, mit ihr, der lieben Freundin.

32

Gemeinsam mit jemandem »Bengali« zu hören, mit ihr, der lieben Freundin, ist ein eigenartiges Vergnügen, das von Erwartung erfüllt ist und eine besorgte Schamhaftigkeit in ihm weckt, ihn aber auch in Einklang mit der Musik bringt. Ihm wird bewusst, dass er das Stück noch tiefer versteht, als er es über den Umweg fremder Ohren wahrnimmt und versucht, zu hören, was sie hören. Eine Phrase, die mit der vorhergehenden in Dialog tritt, eine Notengruppe, die eine Frage stellt, auf die die folgende mit einer Verzögerung antwortet, eine weitere, die andeutet oder verspricht, der Schwung der Stimmen, die Reibung der Dialekte, die erstaunliche Erfindung musikalischer Idiome und die Überraschung, die immer neue Überraschung. Er lauert auf Clotildes Reaktion, als hätte er das Stück selbst geschrieben. Na?, fragt er, und als sie ihm bestätigt, dass es nichts anderem gleiche, was sie kenne, dass sie es noch einmal hören müsse, aber dass es wirklich sehr schön sei, ist er glücklich und beinahe stolz.

Sie fragt ihn nach der Komponistin, wer sie ist, wo sie arbeitet, ob sie schon Platten aufgenommen hat. Da beschließt er, ihr von Jaumette zu erzählen, ja, er stirbt geradezu vor Lust. Wenn er objektiv sein will, sagt er, ist der erste, falsche,

Eindruck der einer Spielerin, einer Verführerin, einer Koketten. Aber wenn sie über Musik spricht, ändert sich alles. Sagt sie faszinierende, tiefschürfende Dinge. Und wenn sie direkt von dem spricht, was sie schreibt, ist es noch berührender, erst recht, wenn man das Ergebnis hört, das so wunderbar ist. Clotilde nickt aufmerksam und flüstert Du sprichst von ihr mit solcher Kraft ... und voll Gefühl. Kann sein, kann sein. Dann sagt er sich, jetzt könnte er ihr seine kleine Geschichte erzählen, er kann sich ihr anvertrauen, weil sie Ulan hat, weil sie Freunde sind, weil er ziemlich verliebt ist und ziemlich unglücklich, vielleicht hat sie eine Erklärung ... Er nimmt seinen Mut zusammen und beginnt, Also, um dir alles zu sagen ... als es dreimal kräftig ans Fenster klopft. Das ist ein Witz. Clotilde sagt Deine Krähe will rein. Er rechnet damit, den Sri-Lanker mit seinem dicken gelben Hund oder einen Taliban auftauchen zu sehen, aber als er den Vorhang wegschiebt, ist es Ulan, der hinter der Scheibe komische Grimassen zieht und eine Bierflasche schwenkt. Wirr. Verwirrend. Verwirrt sind sie, Clotilde und er, als er die Tür aufmacht, und Ulan, als er Clotilde entdeckt ...
— Unser Wein ist besser als dein Bier. Trinkst du ihn mit uns aus?

Ulan brummt Unser Wein ist besser als dein Bier, klingt wie ein Bibelspruch.

Stumm heben sie die Gläser. Verlegen. Jodel spürt einen unsichtbaren Faktor im Raum, der die Chemie des Augenblicks von Grund auf ändert. Natürlich, normalerweise sind sie sehr vertraut, aber zu zweit. Zum ersten Mal sehen sie sich zu dritt, und weil ihnen die Handlungsanweisung für diese neue Konstellation fehlt, weiß keiner, wie er sich verhalten soll. Jodel nimmt die greifbare Spannung zwischen den Verliebten wahr: Ein geheimer Faden verbindet ihre Körper, und er hat das Gefühl, wenn er die Hand ausstrecken würde, würde er ihn spüren, sich vielleicht daran verbrennen. Er ist fast sicher, seit ein paar Minuten das Herz seiner Freundin schlagen zu hören.

Ulan beginnt zu reden, ohne Clotilde aus den Augen zu lassen. Um sich zu vergewissern, dass Jodel zuhört, wirft er ihm ab und zu einen kurzen Blick zu, weil sich seine Worte vordergründig an ihn richten, während er eine stumme, aber intensive Unterhaltung mit der reglosen Frau führt. Er sagt, er habe Lust gehabt zu reden. Weil ihn die Anwesenheit des Serben irritiere. Der Notar verziehe keine Miene, behaupte, nichts zu wissen, aber selbst wenn der Mann ein kleines Licht, ein Handlanger sei, sei er ein Dreckskerl. Clotilde schweigt, und Jodel fragt sich, ob sie Ulans innere Qualen schon kennt oder ob sie voller Leidenschaft der wortlosen Rede lauscht, die er an sie richtet, und den Rest gar nicht hört.

— Was hast du vor?

— Keine Ahnung. Wenn der Notar meint, er muss nicht eingreifen, bleibt mir nichts anderes übrig, als das Zentrum zu verlassen, denn ich fühle mich nicht mehr wohl.

Wieder breitet sich die Stille aus, aber voll, aber dicht, aber knisternd von ihrem stummen Dialog oder vielleicht vom geheimnisvollen Zusammenspiel ihrer Körper, er hört die Töne der Stille, Töne von Körpern, die sich suchen, wie sich zwei Insekten mit den Spitzen ihrer Fühler berühren, *Wo bist du? Wo bist du? Ich spüre dich, aber noch nicht genug, und ich dürste nach dir, komm, mein Wasser, komm, meine Welle, um mich einzuhüllen und mich im Klickern der Steinchen, die du ständig bewegst, umzuwerfen.* Wie lange schweigen sie schon? Jodel klebt förmlich in ihrer Umklammerung, und plötzlich kann er nicht mehr. Er muss den Bann brechen, denn die Einsamkeit stürzt auf ihn nieder wie Bitterkeit. Er sollte besser Jaumette anrufen. Springt plötzlich auf und schlägt ihnen vor, sich zu trennen. Stammelt Entschuldigungen, früh aufstehen, der Wein, tschüs. Durch das Fenster sieht er sie davongehen, ohne ein Wort, ohne eine Geste in Clotildes Auto steigen, als müssten sie, denkt er, für alle Ewigkeit zusammen davonfahren.

Er öffnet das Fenster, um Durchzug zu machen (stattdessen kommt die Schwüle der Nacht herein), setzt sich aufs Sofa und wählte Jaumettes Nummer. Bescheidene Art, ihre Tür einzuschlagen. Es ist besser, eine gewisse Steigerung in die Gewalt zu legen, nicht wahr, und erstmal so zu tun, als wenn nichts wäre. Sie fehlen mir, Jaumette, wird er freundlich sagen.

Dort klingelt es. Sein Herz zittert ein bisschen (Schisser). Sie nimmt ab.

— Sie fehlen mir, Jaumette.

Die Schöne ist honigsüß. Als wenn nichts wäre. Ruft er nicht zu spät an? Nicht doch, nicht doch. Er hatte plötzlich Lust, mit ihr zu sprechen, erklärt er, vielmehr sie zu hören, Jeanne hat ihm erzählt, dass sie »Sequoia« schreibt, seltsamer Titel, geheimnisvoll, was ist das, sagen Sie es mir? Da legt sie natürlich los – durchtriebener Jodel, der weiß, wie gern sie über ihre Musik spricht.

— Ich weiß, dass es verrückt klingt, aber ich würde gern musikalisch die Beziehung zwischen Stamm und Ästen erkunden, wie ich es bei der Buche gemacht habe. Wenn Sie die uralten Sequoias in Amerika betrachten, sind Sie verblüfft, wie unelegant ihr Astwerk ist. Man spürt, dass sich die Anstrengung des Baums auf den Stamm richtet, diesen mächtigen Stamm, der aus einer leicht konischen Basis wächst, auf der er solide steht und so hoch wachsen kann. Das ist ein mächtiger Baum, nicht umsonst heißt er Mammutbaum, aber er vernachlässigt sein Geäst, wenn ich so sagen kann. Wenn Sie den Kopf heben, sehen Sie, dass er ganz unregelmäßige Äste ausstreckt, ganz waagerecht, ohne Fantasie, ohne Geschmeidigkeit, wie ein Zugeständnis an die Norm: *Na gut, ich bekomme auch Äste, aber nur, weil es sein muss.* Er ist völlig anders als die Buche mit ihrem schwebenden Astwerk.

Und die Rinde! Während die eine glatter, weicher, schraffierter Frauenhaut gleicht, ist die andere rau, rot, brüchig und rissig. Die Beziehung zwischen Stamm und Astwerk beim Sequoia, die Rauheit seiner Rinde, das schreibe ich gerade.

Ist es Talent oder Wahnsinn, musikalische Inspiration in der Form eines Baumes zu finden? Wenn er nicht die perfekte Schönheit von »Bengali« kennen würde, würde er zur zweiten Option neigen. Oder liegt auch darin eine Form von Koketterie? Eine verführerische, weit von der Realität der musikalischen Arbeit entfernte Rede? Das wäre ganz ihre Art. Er fragt, ob sie die Absicht habe, eine Serie daraus zu machen, eine Serie musikalischer Bäume. Vielleicht. Oder es wird vielfältiger als nur Bäume, eine Serie, die sie einfach »Klang der Dinge« nennen wird.

Die sanfte Stimme rührt ihn. Er hatte die weichen Hebungen, den metallischen Klang der Mittelvokale, die schmachtende Dehnung der kurzen Wörter vergessen. Wie ein Gesang. Für ihn, heute Abend? Ohne es zu merken, hat er die Stimme immer weiter gesenkt und sich ihrem Flüstern angepasst. Seine eigene Stimme berauscht ihn und verbreitet, so hofft er, laszive Vibrationen, die durch die laue Nachtluft bis zu ihr gelangen. Auch sie Tiere mit Fühlern, die sich suchen.

Als er wagt, sich zu beklagen, weil er sie so lange nicht mehr gesehen hat (ein Jahrhundert), antwortet sie Wissen Sie, ich bin sehr müde. Ich kann nicht schlafen.

— Warum nicht?

— Ich weiß es nicht. Ängstlichkeit. Außerdem sind meine Lider zu dünn, glaube ich.

— Zu dünn?, wundert er sich.

— Der kleinste Lichtstrahl weckt mich. Ich bräuchte ... eine Höhle.

— Was für eine Idee! Wo würden Sie mit Jeanne hingehen, die im Skelett rumläuft, sobald ihr zu warm ist?

Sie lacht: Ach, das wissen Sie auch schon.

— Ich würde gern Ihre zu dünnen Lider, Ihre zu grauen Augen küssen. Ich stehe auch sehr früh auf.

— Nicht so früh wie ich.

— Ich könnte Sie erstaunen.

— Wie anmaßend.

— Lassen Sie mich kommen.

Zehn Sekunden Stille. Lang. War er zu direkt?

— Ich komme, sagt sie. Um zu gehen, wann ich es entscheide.

Als er zwanzig war, verursachten manche Stimmen bei ihm ähnliche Erektionen, und sie hielten ihr Versprechen.

Er lässt die Spuren der Mahlzeit verschwinden und schlägt die Sofakissen auf. Jähe Wendung. Köstlich. Erneut spürt er in sich das hohe Leben vibrieren. Das, was er wollte. Das hohe Leben – wenn sich sein Kontrollwille der Erhabenheit des Begehrens unterwirft (gewaltige Mauer aus Kalkstein, die in Zeitlupe zerfällt). Weiß sie überhaupt, wo er wohnt? Den Weiler kennt sie sicher. Aber das Haus? Er fällt auf das Sofa (die Kissen sind sofort wieder platt). Und wenn ihn die Schelmin nur abgewimmelt hat? Er springt auf, um das Außenlicht einzuschalten. Vielleicht hat ihr Jeanne das Haus gezeigt. Bei welcher Gelegenheit? Das ist nicht gerade eine Durchgangsstraße. Jetzt erstarrt er und schließt die Augen, alle Anspannung im Lauschen, um das Auto so früh wie möglich zu hören. Wenn sie kommt. Er vernimmt hunderte nächtliche Geräusche. Angefangen bei den ganzen elektrischen Geräten. Und den lauten Insekten, von denen das Haus umzingelt scheint. Und sogar die diskrete Bewegung in einem Nachbarhaus, wo man gerade ins Bett geht. Und die gestörten Träume vieler Waldtiere. Nach ein paar Minuten (einem Jahrhundert) kommt sie, nähert sich ... und hält nicht an. Aua (als wäre das Fahrzeug über seine Brust gerollt). Aber Rückwärtsgang. Motor vor seiner Tür abgestellt.

Was dann geschieht, hat sie beschlossen. Normalerweise weiß man nie, was geschehen wird, ob der Körper folgt, in welchen Gesten sich das Begehren entfalten, mit welchen Gefühlen man umarmen wird. Aber Jaumette (hatte keine Zeit, ihren Sari anzuziehen) hat beschlossen, in dieser Nacht die große Nummer abzuziehen. Pauken und Trompeten, Ausschweifung, Inbrunst, Verführung, du-wirst-sehen-was-du-sehen-wirst, das-wirst-du nicht-so-bald-vergessen, Show. Sie sitzen auf dem Sofa (er hätte sie gern sofort in sein Schlafzimmer gezogen, aber dummerweise hat er beschlossen, elegant zu sein). Genau da, oh là là, macht sie sich schamlos daran, seine Hose zu öffnen (peinlich unelegante Bewegungen des Beckens, um ihr zu helfen, sein Ding anständig – in gewisser Weise – rauszuholen), und, und, beugt sich vor, um es in den Mund zu nehmen. Daraus folgt, keine Zicken mehr, vergessen die Ironie, Misstrauen, die leichte Distanz zu dieser Situation, der geistige Sari – das Verschlingen lässt ihn aufstöhnen, und was für ein Talent, sie nimmt ihn so gekonnt zwischen ihre fleischigen Lippen (fleischig? er weiß es nicht mehr, reines Gefühl), ihre Zunge in ihrer brennenden Mundhöhle berauscht ihn, das Saugen zieht ihn, zieht die Lust nach oben, o Musikerin meines Gliedes, sie spielt mit seinem Instrument wie mit einer Engelsflöte, und er, armseliger Mann, lässt sich mitreißen ins Reich der Engel (diese furchtbare Neigung zu verfehlten Bildern).

Aber das dauert nicht lange. Teuflisch die Frau, die ihn in sein Schlafzimmer führt (er hat noch Zeit sich zu fragen *Mit welchem Genie hat ihr Radar das Schlafzimmer entdeckt, in dem sie noch nie war?*), Frau, die sich über ihn hockt, ohne dass die kleinste Parzelle ihrer Haut ihn berührt, Beine gespreizt, Geschlecht geöffnet, die Blütenblätter, das Schamhaar, die Säfte, alles in Blickweite, aber ohne Berührung bis, langsames Hineinschieben seines Penis, Geräusch feuchter Küsse, oh, wie endlos sie vorgeht, wie sie sich Millimeter für

Millimeter penetriert, wie sie ihn zwingt zu stöhnen, *Mein armer kleiner Kater*, sagen ihre Augen, *ich verschlinge dich, ich ertränke dich, ich perle dich, ich luste dich, ich beglücke dich, ich durchwühle dich*, und es schwankt die Schöne, es schwankt Jodel wie ein Schiff unter dem spielerischen Passatwind, schwanken so sehr, dass sie zusammen kentern. Oh là là.

— Apropos reisende Spezies, sagt Marc am nächsten Tag, hatte ich dir eigentlich die Geschichte des *bufo marinus* zu Ende erzählt?

33

— Apropos reisende Spezies, sagt Marc am nächsten Tag, hatte ich dir eigentlich die Geschichte des *bufo marinus* zu Ende erzählt?

— Hattest du überhaupt damit angefangen? Dieser *marinus* sagt mir nichts.

— Die Riesenkröten.

— Ach ja.

— Sie werden für ihren Imperialismus womöglich bestraft.

— Gibt es Aufruhr bei den Einheimischen?

— Nein. Stell dir vor, da sie verrückt nach Gebieten sind, die sie erobern können, haben sie in Australien angefangen zu mutieren, damit sie schneller vorankommen. Ihre Hinterbeine sind länger geworden. Aber die Natur macht auch Pfusch: Bei einem Zehntel von ihnen hat die Veränderung bereits zu Anomalien in den Wirbeln geführt, durch die sie durchaus langsamer oder schwächer werden könnten.

— Gut gemacht.

— Finde ich auch. Du siehst so müde aus! Fröhlich, aber müde. Was machst du gerade abends?

— Ich leide an Einschlaflosigkeit, lügt er.

— So früh, wie du aufstehst, bleibt dir tatsächlich nicht mehr viel Zeit zum Schlafen. Aber ich bin eigentlich gekommen, um dir was anderes zu erzählen. Erinnerst du dich an den Fall Irène Gaspard?

— Und ob!

— Also, Grimaldi dankt dir, durch deine Hinweise und die Arbeit ausgezeichneter Ermittler haben sie die Geschichte aufgeklärt.

— Ist das Kind gefunden worden?

— Tot.

— Wie schrecklich!

— Es ist genau einen Tag vor dem Zugriff gestorben. Hirnhautentzündung. Da ist dann alles zu spät. Aber die Gauner haben weiter Druck auf die Eltern ausgeübt, als wenn nichts wäre. Sie hatten zwar das Objekt der Verhandlungen verloren und waren damit in einer schwierigen Situation, aber sie haben sich gesagt, wenigstens das Geld kriegen, um abzuhauen.

Ach, wie lang hatte ihn das trostlose Leben nicht mehr gepackt. Er muss sich also dieses Elend anhören. Marc erklärt, dass sie die Bande dank der Hähne geschnappt haben: In Zusammenarbeit mit Polizisten, die mehreren Veranstaltern von Hahnenkämpfen auf der Spur waren, haben sie ein Netz von Männern aus Sierra Leone ausgehoben, eine Razzia in deren Versteck durchgeführt und das tote Kind gefunden. Und Tonio.

— Auch aus Sierra Leone? Er hatte keinen Akzent.

— Nein, er ist Franzose. Aber er hat eine ganze Weile dort gelebt. Er hat Diamanten geschmuggelt, dann, während des Krieges, hat er mitgeholfen, Kindersoldaten zu rekrutieren. Wirklich ein widerlicher Typ.

— Von der Spezies, die reist und massakriert.

— Da hat er sich wohl angewöhnt, Kinder als Einkommensquelle anzusehen.

— Und warum war Irène für den Kontakt mit den Eltern zuständig?
— Weil er mit internationalem Haftbefehl gesucht wurde. Jemand anderes musste für ihn verhandeln. Warum Irène? Weiß man nicht so genau. Ein Deal zwischen den beiden, wahrscheinlich hatte Irène Schulden. Sie hatte ihrem Zuhälter kurz zuvor viel Geld gezahlt, um vom Strich wegzukommen. Vielleicht ein Vorschuss von Tonio auf die Entführungssache?

Trostlos, trostlos. Die Geschichte trübt seinen Vormittag. Er denkt unablässig daran. Er hätte das Kind so gern gerettet gesehen. Gleichzeitig wird ihm vor dem Hintergrund der Serbengeschichte bewusst, dass er die Motivation von Tonio und Irène in gewisser Weise nachvollziehen kann: Die Verlockung des Geldes, das kennt man, auch Egoismus, Gleichgültigkeit und sogar das Ausbleiben moralischer Reflexe. Die von dem Serben begangenen Abscheulichkeiten, von denen Ulan ihm erzählt hat, gehören dagegen einer anderen Kategorie an. Den eigentlichen Beginn des Prozesses zu identifizieren, der zu Genoziden, Massenverbrechen, einem so umfassenden Hass führt, ist viel schwieriger. Ja, im Grunde ist es das: Wenn man den inneren Weg der Übeltäter nachvollzieht, weil es genügt, in sich selbst zu lesen und das Gefundene zu steigern, ist die Welt lesbarer, grausamer, aber relativ rational (Zélies Lächeln). Sie schmerzt in den Ohren, ist aber noch nicht das Chaos. Der Gangster, mein Bruder. Während der Barbar einen Abgrund für Herz und Geist öffnet.

Seine Grübeleien trösten ihn nicht über den Tod des Kindes hinweg.

Um kurz nach fünfzehn Uhr ist er zu Hause. Der Sri-Lanker hat ihn vor dem Labor erwartet und ihm gesagt, Ulan hätte gern, dass er am Abend vorbeikommt. Indisches Telefon. Der gelbe Hund hat ihm die Hand geleckt, alter Freund, halbe Freud. Er legt sich mit dem verwirrenden Eindruck zur Siesta, dass die Hitze seit dem Vortag noch zugenommen hat. Das sich nähernde Gewitter wird diesmal kein Frühlingsschauer sein. Der Vorhang aus weißem Tuch (Zélie) flattert wollüstig im Raum, atmet ein, atmet aus, atmet ein ... Ruhe. Er schiebt ihn zur Seite, um das Schauspiel zu genießen. Der Himmel bezieht sich mit Wolken unterschiedlicher Höhe und Beschaffenheit, hoch oben entfalten sich breiter gezogene graue, während auf halber Höhe kleine pausbäckige, milchweiße kompakte herumbummeln. Sie kommen (aber woher?, würde Jeanne fragen) und fressen nach und nach das Blau, während sie am Horizont noch einen Moment lang den goldenen Widerschein der bereits versteckten Sonne zurückhalten. Jodel spitzt die Ohren (wie die Schwerhörigen, würde Jeanne protestieren), um das Klatschen der ersten Tropfen nicht zu verpassen. Sie lassen auf sich warten. In der großen Esche links Elsternkampf. Kreischend wie die Marktweiber streiten sie sich um ein Nest oder einen Platz (vielleicht eine Opernkarte, deshalb ihre Abendgarderobe, hätte Jeanne womöglich bemerkt). Aber Jeanne wird nicht kommen, wenn es regnet. Endlich hört er das Prasseln des Regens auf dem Dach und dem Boden. Wirbelndes Wiegenlied.

Als er aufwacht, ist das Gewitter nicht schwächer geworden. Jeanne wird zu Hause bleiben. Er trödelt ein wenig im Bett. Jaumette hat sich vergangene Nacht wie eine Spitzbübin verdrückt. Sich bloß nicht zu sehr exponieren. Vielleicht. Ballast ablassen (oh, pikanter Ballast), aber nicht loslassen, sich wieder zurücknehmen, sobald man sich hingibt, gehen, wenn man gekommen ist. Wobei, *sich hingeben* ... sie hat eher gegeben. Flüchtige Visionen. Köstliche. Der herrliche Gesang ihrer Lust. Kaum vorstellbar, wie man sich eines Tages daran gewöhnen könnte. Und doch gewöhnt man sich daran. Sie sollte aufpassen, anstatt mit ihm zu spielen. Es gibt kein noch so begehrenswertes Wesen, dessen man nicht überdrüssig wird. Eines schönen Abends, gegen Ende, als Zélie keinen Sex mehr wollte, hat sie gesagt *Entschuldige, aber ich habe den Kopf woanders.* Den Kopf? Aber ja. *Cosa mentale.*

Während er zu Abend isst, klopft es beharrlich gegen die Scheibe. Allmählich wird das zur Gewohnheit. Sein Weiler ist wirklich ein Zentrum – eine Drehscheibe gewissermaßen. Als er nachschauen geht, wer der neue Eindringling ist, niemand. Neues Klopfen. Er schaut genauer hin. Eine Krähe pickt mit dem Schnabel gegen die Scheibe. Sicherlich die Sufikrähe. Er ist ein wenig ratlos. Soll er den Gesetzen der Gastfreundschaft folgen und sie hereinlassen? Vielleicht fürchtet sie das Wasser. Wie Ulan eines Abends. Aber diese Krähe hier ist irre. Er macht eine Handbewegung, um sie zu verscheuchen. Starrer und wütender (wütender?) Blick des Vogels. Er beschließt, sie zu ignorieren.

Im Regen sind die *Quatre-Chemins* noch trostloser. Grau in Grau. Er verfährt sich, weil er zwischen den Gebäudekästen zu früh abbiegt. Die Landstraße macht plötzlich einen Knick nach rechts, und in Nullkommanichts befindet er sich außerhalb der Zone vor einem kleinen Haus, das aussieht wie ein Bauernhaus. Der erstaunliche Gegensatz zur Umgebung macht es beunruhigend: Einen Augenblick lang hat Jodel den Eindruck, im Raum-Zeit-Kontinuum habe sich etwas verschoben und er sei in eine lang zurückliegende Epoche katapultiert worden. Umkehren, aber fix.

Als er den leeren großen Raum betritt, verstärkt sich sein Gefühl der Fremdheit noch: Die Stille, die bisher von all dem diskreten, sich dort kreuzenden Leben rauschte, ist jetzt die eines Grabes. Ulan kommt ihm entgegen. Seine Schritte hallen auf dem Betonboden.

— Merkwürdig, sagt Jodel, es sind viel weniger Leute da.

— Ja. Seit drei Tagen kommen für alle, die gehen, keine neuen. Hier sind nur noch die Langzeitbewohner wie ich.

— Akzeptiert der Notar keinen mehr?
— Er hat nur den Burschen da aufgenommen. Einen Iraker.
— Hi, sagt Lord Jim und schüttelt ihm die Hand. Erschreckend, no?
— Ausgestorben wie der Grand Canyon.
— Nur noch die fanatischen Muslime und ... our problem. Weißt du immer noch nichts über ihn?, fragt er Ulan.
— Nichts genaues.
— It's stinking. I suppose I should go.

Ulan führt Jodel in sein Zimmer und sagt Und wenn ich Grimaldi davon erzählen würde?
— Wovon? Von der Zone?
— Von dem Serben.
— Aber ich dachte, eure Anwesenheit hier sei völlig geheim.
— Unwahrscheinlich, dass Grimaldi nichts von der Zone weiß.
— Glaubst du?
— Weißt du, mein Guter, Typen wie Grimaldi haben ihre Fühler und Augen überall, wie Fliegen.
— Ich glaube nicht, dass Fliegen Fühler haben.
— Lord Jim ist genauso entsetzt. Aber auf ihn hört erst recht niemand.
— Warum?
— Ich weiß nicht. Keinerlei Ansehen in der Zone. Na, hier hört sowieso niemand niemandem zu. Jeder hat eine andere Geschichte, andere Probleme, andere Pläne. Heute Morgen zum Beispiel habe ich noch mit Ismail geschwatzt und gedacht, dass ich ihn lustig finde, aber im Grunde verstehe ich nicht, was er will und warum er es will.
— Das hast du mir nie gesagt. Ich hatte den Eindruck, ich sei der einzige Blödmann, der sich über die Reden der Exemplare wundert.
— Na ja ... Aber du verstehst nichts, weil du noch glaubst, du könntest alles durch das Gesetz des Interesses erklären.

Das ist das Problem der Reichenwelt: Ihr denkt, alle anderen seien wie ihr, sie würden von Interesse angetrieben.

— Dabei?

— Dabei folgt ein großer Teil der Bevölkerung des Planeten zunächst seinen Leidenschaften: Neid, Ressentiment und Angst vor der Angst.

— Und der Serbe?

— Ach, der ... Der gehört wirklich zu uns.

— Ein *Barbar*?

— Ja, man kann sagen, ein Barbar. Okay, pass auf, ich hatte dich gebeten zu kommen, weil ich etwas für Clotilde gekauft habe, aber ich kann es nicht transportieren. Ich hatte gedacht, du könntest es mitnehmen und ihr in den nächsten Tagen vorbeibringen. Damit würdest du mir wirklich einen Gefallen tun.

Er deutet auf ein gewaltiges flaches Paket, das an der Wand lehnt.

— Tut es dein Pferd nicht? Und was ist das – oder bin ich zu indiskret?

Ulan reißt das Papier auf, das den Gegenstand umhüllt. Blaues Holz, plastisch herausgearbeitete Motive, Beschläge, zwei Angeln ...

— Sag mir nicht ..., flüstert Jodel. Sag mir nicht, dass das ...

— Doch. Warum, weißt du Bescheid?

— Kommt die aus Indien? Aber sie hat doch nicht die Größe ihrer Wohnungstür.

— Ich weiß. Man kann sie für einen Wandschrank oder sowas verwenden. Ein Augenzwinkern ... Hübsch, nicht? Mit dem Geld von Grimaldi.

Jodel sagt sich, dass sie Jaumette sicher gefallen würde.

— Aber es tut mir leid, dass ich dich umsonst habe kommen lassen, fügt Ulan hinzu. Als ich mit dem Sri-Lanker gesprochen habe, war schönes Wetter. Jetzt regnet es zu stark, um die Tür auf dein Auto zu packen.

— Es regnet nicht mehr.
— Ach ja? Woher weißt du das?
— Man hört nichts mehr.

Tatsächlich hat der Regen aufgehört.

— Schamane! Du hast auch verdammt gute Ohren. Dann können wir vielleicht ... vielleicht kannst du mich jetzt gleich damit zu ihr bringen?

Eines Tages wird er nicht mehr da sein. Eines Tages wird Jodel wieder anfangen können, jeden Tag mit den Hühnern schlafen zu gehen. Er will gerade einwilligen, als er ganz nah ein Donnergrollen hört.

— Das ist nicht vernünftig, der Regen fängt gleich wieder an, sagt er. Wenn du willst, komme ich morgen Abend wieder oder irgendwann, sobald die Gewitter vorbei sind, und dann transportiere ich dein Geschenk.
— Gut. Aber bleib noch ein bisschen, ich hab gutes Bier da.

Er führt ihn in einen weiter hinten gelegenen Raum, wo ein alter lauter Kühlschrank zittert.

34

Er führt ihn in einen weiter hinten gelegenen Raum, wo ein alter lauter Kühlschrank zittert.

— Das Geld von Grimaldi ist nur ein Heufeuer, sagt Ulan, aber es ist gut so.

— Strohfeuer, ist nur ein Strohfeuer.

Als sie wieder im Zimmer sind, gießt Ulan ein paar Tropfen Bier in einen Kronkorken, vor den er seine Maus setzt. Sie trinkt rasch, dann beginnt sie zu tänzeln. Plötzlich unterbricht Jodel die Stille, indem er in die Hände klatscht.

— Verdammt!

— Was?

— Ich habe eine Idee, ich habe eine gute Idee.

— In Bezug auf was?

— Auf den Serben, flüstert Jodel.

— Schieß los. Hm, nein, gehen wir lieber raus. Die Wände haben vielleicht Ohren.

Der Donner ist näher gekommen. Die Luft ist so dunkel, dass sie kaum ihre Umrisse erkennen, während sie zwischen den Gebäuden umherschlendern. Schrittgeräusche in den Pfützen. Die Stimmen hallen wie unter einem Wattedeckel.

— Also ... Die erste Etappe wäre etwas kompliziert, aber ... Meine Idee erspart dir, Grimaldi einzuschalten ... Wenn der Serbe ein Mann aus der ersten Reihe wäre – wie nennst du ihn nochmal?
— Batic.
— Wenn er wirklich Batic ist, dann finde ich ganz sicher Aufnahmen, Anführer reden, sie sagen was, im Fernsehen, im Radio, da kann ich suchen.
— Augenblick mal, wendet Ulan ein, bestimmt hat er sein Aussehen geändert, die Frisur, das Äußere eben. Mindestens.
— Natürlich. Aber ich verfüge über eine beachtliche Audiothek: Ich habe nicht alle Klänge der Welt, aber fast. Ich kann also Tonaufzeichnungen finden, ganz sicher gibt es welche. Und eine Stimme kann man nur schwer verstellen. Ich könnte also vergleichen. Das bedeutet allerdings, dass du mir eine Aufnahme von der Stimme deines ... Nachbarn beschaffen musst.
— Phantastisch! Das wäre der Beweis, den wir brauchen.
— Äh, sagen wir, es wäre ziemlich sicher. Stimmerkennung ist nicht absolut verlässlich (kleiner Gedanke an Marcel & Raymond), jedenfalls kann man beim Hören nichts garantieren. Aber über meine Stimmanalyse-Software bekomme ich trotzdem recht belastbare Annahmen.
— Perfekt, perfekt, ich sag es dem Notar, und dann schmeißen wir den Dreckskerl raus. Oder ich gehe. Lässt sich dein Ding da schnell erledigen?
— Ja, sobald du mir eine Aufnahme lieferst.
— Ich habe nichts zum Aufnehmen.

Sie kommen überein, dass Ulan im Laufe des nächsten Vormittags beim Sri-Lanker vorbeigeht; Jodel wird ihm früh ein unauffälliges Aufnahmegerät gegeben haben. Sobald er über die Aufnahme verfügt, macht er sich an die Arbeit, ja, das lässt sich schnell erledigen.

Als Barbe um acht Uhr sein Büro betritt, ruft sie Oje, Monsieur Paquinseul, Sie sehen aber müde aus! Geht's Ihnen gut?

— Ja, danke.

— Unten steht ein komischer Kerl mit einem Hund, der Sie sprechen will.

— Ich geh runter.

Das Erstaunlichste an diesen Freunden ist, wie schnell sie miteinander kommunizieren. Während Jodel eilig das Aufnahmegerät vorbereitet, das er dem Boten übergeben soll, zeigt Barbe ihm eine Zeitung und sagt Erinnern Sie sich an unser Gespräch neulich mit Marc und Jérôme, ob wir auf die Katastrophe zusteuern würden und all das?

— Ja, sehr gut.

— Stellen Sie sich vor, hier in diesem Artikel (sie wedelt mit der Zeitung) steht, dass sie in London ein Katastrophenbüro aufgemacht haben. Nein, wirklich, stellen Sie sich das mal vor! Ein Katastrophenbüro, in dem sie alles berechnen, was an Schlimmstem kommen kann, Wirbelstürme und Terroristen, die Vogelgrippe, die bakteriologische Angriffe, alles.

— Sind das Astrologen?

— Nein, machen Sie keine Witze. Das sind Wirtschaftsfachleute. Sie berechnen und geben finanzielle Schätzungen der Katastrophen ab, damit die Leute das in ihre Planungsbudgets einrechnen können. Das ist deren Arbeit.

Der Sri-Lanker erwartet ihn auf der anderen Seite der Sackgasse: Barbe hat ihn nicht hereingebeten.

— Ich hoffe, Ulan weiß, wie das funktioniert, sagt Jodel. Erklär ihm einfach, dass er zum Aufnehmen auf die beiden Knöpfe hier gleichzeitig drücken muss. Wenn es läuft, leuchtet es hier. Das ist alles.

Der Mann setzt ein Idiotengesicht auf und stammelt mit konfusen Gesten Ich nicht verstehen. Jodel gibt ihm einen

Klaps auf die Schulter. Sofort fletscht der Hund knurrend die Zähne.

— Ich ihm nicht wehtun wollen, ruft Jodel gespreizt, ich lieb lieb.

Als er im Büro zurück ist, vergewissert er sich, dass das neue *Dringend*-Päckchen gar nicht so dringend ist, und vertieft sich ins Archiv. Er muss Aufnahmen von Batic finden, die ihm erlauben, seine Stimme zu analysieren. Es geht schnell: Natürlich hat Batic sich häufig geäußert. Und wie! Großserbien, nationale Identität, Territoriale Unversehrtheit ...

Im Netz stößt er auf mehrere Links, die ihn zu Dokumentarfilmen über die Massaker von Srebrenica und im Krankenhaus von Vukovar und über das Lager von Prijedor führen, auch zu Verhandlungsprotokollen des Internationalen Strafgerichtshofs, der für jeden einzelnen Fall zu definieren versucht, ob es sich um Völkermord oder den Beginn von Völkermord, um ein Verbrechen gegen die Menschlichkeit oder um ein Kriegsverbrechen handelt. Es gab Verfolgungen, Ausrottung, eine Politik ethnischer Säuberung, Morde, Deportationen, unmenschliche Taten – wie viele Tote, Zehntausende, ein paar Tausend? Er entdeckt sogar eine Website, *Finding Batic*, auf der alle Informationen über den Serben aufgeführt werden, zusammengestellt von einem *Balkan Ghost*, und mehrere Vereinigungen vergewaltigter Frauen, die Zeugnis ablegen und Gerechtigkeit fordern ... Sehr schnell, nach einer Stunde, sagt er sich Ich will das nicht hören, ich will das nicht hören. Aber wer hat die Wahl?

Wie so oft, wenn die Heimsuchung besonders grausam ist, sucht er Trost bei Marc, auch wenn er sich diesmal nicht aussprechen kann – wie sollte er sein Interesse an Batic rechtfertigen?

— Du siehst niedergeschlagen aus, lieber Marc. Sorgen?

— 48 Prozent der Primaten sind vom Aussterben bedroht.

Würde dich das nicht deprimieren? Abgesehen davon habe ich Sorgen mit meiner Partnerin. Ich glaube, ich muss mich trennen. Aber ich will dich nicht mit meinem Privatleben belasten.

— Du belastest mich nicht, im Gegenteil, ich finde es schade, dass wir nie über Privates reden.

— Männer reden selten über ihre persönlichen Angelegenheiten, ich weiß nicht warum. Abgesehen davon ist das übrigens kaum eine private Frage. Wobei ... es wird zwangsläufig dazu, aber das Problem ist allgemeiner. Wir haben eine schwerwiegende ideologische Meinungsverschiedenheit. Komplottparanoia, flüstert er.

— Donnerwetter!

— Ich habe sie vor zwei Monaten bei einem tollen Vortrag kennengelernt, der lautete: ›Mit Volldampf zum sechsten Massenaussterben‹.

— Warum *sechsten*?

— Weil es vorher schon fünf gab, darunter das der Dinosaurier – von dem hast du schon gehört, oder? Anfangs hatte ich den Eindruck, wir hätten dieselbe Einschätzung, eine recht radikale Vorstellung von der Lage des Planeten, das gefiel mir sehr. Aber im Laufe der Wochen habe ich begriffen, dass sie die Welt wie ein riesiges Spinnennetz sieht, in dem die Interessen *einiger* – bei ihrem *einige* läuft es mir kalt den Rücken runter – weltweit Handel und Wandel steuern. Ihrer Ansicht nach ist alles miteinander verbunden, wenn man an einem Faden zieht, folgt alles oder könnte alles folgen: die Agrar- und Ernährungsindustrie, die Regierungen, die Börse, die CIA, die Medien, na ja, also alle im Komplott vereint. Du kannst dir vorstellen, wie weit wir da kommen ...

— O ja. Bei allen Verschwörungstheoretikern findet man am Ende dieselben angeblich Verantwortlichen.

— Als sie mir gestern gesagt hat, sie sei jetzt überzeugt, dass das Attentat im Bahnhof von Palion von den Geheimdiensten organisiert worden sei, um die Antiterrorgesetze durchzubringen, die die demokratischen Freiheiten einschränken, habe ich endgültig den Mut verloren. Ja, ich geb's auf.

Als Jodel Marcs Büro verlässt, denkt er an Jaumette. Sie sehen. Sie berühren. Das wäre so köstlich. Vor den Toiletten bremsen ihn die kristallinen Klänge einer Pisserin. Bezauberndes Klingeln der Flüssigkeit auf dem Porzellan. Bezaubernd nur, wenn es eine Frau ist – aber er ist sich fast sicher: Pissoir bei den Männern, ganz anderes Geräusch, heftiger, größere Fallhöhe, Tendenz Wasserfall. Seltsam, wie die Vorstellung, dass es sich um eine Frau handelt, den Klang zauberhaft macht (köstlicher Raub ihrer Intimität), während die Geräusche eines Mannes ihm überhaupt nicht bezaubernd erscheinen würden. *Cosa mentale.* Wahrscheinlich wird ihn Jaumette lange an der Nase herumführen. Wahrscheinlich wird er sich abhärten oder aufgeben müssen. Als er wieder in seinem Büro ist, schickt er ihr eine kurze Mail, als Versuch. *Sie fehlen mir* hat bereits seine Wirkungslosigkeit gezeigt. Er probiert es mit *Wann kann ich »Kairos« hören?* Schon raffinierter. Nur als Versuch.

Dann macht er sich wieder an das, was er lieber nicht hören würde. In einem Dokumentarfilm sieht er Batic von Nahem. Überhaupt nicht dasselbe Gesicht wie der Besucher in der Anlaufzone. Das beweist nichts. Der Besucher hat einen Bart und langes, dichtes Haar. Bequeme Tarnung. In einem Propagandafilm hält Batic eine Rede vor einer Menschenmenge. Es ist kein sehr natürlicher Tonfall, aber da lassen sich sicher interessante Sachen rausziehen. Jodel kopiert zehn Minuten in den Rechner und beginnt mit der Stimmanalyse. Der grüne Bildschirm zeigt die roten Ausschläge des digitalisierten Tonsignals. Die Analyse wird nicht so einfach werden: Ist zum Beispiel die Fülle an hohen Frequenzen, die das Spektrogramm offenbart, ein Effekt der serbischen Sprache oder ein persönliches Charakteristikum? Und so weiter. Trotzdem kommt er voran. Das interessanteste Element: ein gewisses Näseln, das wahrscheinlich von einer Nebenhöhlendeformierung kommt. Schon mal was.

Bevor er geht, sieht er nach: Keine Antwort von Jaumette. Nicht dumm die Frau: Indem sie sich rar macht, hofft sie, Besessenheit zu erzeugen. Aber Zuneigung wird sie nicht bekommen. Also schlafen. Während der Siesta (jedem sein Schäfchen) fasst er seine Fabel zusammen (Ichräumauf im Leben): *Er war an einem Punkt angelangt, an dem er sich beträchtlich langweilte. Er hatte eine Freundin, die er sehr gern hatte, aber nicht mehr so recht begehrte. Er ging ins Labor arbeiten und litt darunter, Tag für Tag den Widerhall des Elends der Welt hinzunehmen. Er glaubte, ein Wasserschleier habe sich vor seine Augen gelegt. Er fühlte sich sehr alt. Dann zwei Wunder: Jeanne kommt angerannt, und das Gewitter setzt Ulan vor seiner Tür ab. Er hätte die Chancen vorüberziehen lassen können. Hätte er? Seit dieser Zeit wird sein Weiler zu einem Zentrum – für ihn und für ein paar andere. Hier läuft die Welt zusammen, provoziert ihn unaufhörlich und regt ihn an, sich umzusehen. Er lässt die Provokation nicht vorüberziehen.* Genau das.

Als Jeanne kommt, erklärt sie ohne Umschweife Hör mal, so geht das nicht weiter. Du hattest mir die Große Stille, die Leere versprochen. Ich verstehe, dass du keinen kleinen Skaphander findest, aber was soll das? Hältst du dein Wort nicht?

— Ich hatte dich gewarnt. Ich habe die Hoffnung nicht aufgegeben, dich mit der Stille bekannt zu machen, aber das ist eine unglaublich schwierige Angelegenheit. Wir sind verloren inmitten der Geräusche, überall, ständig, es knurrt, es stürmt, es zischt, es greint, es rauscht, es ...

— Aber das macht die Welt doch wirklich lustig, oder?

— Nicht nur, finde ich. Aber siehst du, um eine schalldichte Blase zu schaffen, muss man ziemlichen Aufwand treiben.

Selbst in meinem Büro, im Labor, schleichen sich haufenweise kleine Geräusche ein, wie das Schnurren der Computer oder die entfernten Rohre in den Wänden ... Sobald sich eine Gelegenheit bietet, lass ich dich teilhaben, ganz sicher. Wenn du magst, kann ich heute immerhin versuchen, dich verschiedene stille Töne hören zu lassen.

— Was ist das?

— Töne, die du vor lauter Hören nicht mehr hörst.

— Seltsam ... Sehr sehr sehr seltsam.

In dem Städtchen, wo sie spazieren gehen, zeigt er ihr die Sackgasse mit seinem Labor, dann stellt er ihr den Sri-Lanker vor.

— Das ist ein Freund. Aber es gibt Tage, an denen er nicht mehr so gut sprechen kann.

— Du übertreibst, Kumpel, sagt der Mann. Heute spreche ich wie eine Maschinenpistole.

— Eine Maschinenpistole?, fragt Jeanne.

— Schnell und viel.

— Aha. Und der dicke Hund da?, fragt sie noch.

— Redet nicht, sagt der Sri-Lanker. Aber beißt. Die Bösen.

— Sri-Lankesien ist weit weg, oder?

— Sri-Lanka. Ja und nein, sagt der Typ.

Dann geht Jodel mit ihr eine Mandelmilch trinken.

— Es heißt *Les Oiseaux*. Hübscher Name, nicht? Ich esse hier jeden Tag. Was hörst du?, fragt er sie.

— Es ist unheimlich ruhig. Nichts.

— Das Schnurren da hinten?

— Ach ja. Ein Kühlschrank. Und eine Maschine, vielleicht eine Spülmaschine, aber weiter weg.

— Siehst du, die hast du zunächst nicht gehört.

— Nein.

— Zu vertraut. Das sind die ersten stillen Töne, auf die ich dich hinweisen wollte. Weil du mit ihnen lebst, hörst du sie nicht mehr, dabei sind sie durchaus da. Weißt du noch?

Die Gewohnheit radiert die Geräusche aus. Und die Vorstellungen.

Sie trinkt in winzigen Schlucken, wie die Maus. Er ist sehr froh, dass sie ihn nicht darauf hingewiesen hat, dass *stiller Ton* ein Oxymoron ist, denn er wäre in Ohnmacht gefallen, ganz sicher.

In der ruhigen Straße am Rand des Städtchens fragt er sie erneut, was sie hört.

— Na, Autolärm natürlich.

— Hörst du den wirklich?

— Äh... Vielleicht sind es keine Autos.

— Was hörst du?

— Jetzt, wo du es sagst ... Es ist ein Motorengeräusch, aber ein bisschen speziell.

— Ein Baustellenfahrzeug. Weißt du, diese dicken Maschinen, die graben. Noch ein stiller Ton: Da du dir sicher warst, Autos zu hören, hast du nicht gemerkt, dass der Klang neu und ein bisschen anders ist. Wenn du erwartest, etwas zu hören, nimmst du das Neue daran nicht wahr. Es ist verborgen von dem, was du zu hören glaubst. Verstehst du?

— Vielleicht.

— Vergiss nicht: Was du bereits in den Ohren hast, verbirgt das Neue oder hindert dich sogar daran, es wahrzunehmen. Nächstes Mal lasse ich dich andere hören, andere Töne der Stille, du wirst sehen.

— Ich werde nicht sehen, ich werde hören. Weißt du was, du bist mein Wohlwoller.

— Das Wort gibt es nicht.

— Es ist ein Wort, das fehlt.

Abends ist er vor den Hühnern im Bett, und bis zum frühen Morgen träumt er von Gemetzeln.

35

Bis zum frühen Morgen träumt er von Gemetzeln, folgt ein Massaker auf das andere ... Nacht der Schatten, der Monster, des Gebrülls. Doch schon vor Tagesanbruch ist er ziemlich munter und fühlt sich kräftig genug, den Tag fröhlich zu durchqueren. Vielleicht hat er recht mit der Annahme, dass Träume dazu da sind, die Ängste des Tages auszutreiben. Um halb sechs, als er gerade losfahren will, vibriert plötzlich sein Telefon. Wer könnte ihn wohl um diese Zeit anrufen?

— Ich wollte mal sehen, ob Sie heute Morgen wirklich so früh aufgestanden sind, wie Sie behaupten, säuselt Jaumette. (Sie wird Jeanne wecken, ganz sicher.)

— Was für eine Freude! Sie also auch? Sie haben an mich gedacht?

— Schlaflosigkeit.

— Manchmal verursache ich Schlaflosigkeit. Die Freude ... Die Erregung ...

— Wie anmaßend.

— Das sagten Sie schon. Und ich habe Ihnen bewiesen ... gar nicht so sehr.

Er ist nicht besonders glücklich über den frivolen Ton, den ihre Gespräche angenommen haben, aber daran ist Jaumette schuld: Weil sie mit ihm spielt, zwingt sie ihn, sich zu schützen, um eine gute Figur zu machen, also halbwegs unbekümmert zu wirken. Dadurch wird er es tatsächlich.

— Sie wollen also »Kairos« hören?

— Das würde ich sehr gern.

— Sofort?

— Nicht bei Ihnen! (Bloß nicht Jeanne wecken!)

— Ich komme vorbei, wenn Sie wollen.

In Gedanken organisiert er seinen Tagesablauf neu, ja, das könnte gehen. Er stimmt zu. Die Logik dieser Frau bleibt für ihn endgültig undurchdringlich. Sie lässt ihn warten, kommt, wenn er nicht mehr damit rechnet, scherzt: Sie spielt. Mit seinem Begehren. Das ist ein Fehler. Irgendwann dieser Tage, wenn er ein bisschen stabiler geworden ist oder durchtrieben wird (imstande, seine List anzuwenden), wird er die Musikerin auf Distanz halten, dann wird sie schon sehen, wird sie auch ein paar Warteschleifen fliegen müssen. (Prahlerei. Aber wer weiß?)

Die Schöne kommt, im Strahlenkranz der aufgehenden Sonne. In Jeans. Nicht, dass er besonders auf Jeans steht, aber. Besser so. Ihre Augen sind leicht von Schlaflosigkeit geschwollen, reizend, er mag diese neue Zartheit, ihre schlummernde Schönheit.

Das Hören von »Kairos« ist ein wunderbarer Moment. Das sehr kurze Stück ist eine sehr sparsame, von Stille durchbrochene Zeichnung. Ein Cello spielt eine ernste Melodie, unterbrochen von bewegenden Pausen und von den gedämpften Tönen eines Saxophons, das Melancholieblasen in den Gesang pustet. Dann erneute Exposition des Cellothemas, bevor nach einigen kurzen Minuten die Musik abbricht. Jodel raubt es den Atem.

Sie sagt leise Ich hatte »Bengali« gegen Ihren Geschmack

vollendet. »Kairos« habe ich für Sie unvollendet gelassen. Sie errötet.

Er ist sehr gerührt. Er würde ihr gern sagen *Sobald ich Ihre Musik höre, bin ich leidenschaftlich in Sie verliebt.* Aber er schweigt lieber. Er flüstert Noch einmal bitte. Und die Musik erfüllt erneut das Wohnzimmer. Und die Welt erstrahlt. Und ihr Rumoren verschwindet für einen Moment hinter der Schönheit von »Kairos«. Und der Zuhörer fühlt sich sehr glücklich.

Als Jaumette losfährt (sie muss Jeanne wecken, und sie möchte sich gern an ein neues Werk machen: »Loblied der Penetration«), streift er ihre Wange und sagt Ich weiß nicht, was das mit uns beiden wird ... Sie sind voller Fußangeln.

— Ich glaube, ich habe oft Angst.

— Und wenn Sie auf Ihr Begehren hörten?

Er küsst sie lange, bevor sie zu ihrem Auto entflieht. Er bleibt noch einen Moment in der Haustür stehen – die Vögel, der goldene Himmel im Osten, die Geräusche des Erwachens im Wald –, hat er heute früh eine Frau und eine Musik geträumt?

Als er vor dem Labor den grässlichen Nörgler trifft, enthält sich der Mann, sicher kleinlaut nach seiner jüngsten Schlappe, jeden Kommentars über sein spätes Kommen.

Auf dem Weg zum Mittagessen im *Oiseaux* wird er von dem Sri-Lanker angehalten, der ihm das Aufnahmegerät zurückgibt.

— Da, Lieb Lieb. Ulan hat mir das gegeben. Er hat gesagt, besser geht's nicht.

Der Hund, der Liebsein wahrscheinlich mag, leckt ihm wieder die Hand. Und sabbert wieder.

— Er fragt, ob du heute Abend mit dem Ergebnis hinfahren kannst.

— Ich guter Mann, aber nicht verstehen, sagt Jodel.

Der Sri-Lanker gibt ihm einen Klaps auf die Schulter.

Der Hund, unempfänglich für jede Vorstellung von Ausgleich, rührt sich nicht.

— Ich fahre hin.

Also isst er in aller Schnelle und geht zurück ins Labor. Das Aufnahmegerät war wohl zuerst in Ulans Tasche, später dann in einer Zimmerecke, denn die Sätze sind vom Reiben des Stoffes gestört und die Stimmen ziemlich weit entfernt. Drei lange Sätze, obwohl geschimpft, geben ihm trotzdem genug Material, und die Analyse geht sehr schnell. Er findet zwei auffällige Elemente, die für die Übereinstimmung der Stimmen sprechen: Zunächst das Hmm. Dasselbe (das Spektogramm bestätigt es) hört man mehrmals während der Rede. Dann die nasalen Töne. Der Besucher leidet hörbar an einer Nasendeformation, wie Batic. Jodel ist hochzufrieden und schätzt die Wahrscheinlichkeit, dass es sich um dieselbe Person handelt, auf 90 Prozent. Er wird es ihnen sagen, ja, nachher fährt er in die Anlaufzone, und Ulan wird eine Entscheidung treffen, vielleicht kann er den Notar überzeugen, Jodel wird ihn wenn nötig unterstützen, es ist besser, Batic wegzujagen, als seinen Kumpel fortgehen zu lassen, soviel steht fest.

Es wird schon dunkel, als er zu den *Quatre-Chemins* fährt. Die Temperatur ist den ganzen Tag weiter gestiegen, und er muss die Fenster aufmachen, um zu atmen. Zischen der Luft an seinem Arm, der schlaff aus dem Fenster hängt. Er fragt sich, was Ulan tun wird.

Als er an der Aufschrift NOWER vorbeifährt, begreift er endlich, was das Wort heißt. Und muss lachen. Blödmann! Natürlich, hier ist *nirgendwo* – und überall. Diesmal verfährt er sich nicht und kommt ohne Zögern zu dem Gebäude. Aber drinnen große Stille. Sonst hört er immer Stimmen und die leisen Geräusche des Lebens, wenn er die Rampe hochgeht. Heute Abend, nichts. Als er oben ist, niemand. Er sucht nach Ulan oder Lord Jim. Unsichtbar. In Ulans Zimmer keine indische Tür mehr. Allmählich fühlt er sich ziemlich unbehaglich – als hätte hier nie jemand gewohnt, mein Gott, wie beängstigend, was hat er in diesem Rattenloch (Mäuseloch) verloren, ein paar Minuten lang fürchtet er fast, alles erfunden zu haben, die Zone, Ulan, alles. Vielleicht ist er eingeschlafen und hat einen schlechten Traum. *Nower! Nower!*

Dann werden ihm seltsame Töne bewusst, die sein Ohr wahrgenommen hat, ohne dass das Gehirn sie identifizierte: unterdrücktes Stöhnen. Aber bevor er Zeit hat nachzusehen, woher sie kommen, hört er eine Stimme, die seinen Namen brüllt. Er rast zur Rampe und stürzt hinunter, *Jodeeeel*, schneller, er muss schneller rennen (aber Ingenieur ist er, kein Athlet), Ulan ruft ihn, es ist etwas passiert, ist er in Schwierigkeiten? und was kann er da machen? (Ingenieur, kein Held), unten stößt er auf ihn und Lord Jim – Hey man, wir haben dich reingehen sehen, *hurry up!* und sie rennen alle drei davon (warum? Aber Ingenieur ist er, kein Hellseher, atemloser Ingenieur) – Dein Auto!, brüllt Ulan, das steht da, egal, egal, renn, schneller!

Sie folgen Ulan, der vor ihnen dahinfliegt. Plötzlich zerreißt ein gewaltiger Lärm Jodels Ohren, ein Alptraumlärm, von dem er sich nie mehr erholen wird, die Ohren für immer ruiniert: ein gewaltiger Knall. Sie bleiben an einer Mauer stehen und drehen sich endlich um. Das Zentrum der Anlaufzone ist explodiert und hat ein Riesenloch in die Fassade gerissen. Höllenflammen schießen daraus empor, während das Dach Stück für Stück einstürzt und dichter, stinkender Rauch hervorquillt. Lord Jim fängt an zu husten. Ungläubig fragt Jodel, nach Atem ringend, Habt ihr das gemacht?

— *Are you kidding?*

Ulan rennt wieder los und ruft Los, gleich kommen die Bullen. Sie folgen ihm, so schnell sie können, Lord Jim fällt hin, Jodel zieht ihn hoch und lässt seinen Arm nicht mehr los – *Why should we run, now?* ruft der Amerikaner, bevor ihn die nächste Hustenattacke schüttelt. Nach ein paar Minuten dieser blinden Jagd stehen sie vor dem kleinen, tristen Bauernhaus, das Jodel vor kurzem am Rand der Zone entdeckt hatte. Ulan stößt die Tür auf und sie brechen auf dem staubigen Boden zusammen. Lord Jim ringt nach Luft. Er wühlt in seinen Taschen und holt ein Fläschchen Ventolin raus, das ihm gleich Erleichterung verschafft. Als sich seine Augen an die Dunkelheit gewöhnt haben, sieht Jodel die indische Tür an der Wand stehen, daneben zwei Laptops. Er deutet darauf, schüttelt fassungslos den Kopf und erwartet eine Antwort von seinen Gefährten. Eine weitere Explosion lässt die Fenster erzittern. Jodel hält sich stöhnend die Ohren zu. Lord Jim nimmt einen letzten Zug Ventolin und verkündet Man sieht Gott nicht, wenn er da ist, man sieht nichts in der Dunkelheit, also geht man weiter und lauscht und hat noch mehr Schiss. Ein Glück, dass wir dein Auto haben vorbeifahren sehen. Wir hatten ganz schöne Manschotten wegen dir.

— Manschetten. Aber klärt mich endlich auf, japst Jodel.

— Du bist wirklich im schlechtesten Moment gekommen, sagt Ulan. Dein Auto ist bestimmt im Arsch. Und die Bullen werden es finden.

— Das ist doch egal. Erklärt es mir endlich. Wer hat das gemacht?

— Alle.

— Was heißt alle?

— Alle, die noch da waren, sagt Ulan. Ismail, der Notar, der Iraker, die Taliban.

— Und ihr?

— Wir, sagt Lord Jim kichernd, wir waren bekloppt. Wir haben nichts begriffen.

— Was solltet ihr denn begreifen?

— Weißt du, woher der Notar stammt?, fragt Ulan.

— Nein ...
— Eben. Niemand wusste es. Er war Kosovare, muslimischer Kosovare.
— Und?
— Und er hat seine ganze Familie im Kosovokrieg verloren und lauerte seit Jahren auf Batic, um sich zu rächen. Deshalb blieb er da, in der Zone, und spann sein Netz. Er war sicher, dass er Batic mit wohlplatzierten Unterstützern eines Tages herlocken würde. Und tatsächlich ist Batic auf der Flucht vor der Justiz in seinem Land und vor Interpol hier gelandet, weil ihn die Freunde des Notars überzeugt hatten, dass er hier Zuflucht finden würde, bis er sich nach Lateinamerika absetzen könnte.
— Auf jeden Fall war er es, sagt Jodel. Die Stimmanalyse garantiert es mir zu 90 Prozent. Deswegen bin ich gekommen.
— Heute früh, fährt Ulan fort, sind zwei weitere Serben gekommen. Sie wollten wohl mit ihm zusammen das Weite suchen. Darauf hatten unsere Freunde nur gewartet.
— Aber die anderen waren doch keine Kosovaren? Ismail ...
— Nein, das weißt du ja. Reiner Akt der Solidarität unter Muslimen. Der Notar hat ihnen erzählt, dass Batic ihre Glaubensbrüder auf dem Balkan niedergemetzelt hat. Also haben sie ihm vorhin geholfen, die Serben zu überraschen, zu fesseln und im Zimmer mit dem Kühlschrank einzusperren. Als Lord Jim und ich uns darüber gewundert haben, hat uns der Notar erzählt, was ich dir gerade gesagt habe, und er hat gesagt *Wir sprengen alles in die Luft, die Arschlöcher auch, seht zu, dass ihr wegkommt.*
— Ich habe versucht, no zu sagen, sagt Lord Jim. Selbst einen serbischen Nationalisten sprengt man nicht in die Luft. Wir hätten dafür sorgen können, dass die Polizei sie findet. Aber sie wollten nichts hören.
— Sie haben uns rausgejagt, wir hatten kaum Zeit, unsere Sachen zu packen, und dann sind sie verschwunden.

— Aber warum alles in die Luft sprengen?, fragt Jodel.

— Eine Frage der Methode, nehme ich an. Diese Leute benehmen sich wie das Beil am Baum, sagt Ulan.

— Die Axt im Wald.

— Ich vermute, sie wollten alle Spuren der Serben und ihre eigenen verschwinden lassen. Tabula rasa. Das war radikal. Woher sollen wir wissen, was sie sich gedacht haben? Sie waren wütend.

— Und außerdem eine Frage des Stils, sage ich, erklärt Lord Jim.

36

— Und außerdem eine Frage des Stils, sage ich, erklärt Lord Jim.

— Also haben diese neuen ... Krieger unseren Barbaren eliminiert?, fragt Jodel. Ich halte sie allerdings für mindestens genauso gefährlich wie Batic. Aber auf andere, auf neue Weise. Ihre Wut macht mir Angst. Ihre Riesenwut.

Sie hören Sirenen näherkommen, die durch die Nacht heulen. Die Feuerwehr ist vor der Polizei da, ein Hubschrauber überfliegt das Gelände. Dessen Lärm mischt sich mit dem Getöse des brennenden und in sich zusammenstürzenden Gebäudes. Katastrophengeräusche. Sie können nur noch in ihrem elenden Versteck warten, dass sich alles legt.

— Ich rufe den Sri-Lanker an, sagt Ulan. Er kommt uns morgen früh abholen, wenn es vorbei ist.

— Ach, du hast ein Telefon? Jetzt verstehe ich.

—Verstehst du was?

— Wie schnell ihr euch miteinander verständigt.

Ulan lacht sarkastisch: Bist du nie auf den Gedanken gekommen, dass wir Telefone haben?

Jodel reagiert nicht. Manchmal gibt es nur ein einziges Wort, um ihn zu beschreiben: bescheuert.

Die ganze nächste Stunde schweigen sie. Irgendwann kommen Leute dem Häuschen so nah, dass Jodel (nur er) sie hört, aber sie gehen wieder weg. Er muss sich eine Erklärung für sein Auto ausdenken. Wenn es nicht total ausgebrannt ist. Unwahrscheinlich. Grimaldi, er kann Grimaldi bitten, ihm aus der Bredouille zu helfen. Also kann er schon anfangen zu überlegen, welche Geschichte er ihm auftischen wird. Besser: wie er ihm die Geschichte auftischen wird. Er muss vor allem von Ulan reden (den Grimaldi schon kennt, aber nicht näher), von ihrer Begegnung an einem Gewitterabend. Dann von den Exemplaren, die Ulan ihm vorgestellt hat, und die er beobachtet hat, ohne viel zu begreifen. Und dann auch von dem Ort, der Zone, diesem Wassertropfen, in dem sich die Welt spiegelte. Er wird nicht unbedingt sagen, dass sein Leben langweilig war oder dass er ohne Leidenschaft mit Clotilde geschlafen hat. Unnötig. Er ist auch nicht verpflichtet, Jaumette zu erwähnen. Oder Jeanne. Die Geschichten, die man den anderen erzählt, müssen nicht vollständig sein. Man muss ihnen nur sagen, was für ihren Hörpunkt unerlässlich ist.

Er wird Grimaldi also nur einen Teil seiner Geschichte erzählen. Der wird nicht allzu erstaunt sein, denn im Unterschied zu den Fliegen hat er ganz sicher Fühler. Bald wird er viel Zeit haben, um seiner Fabel den letzten Schliff zu geben, dann wird es ruhiger. Ulan wird aufbrechen. Komischer Ort, um Abschied zu feiern.

— Denn jetzt gehst du doch weg, oder?

Seine beiden Gefährten zucken zusammen, seine Stimme reißt sie brutal aus ihrem Dämmern. Ulan sagt, ja, tatsächlich ist er entschlossen, nach Ulan-Bator zurückzukehren.

— Ich habe die Nase voll von der Schlaffheit.

— Schlaffheit!, wiederholt Jodel lachend. Gerade sind die *Quatres-Chemins* in die Luft geflogen. Drei Männer sind tot. Findest du das wirklich schlaff?

— Auch dem dicken Mann, der seinen Verdauungsschlaf hält, können Katastrophen zustoßen.
— In der Serie unserer Bibelsprüche ...
— Aber in der Steppe ist es ganz anders, verstehst du. Da lebst du nur in Extremen. (Plötzlich gerät er in Begeisterung.) Du kannst am selben Tag ein Unwetter erleben und in der brennenden Sonne braten, zwischen Winter und Sommer sind manchmal fünfzig Grad Unterschied. Fünfzig! Das ist was für den Körper. Eine Erfahrung. Und außerdem trittst du dort nie auf der Stelle: Die Hirten ziehen mit ihren Herden herum. Sie haben Pferde. Kleine Mongolenpferde. Sie wollen keinen Besitz anhäufen, ihr einziges Eigentum sind ihre Tiere und die Jurte mit dem, was drin ist. Wenn kein Gras mehr da ist, ziehen sie weiter, sie passen sich der Natur an. Das ist nach meinem Geschmack.
— Yeah!, sagt Lord Jim. Die Globalisierung haben sie vor achthundert Jahren mit Dschingis Khan ausprobiert. Deswegen sind sie jetzt entspannt. *You're wise, my friend.*
— Und Clotilde?, fragt Jodel. (Was mischt er sich ein?)
— Clotilde? Sie wird sich damit abfinden. Ich bin ein armseliger Kerl für eine Frau wie sie. Ohne Wohnsitz, ohne einen Cent.
— Das ist ihr egal, sie hat dich gern.
— Sie ist zu romantisch.
— Clotilde? Kein bisschen. Und wenn du schon damit anfängst: Eigentlich finde ich eher dich romantisch mit deinen Geschichten von der Mongolei, von Falken und Pferden.

Ulan lacht ihm ins Gesicht: Und du, was bist du?
— Behäbig. Eindeutig. An der Peripherie.
— O nein! Das kannst du nicht mehr behaupten.
— Ach nein?, fragt Jodel erstaunt.
— Wo wäre dann das Zentrum?
— Es ist gerade explodiert.
— Und wo warst du? Mittendrin.

— Fast. Auf jeden Fall war meine Stimmanalyse von Batic zu nichts gut.
— Als wir dein Auto gesehen haben, erzählt Lord Jim, haben wir gesagt Dieser Schwachkopf rennt in die Hütte des Löwen.
— Danke, dass ihr zurückgekommen seid, um mich aus der Hütte des Löwen zu holen.
— Ich lass doch keinen explodieren, der mich mit Ventolin gerettet hat.
— Und du, was hast du vor?, fragt ihn Jodel.
— *I don't know.* Nicht in die Mongolei. Vielleicht gehe ich zurück nach Amerika, um mit Umweltschützern und so zu arbeiten. (Er schweigt einen Moment.) Wenn ich deprimiert bin, denke ich an meine Großmutter, an ein Bild von meiner Großmutter, als ich ganz klein war, bei ihr, auf einer Farm in New England. Jeden Tag fütterte sie ihre Flügelei, ja? Hühner, Enten, so was alles.
— Geflügel.
— Ja. Sie steckte die Hand in den Eimer, streute die Körner aus, und alle Geflügel kamen. Aber nicht nur: auch die Amseln und die Wildvögel. Sie hat sie nicht verjagt, sie hat sie mit den anderen gefüttert, und alle flogen um sie herum. Das war sehr schön, die Himmelsvögel und die Bodenvögel, alle zusammen. (Erneutes Schweigen.) Vielleicht wird es eines Tages viel besser. Vielleicht ist heute der schlimmste Tag.
— Das hat schon mein Vater gesagt, sagt Jodel seufzend.
— *I know, and it's worse today.* Aber am Ende wird es vielleicht die ganze Welt verstehen, und eines Tages gibt es Hütten im Wald, keine Verschmutzung, die Meere voller Fisch und Wale und keine Quallen, und das Wasser sauber und das Klima normal … Vielleicht machen wir morgen den ganzen Planeten wieder gut, wie es sein muss. Ist doch möglich.
— Vielleicht, sagt Jodel, vielleicht für den Planeten. Aber die große Wut seiner Bewohner? Die Große Wut?

Am frühen Morgen ist der Sri-Lanker mit einem alten Lieferwagen da. Als Jodel in seinem Weiler aussteigt, sagt er den beiden anderen Und ihr verlasst das Land nicht, ohne mir Bescheid zu sagen, klar? – aber nicht sicher, dass er Lust auf Abschied hat. Die Karre entfernt sich im fahlen Licht und bringt seine Gefährten in die Stadt. Die Vögel nehmen ihre Hymne zum Ruhm des anbrechenden Tages wieder auf. Kein Tau auf dem Gras. Die Krähe lauert im Bergahorn. Er beschließt, nicht arbeiten zu gehen. Zum ersten Mal. An seinen Sachen hängt der Brandgeruch. Er fühlt sich total dreckig. Dusche und Tee. Reinigendes Wasser. Den Vormittag verbringt er im Halbschlaf.

Am Nachmittag beschließt er, den Poststapel zu öffnen. Ach, gar nicht mehr so beängstigend. Er enthält auch nichts Besonderes. Was könnte man ihm auch Besonderes mitteilen? *Paquinseul, aus unseren tiefschürfendsten Analysen geht hervor, dass Jaumette Sie an der Nase herumführt* ... Oder *Jodel Paquinseul, wir müssen Ihnen leider mitteilen, dass die Anlaufzone nur noch eine rauchende Erinnerung ist* ... Wenn man aufhört, Angst vor Chimären zu haben, versteht man nicht mehr, wovor man sich gefürchtet hat, man versteht nicht einmal mehr, wer man gewesen ist. Die Post? Wo ist das Problem?

Am frühen Nachmittag ruft ihn Clotilde schluchzend an.

— Aha, seufzt er, er war bei dir?

— Er will bald weggehen.

— Ich weiß.

— Unter dem Vorwand, dass seine Urgroßeltern in Ulan-Bator gelebt haben ...

— Nicht nur. Er ist ein Zugvogel. Reisende Spezies. Das ist traurig für uns Sesshafte, was?

— Traurig? Ein schwaches Wort.

— Du wirst dich damit abfinden.

— Leicht gesagt ... Ich muss erstmal mein Begehren, das immer noch genauso gewaltig ist, überzeugen, dass es sein Ziel

verloren hat. Sehr schwierig. Geradezu grausam. Mein Begehren wird noch lange wie ein Narr durch die Welt streifen, ohne es zu glauben. Es wird mich unendliche Anstrengung kosten, und ich werde so viel weinen, dass das wahrscheinlich meine Augenfarbe ändern wird. (Sie schnieft.) Glaubst du, wir beide werden nochmal miteinander schlafen?
— Das würde mich wundern. Mit so einem Phantom zwischen uns. Aber wir werden uns noch lange sehr mögen.
— Du hast eine andere Geschichte, stimmt's?
— Ja. Kompliziert.
— Das habe ich mir gedacht. Mit der Komponistin?
— Ja. Sie hält mich auf Trab.
— Solange sie in Sichtweite bleibt ... Du hast Glück.
— Das sagt man meistens Schwerkranken: Sie hätten sterben können. Trotzdem haben sie Schmerzen.
— Er hat mir die indische Tür geschenkt.
— Sie ist schön, oder?
— Ja. Abgesehen davon, dass sie nirgendwohin führt.

Er legt sich wieder hin, ohne auf die Sufikrähe zu achten, die versucht, durch das Fenster hereinzukommen. Tac tac tac, klopft sie an die Scheibe. Aber das Haus empfängt heute keinen Besuch mehr. Nur noch engste Freunde.

Als Jeanne ankommt, rosig und atemlos, weil sie von der Landstraße hergerannt ist, sagt sie Diesmal bin ich zu spät, aber unterwegs habe ich etwas gesehen ... etwas Wunderbares.
— Ich sehe es in deinen Augen, sie haben noch den Glanz des Gesehenen.
— Rate!
— Gib mir wenigstens einen Tipp.

Sie setzt sich auf die Schwelle und sagt Gib mir erst meinen Honigkuchen, ich muss überlegen. Dann, während sie ein winziges Stück Kuchen abbeißt, flüstert sie Das ist etwas, das mich tröstet.

— Ich wusste nicht, dass du traurig bist.
— Nicht direkt traurig.

Sein liebes Äffchen. Das ist eine Tugend, die er von ihrer Kindheit lernen könnte: niedergeschlagen zu sein und sich an einer Blume oder einem Vogel zu trösten, an etwas Hübschem, das man auf dem Weg sieht.

— Gib mir noch einen Tipp.
— Ein roter Pelz.
— O nein!
— Doch.

Obwohl die Augen der Kleinen vor Begeisterung strahlen, wagt er es noch nicht.

— Noch ein Tipp.
— Etwas ganz Niedliches.
— Sag es selbst.

Sie legt los, ohne auch nur Atem zu holen – Ich habe sie vorbeigehen sehen, die Mutter vornweg und das Kleine hinter ihr (sie bewegt die Hände wie zwei Pfoten, die winzige, schnelle Schritte machen), die Schnauze ganz dünn (die zusammengedrückten Finger verlängern ihre Nase), das Fell ganz seidig (ihre Hand streichelt die Luft), die Augen wie Schlitze (sie zieht ihre Augen auseinander). Ich habe etwas gedacht, das ich früher nie gedacht hätte: Ich habe mir gesagt *Sie sind nicht argwöhnisch genug*. Sie sind stehengeblieben – ich habe mich nicht gerührt, das kannst du dir denken –, und da kam ein zweites Kleines. Ich konnte ihnen nicht sagen, sie sollen aufpassen.

— Sie passen bestimmt die ganze Zeit sehr gut auf.
— Das war's. Sie sind im Gebüsch verschwunden. Das ist alles.
— Das ist viel.
— Ich hatte fast eine Glückskrise.
— Ich verstehe.
— Aber ich werde mir trotzdem um sie Sorgen machen.

Er sagt, wenn sie bleiben will, bis es dunkel ist, wird er heute Abend sein Versprechen einlösen: Sie werden versuchen, den Klang der Sterne zu hören und gemeinsam zu lauschen. Sie ruft begeistert Haben sie denn einen Klang?
— Sehr wahrscheinlich.
— Nicht sicher?
— Nicht ganz. Wir müssen es probieren. Das ist wie beim Grünspecht, bei einer unserer ersten Sitzungen, erinnerst du dich? Du konntest ihn nicht hören, weil er zu weit weg war, aber du hast alle Töne dazwischen aufgeschnappt.
— Ja, ich erinnere mich sehr gut. Also, wie machen wir es mit dem Großen Lauschen heute Abend?
— Wie immer. Wir kehren auf die Lichtung zurück und setzen uns auf unsere Hörsitze, wie Dryaden. Wie ich dich kenne, mit deiner Ungeduld, wirst du sofort fragen, wie die Sterne wohl klingen mögen. Das werden wir sehen – Das werden wir hören, korrigiert Jeanne –, aber ich kann dir schon sagen, dass du auch diesmal nicht zwischen deinen Ohren eingeklemmt bleiben darfst. Du wirst sehen, zuerst wirst du das Gefühl haben, dass die Klänge aus dir kommen, ganz tief aus dir, dass es deine sind. Aber wenn du ihnen gut zuhörst, wirst du erkennen, dass sie nicht besonders sind, dass sie durch dich hindurchströmen wie durch die anderen, nur dass du sie vorbeigehen hörst, und wenn du übst, wirst du sie erkennen und ordnen können. Der Klang der Sterne wird (vielleicht) im Tiegel deiner Ohren hörbar werden, aber du musst wissen, dass er seit Urzeiten durch das Universum reist und der ganzen Welt gehört. Urzeit?, fragst du. Ja, ich höre dich schon. Das heißt seit langer, ganz langer Zeit, nicht wie deine, nein, die große, lange Zeit der Berge, der Ozeane, das heißt fast, hör gut zu, fast seit dem Anfang der Zeit.

Du wirst dich bequem auf deinem Hörsitz niederlassen und die Hände vor deiner Brust wie um Kugeln schließen. Und dann werde ich sagen: Konzentrier dich auf dich selbst, kleines Mädchen, und vergiss dich, werde ein Instrument, das die Klänge auffängt, mach deine Ohrmuscheln zum schönsten Instrument, um abwechselnd den Gesang der Sterne und das Rumoren der Welt zu hören.

Belinda Cannone

Die in Tunesien geborene französische Autorin, Mitglied der Légion d'honneur ist in Deutschland mit ihren zahlreichen Romanen, darunter *L'Homme qui jeûne, Nu intérieur* sowie die Reiseerzählungen *La Chair du temps* und *Le Don du passeur* noch unentdeckt. Als namhafte Essayistin ist sie eine gewichtige Stimme in der internatioalen Feminismusdebatte; ihre Essays *L'Ecriture du désir*; *La Sentiment d'imposture; La Tentation de Pénélope – Une nouvelle voie pour le féminisme; Le Baiser peut-être* wurden mit bedeutenden Preisen ausgezeichnet. Sie lehrt als Assistenzprofessorin für vergleichende Literaturwissenschaften an der Universität Caen Basse-Normandie.

»Mein Leben als Schriftstellerin: Neben dem Staunen über die Lust muss man sich mit der Gewalt der Welt auseinandersetzen, sie begreifen oder zumindest verarbeiten. Bücher schreiben, um das zu schaffen – für mich eine Form, einen Achttausender nach dem anderen zu erklimmen, sonst ist das Leben nicht intensiv genug.«

Claudia Steinitz

Die Übersetzerin Claudia Steinitz widmet sich seit dreißig Jahren der französischen Literatur, inzwischen mehr als hundert Bücher – überwiegend Romane aus Frankreich, der Schweiz und Haiti – wurden von ihr ins Deutsche übersetzt. Zu den größten und schönsten Herausforderungen gehören Romane von Albertine Sarrazin, Virginie Despentes, Véronique Olmi und Véronique Bizot (mit Tobias Scheffel).

Um ihr Bedürfnis nach Kommunikation und Weltverbesserung zu befriedigen, organisiert sie im Rahmen der Weltlesebühne e.V. Übersetzerveranstaltungen und Seminare, übernimmt Mentorate für junge Übersetzerinnen und engagiert sich als überzeugte Europäerin.

Tobias Scheffel

Der preisgekrönte Übersetzer Tobias Scheffel überträgt seit fünfundzwanzig Jahren französische Romane, aber auch Jugendbuchliteratur ins Deutsche. Das gemeinsame Übersetzen mit Kolleginnen schätzt er sehr, und die meisterhafte Übersetzung dieses Romans steht als Beispiel dafür. Sein Können ist u. a. in Werken von Fred Vargas, Robert Bober, Georges Perec, Christophe Boltanski, Véronique Bizot zu erlesen.

Häufig leitet er Workshops zum Thema Übersetzen für Schüler, Studenten, Kollegen; besonders angetan haben es ihm die »Berliner Bücherinseln«, wo für junge Menschen die Welt der Bücher »als eine gestaltete und gestaltbare Welt« zu entdecken ist.

Claudia Steinitz und Tobias Scheffel danken
dem Deutschen Übersetzerfonds
für die großzügige Förderung der Übersetzung.

FSC
www.fsc.org
MIX
Papier aus verantwortungsvollen Quellen
FSC® C089473

Übersetzung: Claudia Steinitz und Tobias Scheffel
Lektorat: Michael von Killisch-Horn
Umschlag, Layout und Satz: Fagott Ffm
Gesetzt aus der: Proforma
Gedruckt auf säurefreiem und chlorfrei gebleichtem
Papier 120 g/qm Fly 02
Druck und Bindung: Beltz Grafische Betriebe, Bad Langensalza

Printed in Germany
ISBN: 978-3-9819763-4-2